阿姐还在真理街

吴君／著

作家出版社

小户人家

一

黄培业从市局被派到关外有段时间了，还是不适应，他觉得这个地方不是久留之地，最终他还是要回到市里。所以关外房价从两万涨到十万，他也无动于衷，好像这事和自己无关。为了方便工作，他和女儿在19区租了一套三房一厅，想不到一住便是十年，女儿已经大学毕业一段时间了，黄培业还是没有等到召他回去的消息。

黄培业愿意把我们深圳我们深圳挂在嘴上，这让站里的人很是反感，心想，深圳什么时候成了你的，深圳是全国人民的好吗？黄培业知道这样不好，却总是不自觉就溜出了口。从他下到笋岗管理站的第一天，就不认可关外人那种小富即安的样子，心想，得意什么呢，转成居民才几天啊？他认为特区内住的是全国各地来的精英，而关外都是那种小地方人，亲戚拉着亲戚，从各县、各镇的小地方过来，脚上还带着泥土的芳香，解决的是就业和生存问题，这样的人素质能高到哪儿去呢？黄培业对关外人的印象就是蹿，自以为是，好像全国人民都羡慕他们的生活，随时会向他们借钱一样。

蹿是广东话，傲慢、无礼、嘚瑟的意思，与黄培业所追求的低调、内敛完全相反。黄培业认为身边的人就有这个特点，代表人物便是曾海东。

站里有很多人都住在19区，也包括曾海东一家。神的是两个人从来没有在小区打过照面，有一两次黄培业预感可能会见到对方，特意提前了半小时上班，他就是不想跟这种人啰唆。

来饭堂工作之前，曾海东做过一段时间司机，有的人传他曾经跑过长途，而他也从不掩饰。当时曾海东站在说话人面前，说，我是开车的，这有什么问题吗？话里话外透着挑衅。这些话他是对着北佬，或是那些没有背景的员工说的，偶尔也会欺负那些离湖南比较近的韶关人，黄培业的老家便是韶关下面的南雄县，只是他进到城里已经有四十年了。

虽然曾海东从没有得罪过黄培业，甚至还非常尊重，可黄培业就是看不上对方，他认为曾海东天生一副小人得志的嘴脸，蹿用在这人身上非常准确。黄培业在近处打量过曾海东父子，同时存封了曾海东作自我介绍时的样子。当时的曾海东故意把自己打扮得很man，露出目空一切的眼神。只是当黄培业看见曾海东不停发抖的大腿时，还是忍不住对他产生了轻蔑，转过头冷笑，这点事便心虚气短，真是没见过世面。

黄培业想起这些事情的时候，正是深圳的五月，荔枝快要熟了，杧果也结满了树，小区里的游泳池已经开始营业。呈呈用普通话对黄培业说，水是刚刚换的，你要深入生活，体恤民情，不要躲进小楼成一统啦。见黄培业没应，呈呈又换成粤语道，老豆你要出去晒下太阳，不要天天窝在房里，会生毛的。

黄培业听了，没回应，他的确不喜欢关外的太阳，没有高楼遮挡的白光刺得他睁不开眼，看见什么都感觉惨淡。女儿这种说话方式还是自己教的。当时他雄心勃勃，想把书上看的东西都传授给女儿。可惜还没等施展，进步的机会就来了，所以陪女儿的时间并不多，导致后来两个人交流起来非常困难，甚至有段时间女儿说过要离家出走。

黄培业从车库进到电梯，总能见到一些穿着暴露的男女，肩上挂着条浴巾站在里面，害羞的反倒是黄培业，只有把眼睛对着植发广告上男人的额头，才感到了安全。想不到这额头上面有一排号码，号码后面跟着两个字：中介。黄培业心里暗笑，猜想这个人可能没有钱印名片了。

天是蓝的，水也是蓝的，就连那些没有什么情调的人都忍不住抬起头，虽然他们想不出具体该说点什么，心情却莫名其妙地好。黄培业走到哪里，似乎都能看到笑脸，尤其是些上了年纪的中老年人，穿着白绸子红绸子做的衣服。他们穿成这个样子是去灵芝公园练剑，而不是去跳舞。这样一来，他们就感到了自己的身份不同，至少有了某种文化的意味，所以他们愿意在一些单位的门前站那么一会儿，或是直接进到大厅，再穿过一条走廊，从后门回到他们各自的家。

黄培业所在的箩岗管理站便是他们的必经之路。他们大摇大摆穿过箩岗站的走廊，然后来到让他们大放异彩的灵芝公园，那个让他们展示艺术细胞的地方。途中他们东张西望，或是故意高声讲话，有的则夸张地挥舞着双手，有的则用手做出嘘的动作，示意这个地方要细细声。黄培业每次看到，都会摁下按钮，让这些人顺利地通过玻璃门。

可是，这样的事情如果被曾海东见了，情况就会完全不同。首先他会拉下一张脸，严厉地审问这些脸上还挂着笑意的老年人，然后逼他们原路返回，好像人家占了他什么便宜。

黄培业知道曾海东是故意的，心想，有什么好威风的，不就是个门嘛！他猜到曾海东是要借这个事情与自己搭讪，想对自己说这些人不守规矩，会打扰正常工作之类。整个站里只有黄培业不会主动找曾海东说话，并时刻与其保持距离。黄培业这种处理方式让曾海东涨满的威风不敢耍，也不敢惹。具体什么原因，他自己也说不清楚，总之曾海东对这个相貌堂堂的家伙比较忌惮，对方软硬不吃不说，偶尔还之乎者也丢给他一句文言文转身离去，态度凛然，令他心生敬畏。看见黄培业每天穿戴整齐，说话做事有板有眼，曾海东会感到心虚。有一次黄培业坐车去市里开会，从头到尾，没说一句话，吓得曾海东心里发慌，不知道自己何时得罪了对方。

黄培业把想要说话的曾海东丢在大厅，直接走了一侧的楼梯，他就是不想跟这种人面对面，即使必须说话他也是礼貌、客气，绝不啰唆。黄培业知道对方怎么想的，他就是要用这个方式让对方走远点。脚刚踩到第一个台阶，黄培业便摇头，心里骂了句肤浅、无知，连借个路的方便都不给人，实在太膨胀，小人得志。

黄培业这么想的时候，并不看四周，脑子里是曾海东装腔作势的嘴脸，这一刻他又开始在心里给这个人找名字。这是黄培业的秘密武器，当年在部队的时候，因为长得单薄，不敢打架，吃了亏只能在心里把对方想成某坏蛋的名字，这样心里才能平衡。比如他进新兵连的时候，被班长欺负，每天为对方洗袜子，被熏得快要吐着，只好在心里称对方为南霸天，他巧妙地用上了对方名字里的一个字。他认为曾海东比他那个班长好不了多少，一个不思进取、装腔作势的家伙，他相信自己这辈子都用不着跟这种人打交道。

再接到中介电话的时候，黄培业已经掌握了方法。他甚至连对方说什么都没有听，便不疾不徐对着话筒里说，你也好，谢谢你，辛苦了，不需要，再见。放下了电话，黄培业在心里笑，他觉得自己特别得体，客气礼貌然后又让对方一无所获。

话说深圳的二线关是一夜之间撤掉的，没等人反应过来，关外的楼市便火得一塌糊涂，大街小巷到处都可以见到身着黑西服红领带的中介，他们左手拿着广告和名片，右手拿着签字笔，不断地拦住行人说话。很多时候，坐在车里的黄培业会偷偷地看他们，他在想，到底是哪个给他打的电话呢，他们的房子卖掉了没有呢。

后来的情况是罗湖人都开始羡慕起关外了，他们常常酸溜溜地说，有钱人都跑宝安龙岗买房，谁还理我们这些老城区啊。倒是关外的人没有特别的感受，因为这些年他们的路面一直在挖，路名跟着换了几次，而楼房也在不停疯长，从开始最高的七层楼变成了六十九层楼。对于这种变化，他们早已经见惯不怪。有时出去玩一趟，再回到自家小区，树也变了品种，花坛也挪了地方，连楼的颜色也换了。让他们恍惚的事情太多了，只是他们不愿意大惊小怪。在他们眼里，那种沉不住气的，要么是外省人，要么就是没有见过世面的家伙。关外这些年的变化，他们19区的人好像无所谓，优哉游哉过着慢生活，并不知道很快会发生什么。包括单位附近的很多厂陆续搬走，整个城市都在搞腾笼换鸟，企业更新换代，三来一补、外来加工已被高新科技产业取代，创新科技园的牌子将要挂在工业区门口。这样的一些大事，19区的很多人竟然都没有特别地留意，他们像是什么都没有发生一样，该吃饭吃饭，该跳舞跳舞，家长里短。没有留意这些变化的人包括曾海东父子，他们都属于有房租收入的原住民。

在他们的心里，这种滋润的小日子会永远不变。这样想的时候，他们脑子里便浮现出美好生活的图景，比如，下班前便换好了软底布鞋，从单位的后门提早溜出去，走路到5区市场买四只牛蛙两只黄油蟹，再捎上几根小嫩葱，回去切几片生姜，晚上爆炒，全家人坐在散着香气的房里，手边是一杯五岭神酒，看着电视里面别人生活中的大起大落，真是非常惬意。等到几杯功夫茶也下肚之后，天也凉快了，看着小道上面的人开始多起来，曾海东的老豆才慢慢拎起沙发扶手上搭着的T恤，穿上人字拖，准备下楼散步，他把桌上残羹剩饭扔给了一旁的老婆。出了门，曾海东老豆看了左边再看右边，凭着感觉选了自己喜欢的方向慢慢迈开了八字步。

前面是灵芝派出所，后面是宝晖小学，中间便是揭西人、汤坑人组成的菜市场。当然，也不完全是菜和肉，左右两侧还开了档口卖衣服，都是些便宜货。黄培业很少光顾这种地方，主要不想遇见曾海东老豆这样的人。除了一张张饱暖思淫欲的脸他不愿意看，他还担心身上脚上沾了不干净的菜叶子或是其他，几年前他就踩过鸡肠并带回家，想起来至今还恶心。黄培业觉得关外人只关注感官享受，一天天饭啊菜啊老公老婆的，没有其他追求。黄培业觉得自己的余生如果与这些人为伍，那将是生不如死。想到这里，黄培业的脑子里掠过的仍然是曾海东父子，于是他狠狠甩了几下，却没有把这两张脸晃出脑外。

这个时间，19区的很多人都走出了家门，目的是通过散步，把肚子里积了一天的油腻消化掉。这些人里走得最欢的便是曾海东老豆。曾海东俯在陈旧的窗户上看到老豆出了楼栋的门，正犹豫着向哪个方向走，便耐心等了一会儿，他不想和老豆同时出门，就是避免走同一条路。老豆似乎思考了一下最终选择向左走，接着他颠颠地拖着肥肉散步去了。曾海东和老豆虽然从未交流，但同样认为这样的好日子是不会变的，甚至感觉每天出门时的太阳都挂在固定的位置。

黄培业用余光打量过曾海东，当时的曾海东故意腆着一个肚子，嘴里衔着根牙签，特有的八字脚平行散开，好像随时会把眼前人夹在其间任自己蹂躏一番。黄培业讨厌他那副神态，年纪不大，却摆出一副大佬的款，还有曾海东看人时冷冷的眼神，包括他盯住对方说话的样子。曾海东以为这是某种特点，在心里扬扬得意，哪怕对方是个副站长，他也如此对待。这样一来，有人便不愤地冒出一句他是不是真的有料啊，这么蹿。

当然了，此人绝对背景显赫，否则不会这么蹿。说话的是个东北人，到深圳近三十年，郁郁不得志，导致脾气超大，一句广东话也不学，很多时候他听懂了对方的意思，也是冷着脸道，请讲普通话，这不是你们家。很多来窗口办事的人听了，都要绕着他。逢到两会期间，此人便考虑要不要去上访，领导对他也没办法，只能摇头苦笑。有事相求的办事人不知如何称谓这位爷，干脆叫他股长省事，毕竟站长才是正科，其他人员称呼为股长也没有多大问题。想不到，七个不服八个不愤的这位所谓股长，先是愣了半秒，紧接着便含糊地应了。这样一来，连同事也索性如此这般称呼起他。此刻见股长掐灭烟，夸张地仰起了头，又在半空中摇晃了两下。在众人的目光下，他把烟丢在地上，狠狠地踩了两下后透出自己的发现，那便是曾海东有料。听他这么说，有个人委婉地表达了自己的某种不服，说不像啊，他老豆不就是那个做饭的吗？偶尔也会跑跑市场，单位需要钉子了，就去买钉子，需要换灯泡了就买灯泡，只要不做饭，其他时间他都是坐在花坛边上晒太阳。这么个小地方，尽管没说过话，可彼此都知道对方是谁，除非他老母帮他换了一个新老豆，说话的人笑着，仿佛自己抖了个包袱。

此人说话的时候，股长并不看他，可是最后一个字刚落下，股长便用刀子般的眼神迅速横扫了眼对方，显然股长在表达对此人的不满。随后，股长的身体向后退了一步。这时，有好事之人弯身上前，双手敬上一支软中华，然后用一只手摸出裤袋里的火机恭敬地为其点上，并退后一步，如同大事前的某种仪式。

股长并不说谢，而是深吸一口，向着半空吐出一团雾，身体却维持着原有姿势。又过了一会儿，股长才缓缓抬起了头，眼睛望向办事大厅里乱糟糟的人群说，这么浅薄的话我不爱听！他对着天花板上落了灰的灯说，我们最大的问题就是简单，过于简单。真人不露相懂不懂？他们这种有料的人最喜欢把自己藏起来，然后放烟雾弹，目的是引导我们转移视线，让大家不要关注他的后台。像是被附了体，这一刻的股长如同电视里面那些政治家。有一个人听了，眼睛闪着光，身体向前倾着，哇！太厉害了，真是看不出，好棒啊！说话间脸上已经流露出崇拜的神情，这个人便是毛丽丽，她只是打开水路过这里。

股长因为态度坚定，并且言之凿凿，因此获得了某种身份一样，他发现有人看他的眼神已经发生了变化，这让他不禁在心里狂笑三声。当然，这样做并不代表心不虚，只是他需要强撑，此刻他的后背已经湿透，身处他乡，每次都要壮了胆子说话，谁让他无依无靠呢。这一次，他只是做个试验而已，曾海东不过是他临时想到的，他并没有想到后面会发生什么。

首先是几个人显得不自在，连眼神也不肯对上，只好说是啊是啊，随后离开了扎堆吸烟喝茶的露天阳台。这一次散开之后，大家没有像以往那样说着俏皮话，而是各自深沉着，似乎只有这样，才配得起这类重大话题。

接下来的时间里，曾海东便如同神一般的存在。他无缘无故受到了很多的尊敬，所有的狂妄也有了合理的解释。比如在一个宽大的过道里，走在他对面的人，会马上贴着墙壁，让出一个可以横着走的地方给曾海东。上电梯之际，有人会快走几步，按住电梯等曾海东先上。再后来的日子里，除了没人敢小觑曾海东，更重要的，连背后的各种不满和非议也改为赞叹，似乎都在指望对方会把这种溢美之词传递到曾海东耳朵里。他们终于明白，原来曾海东化装成平民，又做出一切无所谓的假象，竟然是为了方便自己开展各项工作，同时在保护自己的后台，真是太有脑了，绝对绝对城府，小小年纪就如此成熟，前途不可限量，肯定会有大出息。

再聚的时候还是这个话题，人似乎又多了两位。有人喝完了茶，手拿杯子，像是醒悟过来，对，肯定来头不小，否则也不会有这样的胆识和魄力。他们把蹿这个词直接给置换了。

在深圳这个地方，蹿这个词就是谁都不在乎，可以胡来的意思，通常蹿的人都是有钱或有背景的人，显然站里的人觉得曾海东不具备蹾的条件和资格。眼下被这么一点拨，都开始想象他的后台是谁这个问题，因为个个都认识曾海东的老豆，并且跟他贫过嘴。

像是约好了，这之后，没有人再称呼他为曾司机或曾师傅，这也是曾海东最恨的两种叫法。站长身边那些做生意的朋友平时叫他东哥，叫的时候还故意把一只手亲热地搭在他肩上说，东哥，给你留了好茶，记得过来喝啊。东哥，公司又来了位靓妹，晚来的话会被人带走了呀。被称为东哥的曾海东听了，显出憨厚，说好的好的。在站长面前，他需要自己是一副木木的表情，以示忠诚和本分。对方称呼他的时候眼里手上还要透着爱护，拿捏好分寸，而曾海东更需要掌握好距离，不远不近，不轻不重，这样才可以让站长放心。当然，懂的人会明白那不过是掩饰尴尬。这些人个个老狐狸，心里一百个不服，我凭什么要爱着你，还替你打算？有妹子我会留给你吗？我自己还不够用呢！可是人都各有各的难处，看在他老板的面上就忍了吧，把自己当成长辈或兄弟是最好的方法，否则的话不知道他会吹什么风，使什么坏呢。单位一般小年轻多数在领导背后称呼他为老大，临聘人员则毕恭毕敬地称呼他为领导，还有一些人则故意用了司机的谐音称呼其为书记，是调侃，又像是恭维的。

而最最辛苦的是副站们，因为他们不知道如何称呼曾海东，毕竟曾海东只是个工勤人员，名副其实的部下。叫东哥显得没大没小，被其他人听了会没了面子，如果称呼其为领导，那就滑稽了，也显得自己没身份。关于这件事情纠结了很久而没有结果，他们便索性采取观望态度。在此期间他们尽量不与曾海东打交道，免得尴尬。毕竟与一个有背景的部下打交道是件有风险的事。再说了曾海东像是站长的门神，人家可以说没关系你用我吧，可你真的敢吩咐吗？你不要把人家的谦虚当成没料和无所谓啊。

当然不敢，司机班里即使只有他一个人，谁也不敢轻易找他开车，虽然没有下过文，可是人家可是被默认的队长，哪怕去的地方差半公里就到东莞了，也只能顶着烈日，自己开着蒸笼一样的汽车下乡。这样一来，还有谁愿意去呢？去了还要早点往回赶，不然到了晚上对面的大灯射过来，车还不知道会开到哪条道上去。前几年就发生过某领导被代驾拉到山上，剥光后抢走了车和值钱物品的事情。所以，说曾海东一度影响了单位的工作，一点也不为过。

最有气的是黄培业，他不仅是系统的老资格，还是从市局过来的。当年从部队转业到市局，然后又来到距离市区最远的箩岗站。这个职位让他很无奈，虽是正科，却不是实职。虽然大家都是黄站黄站的叫着他，但心里清楚他说了不算，只是个待遇而已，开会的时候把他排到边上，挨着普通工作人员。到了这个年纪，黄培业当然知道别人的心思，越发后悔自己的选择，不如早点下海办公司赚上一大笔，然后周游世界，免得看这些人的嘴脸。还有些老乡不识相，自来熟，不把自己当外人，看了眼他门前的牌子，张大了嘴巴直接嚷，主任科员是什么呀？有的人甚至还要讽刺他一番，说你已经到二线了？这么快啊！起初黄培业还故作谦虚说，二线怎么了？我还想早点退呢，好好享受人生。黄培业年轻时长得机灵，懂得人情世故，嘴又严实，深受领导欣赏，在部队转了干。回到地方后，职位也升到了正科。当然，在机关受过不少气，也学了不少东西。想起这些事他感到的确不容易，真是一把辛酸泪，所以他早早就对女儿说，好好读书，改变家族命运的担子就落在了你的身上，不要像我，走到这一步太苦了。有时黄培业与人回忆往事，会故意省掉某些段落，他庆幸自己扼住了命运的喉咙。黄培业的眼睛悄悄望向窗外，心中感谢老天对他不薄，像他这种起点的人太不容易了。如果再晚些时候，他不知道还会不会有机会。所以每次听见曾海东在走廊上训人，黄培业便会冷笑一声，不知深浅！虽然声音很低，可还是被隔壁的毛丽丽听到了，马上跟过来，拖长了声音发着嗲，哎呀领导今天心情不靓呀！

不会啊，我还好吧。黄培业语调平稳，听不出任何感情色彩。他曾经有段时间迷过这个女人，甚至还同对方开过一些玩笑。在关外工作的人哪个不懂这种说话方式，分明是团结同事、亲民的体现。黄培业能放下架子开玩笑，也是为了这女人，否则他不知道两个人的故事从哪里开始。

黄培业最愿意听见对方伸着兰花指对着他娇喘微微地骂出那一声讨厌。

可现在不行了，因为有两件事让他不舒服。第一件是不久前她在会上驳过他的观点，还有一次是在他准备开着私家车去公务的时候，却见到毛丽丽坐进了单位的公车里。站在太阳下面，隔着玻璃，黄培业看着曾海东坐在驾驶位上眼望前方，像是没有看到他，便对两个人都生出了恨。黄培业非常清楚，这女人之所以能有如此待遇，关键在于曾海东帮忙。细究下来，原因是毛丽丽对曾海东的称谓，毛丽丽既不称他为东哥，也不叫曾海东为领导，而是叫他曾老师。这个称呼可是要了他小命，曾经让曾海东心头一震，激动得差点控制不住夺眶而出的泪水，从小到大有谁这么叫过他呀，这个世界从来就没有人对他如此好过。

几件事下来，黄培业后悔自己当初在毛丽丽提拔为股长的时候，举过手，讲过好话，于是他转过身对着空旷的走廊轻轻骂了句：恶心！

二

黄培业不清楚自己是何时变成这样的，原因还是这个毛丽丽，当初她为了巴结黄培业，对他一顿猛夸，扭着微胖的身体在他的办公室走来走去，有时还会在他办公桌和午休的沙发间盯那么几秒，让他浮想联翩。黄培业老婆走了很长一段时间，所以他对女人的身体有些迟钝了，可作为单身女人的毛丽丽每天这么荡来荡去，洒着香水的身体确实撩拨到了黄培业。每次这女人走出办公室，他都会深吸两口，让这种甜蜜的感觉穿心入肺，灌入整个身体。有一次他有些不舒服，捂着肚子歪在沙发里，毛丽丽刚好进来说事，便问也不问坐了过来，不仅挨着他的身体，丰满的胸部还时不时碰到他的手臂。要知道这可是办公室，让黄培业这个老光棍差不多幸福得晕厥过去。当时有个部下过来找黄培业签字，见到毛丽丽这个样子，刚拉开门就吓得赶紧退了出去，倒是毛丽丽满不在乎地对来人微笑。毛丽丽对着办公桌上摆着的一张黄培业的照片，止不住地感叹，说自己小时候就有军人情结，梦想做个军嫂，可总是没有渠道，至今还是她心里的一个结。这么一来，作为男人的黄培业再也无法平静。

这件事之后，黄培业觉得不能消沉下去了，他需要振作，让毛丽丽爱上自己，而当务之急便是把自己门口的牌子换了。当初自己太老实，同时为了显示与众不同，把个主任科员的牌子真的挂了上去。这样一来，人家当然不搭理你。想到这里，黄培业觉得还是有必要调换过来。这事自己也有责任，曾海东问过他，如果想要挂副站长的牌子，请通知我，我给准备好了。说完话，曾海东把一个牌子在黄培业眼前晃了下。

这样一来把黄培业逼上了绝路，如果对方不问他，而直接挂上去也没有什么事，可是非要在走廊上问这么一句。黄培业沉着脸说，名不副实、沽名钓誉知道吗？黄培业这么说，就是想让所有人都听见，他不是那种人。说完话，黄培业把对方手里的门牌从半空中抢下来，丢到了地上。

可是很快，黄培业便后悔了，因为有些人把他当成要退的，甚至有人会关心他，快办手续了吧？对于这样的问题，黄培业一律不作回应。如果有人跟他聊天，讲的也多是些养生和孙子孙女话题。除了需要他签字审核，大半天也没有人敲他的门。这样一来，不喜欢热闹的他竟然沉不住气了。虽然自己愿意安静，可以学习业务，做点案头工作，可是这与被人冷落，完全是两回事。于是黄培业便有意无意打开门，就是看看有没有人过来找他说话。很快他便发现隔壁那里欢腾得很，有些笑声直接拐个弯传到了他这里。

黄培业听了，心中不快，关上门，快步回到了座位上，啪的一声关了电脑。黄培业眼睛看着天花板，耳朵里响着那些人的笑声。他最先听到的是那个女人的声音，当然是毛丽丽，她故意笑得前仰后合，目的就是让自己一对奶子跳来跳去，给男人看。就是一个潘金莲，他竟然这么快就把名字给她起好了。像是感知到了他这边的生气，隔壁很快便没了声音。黄培业向墙上看了一眼，下班的时间到了，隔壁的几个人，从左右两边的楼梯下去，离开了单位，他们是到附近喝茶去了。

黄培业看得清楚，打头的便是曾海东。

站在窗前，黄培业身心都在发冷，这帮家伙当他透明，问一句都好吧，去不去是另外一回事，分明是在气他、孤立他，这些人连招呼都不打一声显然就是不把他放在眼里。黄培业明显感觉有些人是绕过了他的门口，就是担心遇见了彼此尴尬。

眼下怎么办呢，难道需要半夜到单位，从抽屉里取出那块牌子，踩到椅子上重新挂上去吗？他觉得曾海东给他挖了一个坑，而他又说不出口。

他本来是正科级，顺利的话可以当个站长，怪就怪在自己太谦虚，打分的时候给自己来了个九十八，他想显示一些自己的低调和淡泊，并不知道基层并不认这个，结果连副的他也没当成。黄培业心里有气，恨自己当初的选择，尤其看着站里连个司机都如此耀武扬威，心中更是不满。黄培业在家里的客厅踱着步子生闷气，他生所有人的气，也包括自己女儿的。此刻，黄培业眼睛瞥向洗手间的门，里面是女儿呈呈在化妆。黄培业脚上狠狠跺了两下，洗手间才有了动静，呈呈出来了，看了一眼黄培业，马上挪开眼睛，女儿当然知道老豆心情不好。

原因是女儿前两天出去，晚上不回来，也没打招呼，令黄培业不爽，他越发觉得自己很失败，工作和生活都不圆满。过去在市局虽然也有许多不如意，如被人说反应慢，没有专业，能力差，等等，他都忍着不作回应。老婆为此和他闹过多次，怪他太没骨气。黄培业也不解释，说你将来就懂了，可是还没有来得及告诉老婆，她便走了。黄培业也曾经安慰过自己，如果老婆在九泉之下知道他和女儿没有大差错，而这些都是他不占小便宜，不收取别人的好处，面对各种羞辱都保持礼貌和风度换来的，就会理解他，更重要的是，他这样一个老光棍，面对各种诱惑，还做到了洁身自好非常之不容易。

对于眼下的处境，黄培业反省过，他认为错在自己太过轻视关外，这里的人并没有他预想的那么朴实。这样一来，他开始对什么都看不惯，主要人物还是车队的曾海东。

黄培业从小就喜欢看书，这个好习惯一直保持着，有时听见别人说话时卖弄读到什么鸡汤类的书，他会在心里冷笑，无聊，低级！黄培业看了很多书，可是他并不会随便与人交流，因为他染上了一点点清高。他认为只有古书才叫书，其他书叫泡沫、垃圾，不值一提。因为有这个秘密，看见他喜欢的或者讨厌的人，便会在心里给对方安个古人的名字，除了方便记，还适合联想。比如第一次看见毛丽丽，便在心里叫了声史湘云，然后在脑子里尽情玩味了一番。对这个曾海东他还一时找不到对应的形象，如此嚣张跋扈，放在古代他是谁呢？叫韦小宝也不配呀，他有人家那个才华和能力吗？他真心不愿意把这个好名字施与他，不能太便宜这家伙。黄培业特别相信自己起名字的能力，仿佛是个咒语一样神奇，他发现名副其实这句话在他这里越发得到应验，一步一步，最后这个现实中的人和书里的人结局竟然真差不多。这是他的秘密武器，他觉得这个世界上拥有这种能力的人没有几个，跟特异功能差不多，绝不能轻易示人，更不能说出来，即使老婆活着，他也未必会告诉她，否则就不灵了。

到了吃午饭的时候，黄培业不会和其他人那样没完没了地聊天，而是回到办公室整理影集。那里面有一些自己的照片，大树下面是自己年轻的脸，瞬间黄培业便有一种回到了军营的感觉。他觉得自己是那棵大树，不会被风吹弯的，而其他人不过是些小花小草而已。他知道自己如此地不合群，一定会有人背后议论他，可那又怎样，他就是不想围坐在站长身边说那些无聊的话。

黄培业的确在赌气，有一次他拿着文件找站长签字，不知道为什么，对方有些不悦，冷着脸说，有那么急吗？语气里透出嫌弃，似乎是怪黄培业小题大做，不懂事，还追进包间里面了。只是站长看了文件的催办日期，又不好再说什么。如黄培业所想，他听见了饭桌上那些人的巴结和献媚。

他们对饭菜一顿猛夸，是在曾海东端着空盘子向外走的时候，每天的菜单都由他来安排，很显然，这个曾海东已经不只是个车队长那么简单，而是秘书、跟班、管家。

所以等曾海东再走回来时这些人只好再说一次，说话的时候用眼角扫着他，目的是希望曾海东听到。有的干脆直说，喂，午饭安排得太过丰盛，要是长期这样，我就变成肥佬了。曾海东听了微微一笑，弯着身子出去，显然是给站长面子。不然的话，他会故意板着脸。因为他最近学会了一招装酷的本领，那就是见人不说话，面对别人的逢迎和讨好，他一律不表态。如果有人向他打听事儿，他会故作神秘地说，还是以领导说的为准吧。他在心里特别喜欢这种把戏，三十多岁才悟到这个独门绝技有多么不容易啊。他从心里感激那位股长，他认为那个家伙才是自己的亲生老豆呢。

曾海东被站里人当成大人物之前，只敢对司机们发发脾气，可眼下局势发生了变化。他开始逞起能来，比如在楼下的传达室他一脚把垃圾筐踢得差点飞出门外，几个清洁工吓得大气不敢出，等过了一会儿，人走散了，才悄悄捡回来，并提醒自己要站得远远的，不敢再惹他这位领导生气。几个准备上电梯的雇员吓得快速跑上二楼，然后在二楼再等，主要是担心被迁怒。上了电梯后，有两个会心地对看了一眼，这一眼什么都有，复杂的心情不能用语言表达，万一传到曾海东耳朵里，不踢出去最后也会掉层皮呀。

曾海东的势力范围已经越来越大，除了后勤，他竟然可以进出单位的考场。他在站长耳边说话的样子谁都看在了眼里，有些人恨不得上去给他捶捶背按摩一番。

黄培业的女儿呈呈便参加了这次协理员的面试。

原因是黄呈呈初恋失败后顺带着连工也辞了，黄培业后悔没有劝住女儿，要知道眼下找工作非常不容易。黄培业没有其他办法，只好跟站长开了金口。本以为站长会拿这个事难为他一番，想不到人家很大度，同意了。这样一来，黄培业反倒不好意思，后悔背后骂了对方那么多次。

黄培业的真实目的是希望女儿尽快在站里找个男仔拍拖。对于女儿未来的男朋友，黄培业希望是找个外省青年。他越发感到那些外省青年不仅普通话好，文化素质高，如果成了还可以优化家族的基因。他反思过自己老家那些人找来找去都是各种亲戚，怪不得优秀的不多呢。既然意识到了，就要在各方面注意。再说了又不是九十年代，那个时候本地人害怕嫁给外省人，因为那些人普遍比较穷，连住的地方都是租的。现在深圳的原住民巴不得找个外省人，主要是有面子，不是猛龙不过江啊。

考试时的气氛有些奇怪，首先是曾海东一会儿端水过去，一会儿告诉站长有人拿资料过来，放在了后备厢，当然他说的是老家的特产地瓜、米粉之类。站长觉得今天这个曾海东有些不同，这种事哪里需要汇报啊，都是些不值钱的东西。站长很聪明，明白了曾海东的心思，忍不住笑了。后来很多人都回想起当初曾海东的表现，的确不正常。

等到有通知呈呈被录用的时候，曾海东兴奋得快要跳起来。他觉得站里没有一个会办事的，没人把话传给呈呈，告诉她在入职这件事情上，他曾海东是出过力的。为此他变得有些伤感，觉得没有人真正懂他。

最初的时候，曾海东不觉得呈呈好，而是看上了最先面试那个女仔，那个女仔长得漂亮，身材也一级棒，可等呈呈开口说话的时候，曾海东瞬间便被镇住了，具体什么原因他至今也不清楚。

话说黄培业的女儿呈呈曾经有点小逆反，不买任何人的账，考试的时候完全把曾海东当透明，见他出出进进过几次，也没正眼看过他。曾海东看见呈呈，最初觉得对方长得很白，样子也斯文，如果能和自己一黑一白配在一起挺有趣的，自己那些哥们见了，肯定会羡慕，到时多有意思啊。之前曾海东也曾想过找个外省妹，又高又靓，带出去的时候脸上好看。可是他发现这些女仔并不愿意搭理他。有几次，曾海东找机会跟她们在一起出去玩，可是她们说的话，他不知道怎么接，甚至有一度见他走过来，几个人讲起了外语，明显是屏蔽他。也有那么几次，曾海东左手提着车钥匙，右手拿着最新的苹果手机，在单位的大堂里走来走去，感觉威风得不得了。那个时候，他希望有人上来搭话，或者手机响起，他可以站在单位门前说几句话，目的就是让外省青年们看看自己的实力，然后跟他搭个话。可是每个人都行色匆匆，根本没有人注意到他，包括那些皮肤干净、相貌清秀的女仔也不会多看他一眼，即使看了视线也会迅速移开。反倒是新来的清洁工并不懂事，盯着他手里的塑料瓶子，巴望他快点喝完。曾海东怎么努力都不行，他还花了钱请这些人吃大餐，几个人吃得热火朝天，可最终还是不愿意跟他说话，曾海东的话跟不上，偶尔来一句他擅长的笑话，却没有人接茬，一度出现了冷场，把他搞得很难受。这严重伤害了曾海东的自尊心。他从小到大，从没有受过这样的委屈，人家都是夸他聪明，长得得意。眼下那些外省青年不仅会唱粤语还会英文歌，这样一来，曾经优越感十足的曾海东连上场也不敢了。因为他只会唱《花心》和《九百九十九朵玫瑰》，种种一切都在暴露自己的老土和过时。

三

全国各地都在车改，箩岗站自然也不能例外。作为体制内最后一批工勤人员，曾海东既不能到窗口，又不愿意到机关事务管理局的车队上班，只能留在站里等待安排，否则他必须接受下岗的命运。

这份工还要得益于你从小到大对厨房并不陌生，毕竟受过熏陶也得到过充分的锻炼。领导安排他去饭堂时如此安慰他。

只这么一句，便让曾海东元气大伤，浑身发软，显然对方一点面子也没留，把他的老底全抖了出来。想不到，他这样一个优越无比的深圳人竟然要做那种伺候人的事情，曾海东认为自己进单位做事也只是想着好玩而已，眼下，他骑虎难下。曾海东感觉自己受的伤害太大了，毕竟是领导身边的红人，为什么没有人考虑他的感受。

站长虽然已经退了休，却还在关心他，让他好好工作，多为群众办事。当站长对他说出那句祝你顺利时，曾海东便知道自己被抛弃了。之前站长不会这样，不都是有事直接吩咐嘛，什么时候这么客气过。他认为自己不是被站长，而是被单位抛弃了。

曾海东无路可走，如果不去煮饭煲汤，只能去车队，穿上统一制服，像个的士佬那样等待指令。曾海东本能地认为不能走，他一定要留在单位，只要不离开这栋大楼，派他做什么都行。当然了，饭堂是他最不愿意去的地方，父子二人相隔一条街都当厨师，别人会怎么看，曾海东的面子往哪里放。为了这个，他曾经找过站长，希望他出面帮他求求情，他说，让我做采购也行啊，饭就不要做了吧，我是不怕辛苦的。

那一次，是站长回来领工会发的纸巾和花生油，曾海东跟在站长身后，帮着拿东西，并把对方带到一间空旷的会议室里，等对方坐好后，他像是变戏法一样，为站长端上了一杯冒着热气的普洱茶。

看着站长苍老的脸，曾海东想起了很多事情，似乎有千言万语，可是他不知道怎么讲，他担心自己会哭出声。他嘟嘟囔囔着，太欺负人了，没有一个好东西！刚才连请您喝杯水的人都没有，当时他们可是在您的门口一等就是半个小时，还要您愿意见才行，现在似乎连您姓什么都忘记了！那个新来的站长，是您把位置让给他，把基础打得这么好，他才可以舒舒服服地享受着，现在他什么态度呀，刚才看见您，竟然愣了一下，不知道称呼您什么了，虽然说让您坐，可是那种公事公办的样子让人心寒。说到这里，曾海东想流泪，替站长也替自己。

站长似乎比之前胖了些，刚开始还比较佛系，说自己现在都很好，每天锻炼身体，练习书法，有时还会在院子里种点菜，葡萄和百香果都熟了，如果有时间你要过来吃啊。

听到站长这么说，曾海东心里不舒服，感到站长的意志消退了。他最后一次吩咐曾海东办事是因为毛丽丽。是接毛丽丽住校的儿子回家，路上曾海东请这个小孩吃了顿麦当劳。那一次，毛丽丽的儿子故意用烟头烧坏了后排的真皮座椅。曾海东看到了，也没说什么，晚上送到修车厂自己掏钱修好。毛丽丽知道后，夸他聪明。她说，曾老师你要是再多读几年书，我们就没有饭吃了。说完，在曾海东眼前竖起大拇指。曾海东听了心里美滋滋的，像女孩子一样，他两端的嘴角也微微挑了起来。曾海东知道自己这个样子好看，从小到大总是有人这么夸他，说他长得得意，像个公仔。夸他的多半是女人，她们喜欢用两只手的拇指和食指捏了他脸蛋上的肉，嘴上做出要撕咬的动作。她们做这些事情的时候，完全没有考虑到曾海东是个提早发育的男仔，每次那种软乎乎的胸脯在他脸上蹭过之后，曾海东都感到浑身燥热，他太喜欢女人们这个动作了。

显然站长不想把话题扯到单位的事情上面，更不想搭这个腔，接这个话。可是他说着说着，终究还是被曾海东那些话激怒了，甚至连手脚都开始发抖。站长说，你好好工作，其他事情不要想，也不用总看别人的嘴脸，关键是不值得，我们有大把事情要做，不能受他们影响，记住他们这些王八蛋会有报应的。站长不仅前言不搭后语，整个人还发起了狠，面部变得灰暗和狰狞。曾海东看见站长捏碎了几粒茶叶时，心中欢喜了。

　　曾海东认为此刻火候已到，便开始了自己的诉求，他说那些衰人我不敢指望，站长我只能靠您帮我去说一句，我希望像老豆那样还能兼着采购，这样的话，面子上也好看些。

　　听到这里，站长认真地看了看曾海东，沉默了令人难受的片刻，然后他连喝了两次水，把一只空纸杯捏成了扁的扔在纸篓后，表情又恢复成从前，他微笑着说，唉，既然退了我就不应再参与这些事情，你也算了吧。

　　曾海东不说话，却已经变成了哭丧脸。站长像是没有看到，显然他已经没有了耐心，并且无法控制自己的烦躁。他说，你在窗口也干过，可是互联网你懂吗？我说的不是打游戏。你有上岗证吗？现在业务都在网上开展，还有，政府采购这块你应该没学过吧，另外，你有专业吗？

你以为拿盒礼品就可以让谁帮你办事吗？这都什么年代了，我认为你应该认真地看看日历。说到最后这句，站长腾地从沙发上站起来，头也没回地出了门。

曾海东想过要留在窗口，可他记不住那些文件的名称，也看不懂英文，试用期间因手脚太慢，答错了政策被人投诉过。可他曾海东何时成了手慢之人呢？他想起自己坐在麻将桌上时，老豆打他手背时愉快地骂他手脚太快，眼里流出的那种爱此刻让曾海东觉得特别恶心。

见曾海东追出来，站长又变得语重心长，小曾啊，他们也是为了工作，一定会公平公正的，你还是要相信领导。

听了这些，曾海东浑身发软，想要哭，老板啊，他们不是欺负我，分明是欺负您。

站长像是听见了曾海东心里面说的话，看了他一眼，默默地上了车，手里紧紧地抓住扶手，好让自己的身体保持平衡。

曾海东彻底傻了，原来自己是真的被抛弃了，这才几天啊，怎么一切都变了呢。

看着单位那些人每天欢天喜地的样子，曾海东越发伤感，世界竟然变了，变得他不敢认，仿佛就在一夜之间。之前的单位像是居委会，屋里屋外都是大妈大姐那样的亲戚，每天家长里短，老公老婆吃饭买菜，说的全是单位的事，连下了班都舍不得走，还要在楼下的活动室里摸上几把麻将，玩累了出钱让师傅做几个好菜喝两杯再回家。而眼下，这些全没了，连那些熟悉的人也都好像换过心，整过容，说话做事的样子让曾海东感到陌生。

连过渡缓冲的时间都没有，车改的文件便发到了站里。作为一个本地人，曾海东觉得自己应该吃吃喝喝而不是伺候什么人，可眼下倒好，他不仅要去饭堂煮饭，还要收拾碗筷。

走在19区的大街上，看着日渐稀少的行人，曾海东感慨万分。这么短的时间里，那些比自己活得还差的打工仔打工妹也找不到了，反倒是大楼里出现了许多穿了正装的大学生，像他这种穿T恤、牛仔裤的工作人员几乎见不到，除了来办事的人，就连过去夸他着装潇洒的那些人也穿戴得整整齐齐。过去曾海东叼着牙签，光着脚漫不经心地趿拉着一双好皮鞋，坐在门口的花池前看打工妹的日子一去不复返了。这世界变化太快，他还没有来得及想想怎么回事，就成了现在这个样子。曾海东越想越感到孤独，而这种情绪竟让他觉得挺怪的，因为这是一种他从未体验过的情绪。

这一切难道是真的吗？之前曾经有很多人夸他脑子灵活、幽默，会讲笑话，夸他的人除了毛丽丽还包括站长那些朋友，可眼下这些人都沉默了。站长退休后，毛丽丽把头发剪了，走路也恢复成原来的罗圈腿，整个人再也没有化妆或打扮过。过去，她总是喜欢留着长发，穿着各种粉嫩的衣服，把自己打扮成少女，眼下她只是一名普通的中年妇女。

曾海东去饭堂上班，不开心的人不仅仅是他自己，还包括那个替他吹过牛的股长。他们的面前都摆着一个牌子，上面只有数字，没有人再为称呼他什么职务而费神。只是股长沮丧的时间很短，便自我开解道，跟不上时代了，给年轻人让位很好啊，再说我也有三十多年的工龄，退休回家颐养天年太好啦。也有人想拿曾海东的事奚落他，他倒也看得开，还会主动为自己解围，说谁还没有个理想呀。熟悉他的人觉得股长变化很大，这种性格的人都能变，还学会了反思，这个时代真是变了。

曾海东竟然最先想到那个毛丽丽还会叫他曾老师吗。有好多次他一遍遍重复这一句，他太喜欢这个美妙的词了。每次路过玻璃门，曾海东看到自己拖着一只大桶或是装有菜和肉的盆子向前滑动，肚腩则变得无比坚硬，挺在中间帮着他用力，曾海东感到了绝望，他觉得自己越来越像老豆。他曾经特别讨厌老豆的相貌，还有性格里的懒、贪小便宜、爱吹牛，喝了酒喜欢打电话和哭。眼下，曾海东害怕自己长成对方的样子，虽然这个老豆曾经给过家里一段衣食无忧的好时光。那个时候，老豆可以开着一辆小货车去5区市场，回来的路上，特意拐到自家小区，到了门口，对着老婆喊一嗓子，曾海东的老母便会跑到门前，等着曾海东老豆从车里扔下的一个塑料袋，里面有肉和蔬菜，那是一家人的晚餐。

从来不知道失眠的曾海东几天没有睡好，他焦虑的表现是对着老豆发火：除了吃喝你真的没有其他爱好吗？

曾海东的老豆愣住了，他不解地看着儿子。

曾海东又说，你看看这么大个屋企（广东话家的意思）除了烟和酒什么都没有放。

老豆站直了身子看着眼前的这个仔，他的眼睛瞥了下不远处的神位，故作轻松地说，对对，是有些过时，不过我们家从来不缺装修的钱。

曾海东说，你能不能买点书放上去？

老豆睁大了眼睛看着眼前的曾海东，他不清楚到底发生了什么。到了晚饭的时候，气氛很怪，老豆喝汤的时候第一次没有发出声音，甚至平时全家都爱吃的蒸鲳鱼也没人去动，因为老母忘记了放姜，整条鱼腥得要死。

想不到一切都变了，曾海东终于体会到了什么叫孤独。这些年，他挑来挑去，把自己的终身大事也给耽误了，拖成了一个三十六岁的老公仔，从领导身边的人变成了一介饭堂师傅，走回了老豆的路。

曾海东的老豆喜欢给打工妹点咸鱼茄子煲。见对方吃得很香，曾海东的老豆便感到心满意足，这也是老豆的幸福时刻，他觉得自己比那些在流水线上做工的人有钱，有地位，有面子。

而揭开这个秘密是在某一天的早晨。

曾海东走到门口时又转回身说，我知道老母这些年都误会了你。

老豆听完吓了一跳，差点把手里的东西扔掉，他不解地看着这个越发古怪的仔，迟疑地问，什么？

曾海东说，我指的是你请那些打工妹吃饭，又背着家里人拿钱给她们的事情。

像是被人打晕，曾海东的老豆一张脸瞬间改了颜色，脖子也变得红肿。最后他像一个哮喘病人，连呼吸都不再均匀。

曾海东脸对着别处说，其实我认为你是一个有情怀的人。说完这句，他猛地推开了家门。

老豆眼睛看着曾海东的背影，半天说不出话，他不习惯曾海东说话时文绉绉的样子，平时两个人都是在吵架中完成日常交流的。此刻曾海东的老豆像是喝醉了酒，有点耍赖的味道，他颠三倒四地说，仔呀，你说清楚些，老豆老了，不知道你说的是什么意思。

曾海东继续向前走，神情上已经表现出了缺乏耐心，他说，唉，你真的好烦啊！我是说老豆你是个好人！

这句说完，空气凝固了一样。曾海东已经彻底走远了。曾海东的老豆不敢再追出去，而只能站在原地发呆，他觉得这个仔不再是原来那个。

当年曾海东的老豆喜欢把车开到25区，那里有许多打工妹。有时打工妹会自己趴到他的车窗上来，跟他挤眉弄眼。这样的时候，老豆就会挑上两三个相貌中等、面露愁容的女仔带上车，开到19区的大排档吃上一顿。吃饭的时候他会跟她们说说自己威水的事情，还有小时候的故事，然后从皮夹子里掏出两三百块钱，递到她们的手中。对方当然是接了的，羞羞答答地说句谢谢老板。天热了，买件衣服吧。说完话他伸出手扯断对方袖口上面的一根白线。

这种事有两次被曾海东见了，当时曾海东刚洗头出来，父子二人有点小尴尬，但很快就没了。因为老豆对曾海东说，带你去洗个脚长长见识。说完，老豆脸上又没有了表情，眼睛掠过曾海东的脸时，见曾海东有些犹豫，老豆故作生气，冷冷地问了句，好忙呀，不想去？

曾海东也故意冷着脸，去就去，我怕谁呀！

按脚的时候，曾海东看见老豆刚坐了不到五分钟便呼呼地睡着了。醒来之后，两个人都有些不自在，老豆没话找话问，我上次见的那个阿香去哪儿了？

曾海东说，走了呀，工厂都搬去东莞了。

老豆说，应该都嫁人了吧。说完话，老豆变得有些失落。

四

秋天还不到，黄培业便发现呈呈和曾海东搞在了一起。起先他怀疑自己的眼睛，很快便得到了证实。他看见两个人关在饭堂里很久，直到天色已晚，空气中飘着香煎马鲛鱼和爆炒指天椒的味道，甚至有人已经吃饱饭出来散步了，黄培业才等到两个人出来，并钻进了门口的小车里。

黄培业手脚变得冰冷，身体好像不是自己的了。黄培业把车停在角落里，整个人躲在驾驶位的后面。他感觉曾海东有一刻还向他这个方向看了一眼，黄培业吓得赶紧躺在了后排的座椅上。曾海东的车开远了，黄培业也没有起来，他只想这样躺着，让天彻底变成漆黑。

不知过去了多久，黄培业终于活了过来。可是活过来的他浑身无力，甚至连回家的路都不认识了。黄培业开着车，在19区到25区之间转了很久才到家，他开得慢而且迟缓，像头再也耕不动地的老牛。

黄培业本以为这个曾海东已经离开了自己的视野，可是他失败了。为了躲开这个人，很长一段时间里，他连免费的午饭都不在单位吃，而是叫上一份快餐或跑到小店里吃碗牛杂了事，可他万万想不到这个家伙竟然换了种方式与他战斗，黄培业越发感到了害怕。

黄培业看着灯光在远处闪烁，四周安静得似乎可以把他吞没，他的头好像随时会裂开，心也被绞得越发疼痛起来。

终于，黄培业在这一刻找到了讨厌曾海东的原因，那就是对方那副既自卑又跋扈的做派和当年的自己太像了，黄培业仿佛遇见了自己的前世。

而他早已摆脱了那个久违的自己。

只是黄培业不知道怎么跟女儿讲，除了难堪和狼狈，他真的不愿意面对。

黄培业想到了很多话，他一定要阻止女儿成为曾海东的老婆，否则自己这辈子的努力便归零了。不仅女儿，连自己辛苦积攒下的家业也留给了那个混蛋。

黄培业强忍着愤怒对女儿说，你可以邀请一些男仔到家里来玩的，我还可以给他们做粤菜吃，这些年轻仔家住外地，人生地不熟，让他们看看我们家的大屋，昨天中介还联系过我，你告诉他们，即便是把这间大屋买下也不成问题。想到这里，黄培业再次想到那个神秘的中介。最诡异的情况是，十年的时间里面，这个人仿佛从没有离开过黄培业的左右，手机永远保存着黄培业的电话，一直都在跟随着他，并且掌握着他的作息时间。有些睡不着的夜晚，黄培业看着被风吹动的窗帘，会想到这个人，是不是正躲在哪里偷窥着他黄培业的生活？

呈呈说，还要请男仔？我是花痴？你喜欢做菜为什么平时不做？害得我天天吃米粉，想起来都要呕。

黄培业说，男仔女仔都行，我只是太闷了，我想和那些年轻人说说话。

你差不多是站里最老的人了，你见的人哪个不年轻？见黄培业接不上话，呈呈笑嘻嘻地说，你怎么不找毛丽丽，年龄差距又不算太大，没代沟，你不是最喜欢她那款的吗？

黄培业气呼呼地说，我不喜欢她。

呈呈说，对对，她喜欢别人，她串男同事办公室的时候，你是吃醋了。见老豆脸色不好，呈呈又说，好吧，我看下以后有没有机会吧，不过你要有点耐心啊，我可没有那么快。

黄培业见女儿也算是没拒绝，有些安慰。心想到那个时候，自己要给他们做粤菜，烧鹅、蒸石斑鱼。这两个菜他最得意，当年在部队的时候，如果有条件，他一定会露两手，很多人喜欢，包括首长也爱吃。只是这些年，他事事不顺，心情不靓，似乎忘记了还有这个手艺。眼下，他觉得只要是有人对女儿好，他就愿意花钱，也不怕费事，重拾旧业一点问题也没有。黄培业想到吃完了饭，还可以带着他们参观一下自己这间带了花园的楼顶大屋，虽然是租的，可是他分分钟可以买下，前几天，那个中介还来过电话，只是他又是那样打发了对方。黄培业就是要让来家里做客的男仔们明白，这些东西都将留给呈呈，只要对方好好爱他的女儿。

想到女儿说没有那么快，黄培业又挤了笑容对呈呈说，如果开始的时候不愿意回家，也可以约他们去外面酒楼，不要去饭堂吃，没有什么营养的。

呈呈带着情绪说，我批评过你不做饭，不热爱生活，结果你就打发我到外面吃，你以前不是批评我总是帮衬地沟油生意吗？

黄培业说，那是过去，那个时候我让你好好读书，不要浪费时间。可是想想现在你已经什么年龄，如果正常结婚，孩子都应该很大了。

呈呈觉得老豆最近说话做事总是怪怪的。

黄培业说，多去参加集体活动吧，还可以约了人唱K，这种事你要主动，因为你是深圳人，应该请他们的。

呈呈说，深圳人又怎样？大家都有工资，为什么我请？现在都AA了呀，如果我抢着买单，人家以为我有病。另外，个个也都是深圳户口了好吧，当然谁都是深圳人，所以不要再拿钱说事，你好土知道吗！

黄培业叹了口气，他忍不住怀念起当年，当年那些外省人会羡慕他们这些有深圳户口的人，而现在只要大学毕业，便可以在深圳落脚，户口不户口人家根本不当回事。想到这里，黄培业有些失落。他说，好好好，我是说偶尔可以去吃的。黄培业接着说，在单位的时候要主动找活干，累不死的，多参加集体活动。

准备出门的呈呈听了，停下脚，转过头对着黄培业说，我凭什么无缘无故帮别人？我自己的事情还做不完呢。呈呈越发不满意老豆这么说话。

黄培业也不解释，心里想，反正办法已经教给她了，自己去想吧。黄培业脑子里是外省男仔回家来吃饭的画面。如果发展得快，黄培业还可以带着他们回到自己的老家韶关，还有更老的乡下，让村里人看看，家里也算是有文化人了，工程师、科学家、医生、律师、老师这样的称呼也可以出现在他们家族中。

想到这里，黄培业又补上一句，老豆的要求不高，你鼓励那些年轻仔大胆追求吧。

老豆你发神经啊，我又不是嫁不出去。呈呈被气笑了。

黄培业说，不开玩笑的。他的神情又严肃回来，黄培业觉得自己什么都明白却又不敢说，心里好苦。

到了晚上，呈呈对黄培业说团委组织了活动去大理。

浑身瘫软的黄培业听了，立马眼睛放光，说，快去，我支持你。

呈呈说，有编的人才去，我是临聘的，不想凑热闹，自取其辱。

黄培业说，大不了自费，老豆帮你出钱。

呈呈说，自己出钱就更没必要跟他们一起，我又不是没有朋友。显然她想把这个事继续瞒下去。

黄培业差不多算是哀求，才说通了呈呈跟着去大理，条件是她以后的事情不能再干涉。

送走呈呈，黄培业轻松了不少，心情也好了些。电视上正在播《中国好声音》，黄培业搬了个小板凳坐在电视机前，他记得高考的时候女儿提过想考到西安，喜欢那里的秦腔，还说那边的人大气，当然她是想离家远点。这一刻黄培业脑子里是那个西安男仔的样子，单位年终晚会的时候，他还做过主持。他记得呈呈说过对此人印象不错，主要是这个人对流行歌曲有独到见解，尤其是民谣和说唱音乐。黄培业听了，瞬间记起曾海东连句正经话都说不顺的样子。想到这里，黄培业便想着更需要把女儿拉出火坑。他暂时忘记了最近单位的各种烦恼，比如毛丽丽对他视而不见，或是新站长把他手上的审批权剥夺了，还美其名曰，让年轻人多干点，为老同志减轻负担。黄培业在心里骂着，你才小我几个月，就说我是老同志！分明让他靠边站。黄培业要让自己的脑子里不去装这些破事，而是守在电视机前看浙江卫视，他准备和这个男仔进一步寻找话题，为此他已经做好了周密的安排。

活动还没有结束，黄培业便等来了坏消息，他没有想到曾海东请假去了大理，住在了呈呈所在酒店附近。黄培业痛心疾首，他怪自己不到饭堂吃午饭，这些情况没能及时掌握。

回来的当晚，黄培业联系上了那个爱唱歌的男仔。对方说，因为呈呈到了驻地便把曾海东介绍给了每个人，请他参加单位组织的集体活动。

曾海东什么鬼啊，与我真是有仇啊！黄培业恨得咬牙。

五

曾海东也没有想到自己会喜欢上黄培业的女儿，因为他和老豆一样，还是喜欢那种被崇拜的感觉，而呈呈显然不是随便去崇拜人的类型。曾海东先是喜欢黄呈呈干净的皮肤，后来是发现这个女仔身上有种谜一样的东西，至于是什么，他搞不清楚，甚至每次想的时候都会犯晕，他担心再想下去，会头疼，像小时候看书那样。到底是什么东西让他如此记挂呢？每次见呈呈说话，他便会停下来，他愿意听对方嘴里说出来的那些词汇，尽管没有完全懂，可是那种特别的感受让他向往。平时他也擅长说话，口若悬河、滔滔不绝的感觉真的很痛快，可眼下，他竟然觉得自己说的那些特别幼稚和无聊。有段时间，曾海东发现自己在模仿呈呈说话的样子，而他的这些变化让老豆老母感到了害怕。

吃着曾海东做的香煎海鱼，黄呈呈哭丧着脸说，我已经两周没和老豆说话了，其实他什么都知道了。

曾海东说，如果你愿意，大不了我养着你，我把家里另一套房子租出去，反正你不用愁没的吃。

回到家，黄培业再也不能忍了，他对着呈呈吼叫，吃吃吃，你这辈子只满足于吃吗？

这是老豆第一次对自己发火，呈呈也生了气，说，你为什么要那么势利，大家都有手有脚怕什么？

黄培业的身体软下来，虚弱地说，我辛苦了一辈子，就是为了让后代不要低三下四地活着，我看这家伙是过来截和的，我终于明白自己这辈子是在为谁奋斗了。

呈呈见黄培业这样，心软了，说，老豆你到底担心什么呀？

黄培业躲闪着呈呈的眼睛说，我希望你活得好一些。说到这里，黄培业再次失控，他开始了咆哮，我看书、学习、求进步，舍不得吃舍不得用，我除了为自己买过一双金利来皮鞋，这辈子几乎没有用过一件名牌，你知道老豆我多辛苦吗？早知道如此，我为什么这么拼命。

听了这话，呈呈说，你为什么要那么辛苦啊？

黄培业喉咙哽了，缓了半天才说，老豆希望你不要满足于眼前，一定要努力。

呈呈已经不耐烦，老豆我现在已经很好，只是求你不要总是关心我感情上的事。

黄培业盯着女儿，感情？他这种人还有感情？

呈呈见老豆这副讽刺的语调，开始愤怒了，对，感情，爱情。

黄培业说，好，暂且称之为爱情，我问你他有什么好？

呈呈说，不装。

黄培业说，如果他想装，可以装什么？我看他只能装成很厉害的样子去欺负人。

呈呈说，害怕吵到你读书、看文件，他把那些人带到别处，担心你被那些过来闹事的人打扰，他给你做了两块门牌让你选，那也算欺负吗？

黄培业说，可说到底他还是没有文化。

呈呈说，没文化可以学文化，这不难呀，你不能把人看死吧。

黄培业说，哪有那么容易！

呈呈道，也没有你想的那么辛苦。

黄培业说，再苦还有厨房苦吗？

呈呈说，厨房也算是一门技术，至少可以让家里人享受到美食。

黄培业不知道怎么接女儿的话，他把眼睛投向窗外，外面阳光灿烂，而黄培业好久没有出去过。本来可以走到单位，可是他不想在路上遇见熟人。黄培业每天从电梯直通到车库，晚上再由车库坐上电梯回家，他早已经封闭了自己。

此刻，黄培业深深地叹了一口气说，我希望你多想一些事情才好。

呈呈说，我知道你在想什么。

黄培业虚弱地说，将来你就知道苦了。

呈呈说，你是害怕这个家重新回到起点上。

黄培业变得沉默不语，他可以什么都不说了，女儿已经一语道破了天机。

黄培业的脑子里一直浮着曾海东的样子，对方跟当初的自己如此相似，从职业到做事，只是对方没有赶上好年代。

他们相遇在六合街私人诊所的那件事情应不应该告诉女儿，这是压在他心里的石头。当时他怀疑自己得了那种病，大医院不敢去，只好去了小诊所。当时还是上班时间，黄培业扮成无业游民，那个所谓的女医生好像早已司空见惯，看着黄培业的皮鞋，漫不经心地问他是不是做生意的，经常要出差。

黄培业像是得了救命稻草，不断点头说是的是的。

对方淡淡地说，对，应该就是这么回事。

黄培业继续鸡啄米，是啊是啊！可说完了自己又很糊涂。过了很久黄培业才知道那不过是普通的皮肤病，涂点皮康霜便好，可是没有人告诉他。这么多年，他不想女儿受委屈才没有再婚，把自己拖到这么老，再找人结婚已经不好意思了。那之后，他对女性连想也不想，真正做到了清心寡欲。

也就是那一次，他在楼下遇见了曾海东。他不知道怎么办，互相点了下头，便各自走开了。这件事他能对什么人说呢。想到这里，黄培业试着启发女儿，我是说他可能做过你想不到的事情。

呈呈挑衅似的问，那会是什么？

黄培业想了下才吞吞吐吐地说，打个比方，我如果背着你老母去找了别人怎么办？

呈呈听了，松了一口气，笑说，还以为什么事情，老母走了这么久，完全不存在啊。你把自己搞得那么忠贞，我一直都在想你怎么不去找个女人快点结婚，总这么单着，搞得我还有心理负担了，好像我的存在耽误了你一样。

黄培业各种滋味在心头，却不知从何说起，硬着头皮说，我说的是他，你认为他不会去做那种事吗？

这下呈呈终于安静下来，不再说话，她静静地看着黄培业的脸，冷冷地问了句，老豆你到底想对我说什么？

黄培业慌了，他似乎想不起前面都说了什么。此刻他的头有些痛了，他隐隐约约觉得自己可能做错了事情，可是他又能怎么办呢。

正这么想着，电话突然在角落里炸响。黄培业愣了一下，冲过去抓在怀里，是那个中介，已经有一段时间他不来电话了。黄培业已经开始惦念这个人了。尽管他换了一个号，可黄培业还是听出了对方的声音。

此刻黄培业不想按掉，也忘记了自己那套话，他的脸紧紧贴着手机，他想要和这个人说很多话，如果对方站在自己的面前，黄培业还要拉住对方的手。见黄培业在听，对方似乎也有些受宠若惊，前面的话显得有些结巴，后来才直接告诉黄培业如果还不买下眼下住的这套，小区很快将要动迁了。

黄培业的心悬在喉咙下方，他问，那会怎么样？电话那头说等建好之后，只有原来的住户，才有机会直接迁回来，其他人只能按市场价去排队抽签。直到这个时候，这位中介也才恢复了正常，他停顿了一下，说，不知道那个时候您是否还有这个能力了。

电话这边的黄培业端着电话，整个人好像被钉在了原地。对方又喂了几声，没有听到回应，才把电话挂断。

站到客厅中间，黄培业看着不远处的呈呈，猛地打了一个激灵。他想起了当年，因为自己要进步，对工作有追求，他放弃了与家人在一起的时间，主动要求去援疆。一去便五年，回来后又忙着各种加班，包括老婆离开那个晚上，他也不在，导致留在家里的女儿受了刺激，事情过去了很多年，都不能正常地与人交流，甚至连学校都不想去，直到最近才变得开朗起来。这些事情他黄培业凭什么都忘记了？

想到这里，黄培业走到了女儿身前，把手搭在呈呈的肩上说，不会的不会的，曾海东是个好青年。

黄培业看见女儿先是怀疑地看着他，后来慢慢地歪起了头对着他笑，我又没说要嫁给他，你这么严肃做什么？

黄培业说，对，现在的开心最重要。说完话，他回了一个笑容给女儿，虽然他觉得嘴咧得有点歪，可好在反应及时，才没有让自己一错再错。

黄培业重新又坐回到沙发上，他对着女儿摆了摆手，说快去吧，等会儿迟到就不好了。这时呈呈突然对黄培业说，老豆，我还是陪你在小区散步吧，除了上班，你真的好久没有出过门了。

黄培业没想到女儿会说出这些话，鼻子有些酸，可是他不想让对方知道。两个人有很多年没有说过这么多话，他实在不敢想象那个曾经自闭过的女儿开始热爱生活，还要陪着他散步，这应该是曾海东的功劳吧，只是黄培业目前还不愿意把这份功劳安到他的身上。黄培业故意绷着脸说，干吗？我自己没有腿啊，还是老到已经需要人搀扶啦？

呈呈说，我认为你不是担心遇见熟人，而是害怕看到那些变化，所以你一直都在逃避。

仿佛被子弹击中，黄培业浑身发软，他倒在了沙发上。

很快黄培业想起了什么，又迅速坐了起来。他觉得一刻也不能闲着，他后悔给曾海东起过西门庆、韦小宝之类的名字。如果真是那样，难受的不仅仅是女儿，连这个家也完了，包括他所有的辛苦和努力都将化为乌有。所以他要找个好名字给曾海东安上，比如柳下惠之类，让对方在今后的生活中放老实一点，脚踏实地，好好生活，毕竟时代变了。

半个小时之后，黄培业已经来到了大街上，只是他的样子像是从地窖里爬出来的，被阳光刺痛了眼睛。黄培业对着不远处一左一右两棵红彤彤的凤凰树，愣了很久，还是想不起这是什么时候种的。

　　住在关外，心却不在这里，黄培业认为自己差一点就错过了最美的风景。

　　黄培业就这么一路想着，他发现自己真的不愿离开他们，哪怕退了休，他也希望能在小区看到这些人、这些树、这些花。黄培业认为那个时候的自己，应该是出来晒太阳的。

你好大圣

一

刘小海到深圳打工近三年，一直没有回过家，就连报平安的电话也不肯打回一个，为此作为母亲的刘谷雨常常感到做人很失败。

在家隔离的这段时间，刘谷雨更有时间想事了。从过年到清明，刘谷雨如同放电影，把能想到的坏事儿在脑子里过一遍，然后隔几分钟就会刷下手机，了解深圳的情况。到了3月底，刘谷雨再也躺不住了，第一个念头便是回深圳，如果有可能，刘谷雨希望重操旧业，做回自己的老本行，这样便可以留在儿子身边，免得牵肠挂肚，放心不下。

刘谷雨当年把儿子放置老家，自己则在深圳打拼，时间长了，母子关系自然欠佳，到了后面，连正常的沟通也难以进行。意识到的时候，已经晚了，昔日的刘小海长成大人，再也不会让她抱，让她陪着，连问句话也不回应。刘谷雨这边刚刚办了辞职并坐上火车，儿子刘小海那边则与同学一道跑到了深圳实习，并留了下来，地点还是她待了二十年的固戍。这样一来，刘谷雨不得不相信命运，她觉得这是老天故意捉弄她，让她连后悔补救都没机会。直到农历三月三这天早晨，远在深圳的工友又再提醒她，说刘小海出了公司大门，身边还有几个可疑的陌生人。虽说新冠没有之前那么严重，可也不能这么不小心吧，外面的人到底是哪里过来的，谁都搞不清楚。刘谷雨在脑子里想象着工友描绘的场景，越发害怕。河南到深圳的高铁通车之后，刘谷雨的心就曾活泛过，她计算过回深圳的时间。只是一直没有契机，直到这次疫情，才让她重新有了理由和勇气。刘谷雨在心里面嘀咕，去深圳为什么需要别人同意，那是我个人的事，除了那个该死的刘国平，当年我可是谁的意见都没征求，当然，那个男人最后也是放了她的鸽子。而这些事，她只能压在心里，不仅如此，她还要故作潇洒，刘谷雨认为只有活得更好，才能报复到刘国平。否则这些年的苦真是白受了，最关键的是影响了她的命运。

在家憋了三个多月的刘谷雨彻底下了决心，她不想再等了，似乎再晚些刘小海就会失联了似的。于是她准备试探一下刘小海的态度。她先是打通了儿子刘小海电话，婉转地表达了自己的意思。这么重要的事当然不能瞒着，刘谷雨可不想在街上见到刘小海，到时母子二人走了一个正对面，到那个时候，刘小海可能真的会与她反目成仇，届时局面将更加无法挽回，刘谷雨不敢再想。

　　如她所料，刘小海对那些关心他的话并不想听，而是质问了一句："深圳是你这种人待的地方吗？请你把身份证拿出来认真核对一下自己的年龄。"

　　刘小海向来的风格是在电话里怒吼，眼下突然换成冷静，只是这种冷静果然超冷，让刘谷雨听了手脚冰凉，虽然她暂时地放下了心：第一，刘小海说话了，她听到了关窗的声音，说明是在室内；第二把心里话讲了出来，身体立马轻松许多。刘谷雨心想，老娘可是工业区的名人，当过先进，厂里的哪个活能难倒我。只是她暂时还不想把这个底儿告诉儿子，刘谷雨认为这是最后的底牌，她要让儿子明白，自己是一个了不起的母亲，虽然没有陪在他的身边，却有一个骄傲的过往，玩具行业的事，难不倒她。要知道作为一个在职业能力比赛中获得过大奖的技术能手，刘谷雨的大照片曾挂在公司的荣誉室里，供人参观。

"人生有多少个二十年，我在深圳的时间比在老家的都长，不熟悉深圳我熟悉哪儿，所以你不要担心我啊。"说完这句，刘谷雨笑着对着镜子，用另一只手比了个 V 字，然后扭了下屁股，她发现自己胖了，如果要出门，还真的需要减掉几斤。

刘小海说："我不是担心你，而是担心我自己。"刘小海反感刘谷雨的这份不信任。

"是啊是啊，我也是担心你。"说完这句，刘谷雨才想起刘小海这话的真正用意，他担心的是两个人见面后可能会发生不愉快，甚至是冲突。到了那个时候，谁也回不了头，至少眼下井水不犯河水，眼不见心不烦，各自相安无事。因为有次刘谷雨在电话里提出我们可以见面聊聊，看看是否可以缓和关系，我也知道自己有很多缺点，可是改正也需要一个时间嘛。说完这些话，刘谷雨便发现自己用的是外交辞令，根本不像一个母亲。刘小海听了，冷笑一声："大姐，我们最好是零交流，于你于我都比较保险你信不信。"刘谷雨碰了钉子，只能苦笑，她再次觉得"人生没有后悔药可吃，出来混都是要还的"，刘谷雨想起港产片里这句著名的台词。

怀刘小海的时候刘谷雨二十三岁，正赶上香港回归，作为流水线上的拉长，一位戴过大红花，被劳动局评为技术能手，上台领过奖的玩具厂女工，刘谷雨荣幸地参与了大合唱，与其他能手共同庆祝回归时刻，那是何等地幸福和荣耀。刘谷雨被厂里的姐妹嫉妒得要死，平时最好的几个都不再和她说话，就连刘谷雨拿了奖金说请吃夜宵看录像也没人搭理，组团把刘谷雨当成了空气。没过多久，刘谷雨便回到老家生下儿子，取名刘小海。等她坐完了月子再回到深圳的时候，男人竟找了个性格不合的理由离她而去，从此刘谷雨的好运气似乎也被对方带走了，随后她经历了公司股东撤资、欠薪、上访、技术升级改造、腾笼换鸟等一系列事情，而她个人的那些恩怨变得不值一提，淹没在各种颠簸中，好像摆出哪件都显得小家子气了。这样一来，刘谷雨只能认栽，毕竟在深圳无亲无故，没有什么地方可去，更无人可以诉苦，毕竟前面秀过的恩爱，这一刻都成了打脸的凭据。尤其是她老家的父亲，认定这是他落选村委委员后的第二次失败，一气之下，离开了刘家庄，去了驻马店打工。到了这一刻，刘谷雨才感到雪上加霜，不仅没有气到刘国平，还把自己搞得更加狼狈，至少生出的儿子不能退回肚子里吧，放在家里的刘小海没人管了。

刘小海一出生便留在漯河，先是由老人带，后来被丢给了舅舅，再后来刘小海成了野孩子，他谁也不想依靠。有次他跑到离家最远的南山，爬到中间的时候，他见到了一条小花蛇，刘小海被吓得哇哇大哭起来。下山之后，他认为自己不需要大人也能活下去了，等走回家里，刘小海觉得自己的心肠硬了起来。

刘谷雨每年春节回去，见到的刘小海都不一样，除了不断长高，脸上的肉变成了横的，也极少讲话。刘谷雨希望有人可以从中调解一下，却没有人愿意搭这个腔。

谁都清楚深圳这两个字，无论在哪里，都非常耀眼，本该像个勋章那样别在父母和亲人们的胸前，可因为刘小海的到来，成了污点，不仅家里人绝口不提，连外人说起来，也是态度暧昧，躲躲闪闪，好像刘谷雨做了什么见不得人的事。家里人从刘谷雨把刘小海生在娘家这天开始，便开始了嫌弃，他们觉得刘谷雨没脑子，去了趟深圳，除了带回个孩子什么也没挣到，把家里的脸丢尽了。他们把刘小海的孤僻叛逆归结为他有个不着调的母亲。这样一来，刘谷雨也没法解释了。这种气氛刘谷雨感觉得到，当然，辞工回到家之后会更加明显。刘谷雨发现自己的身边空空荡荡，连个说话的人都没有了，也没人问她你在深圳怎么样啊，似乎早就想好了要把她晾在一边。刘谷雨看着那些在她家门前绕着走，而又时不时回头张望的男人、女人，特别想追上去问个明白，我到底怎么了，你们凭什么这样。可转念一想，觉得那样去问人家就更傻了，这些年自己做的傻事难道还不够吗。第一件便是商量好了一起进城，最后刘国平反悔。第二件便是为了气刘国平，她快速把自己嫁了并生下孩子。

二

村里人聊天的时候，有时在自家门口，有时则会选在刘国平的超市门前，这让刘谷雨很烦，她的状况谁清楚了也没关系，反正她不想与之来往，可是她不想让刘国平知道。两个人从小学到高中都在一个班，每天天还没亮便各自踩了一辆单车会合上路。高三下学期，有一天，刘谷雨想和对方商量些事，特意没有骑车，而是跳上刘国平的后座，这一坐便是半个学期。再后来，话题开始分叉和复杂，有时候，见刘国平不表态，刘谷雨会气得跳下单车，自己走，刘国平只好推着车跟在后面，央求刘谷雨，说："算了是我错了求求你行了吗，不要闹了，给人看见会笑话的。"刘谷雨说："看呗，都看见才好呢，我不怕。""唉，你真的不怕呀，人家会说我们是两口子的。"

刘国平说完，不怀好意地笑了。刘谷雨气得大叫："呸呸！谁和你是两口子！除了算账你什么都不会。"刘国平只好求饶："对对，我啥都不会。"

两个人商量的当然是进城打工这件事。那个时候，谁的心又在村里呢。

刘谷雨盯着刘国平口袋里的《深圳青年》问："你要去深圳吗？"

"没有啊，随便翻翻。"除了村委，刘国平的家在全村最早安了电话，只是这种东西很多人没有机会使用。刘国平还会带些小商品到学校，电子表、蝙蝠衫、方便面，他的这些宝贝多是深圳和石狮那边过来的，有时他还会把这些东西卖给同学。

刘谷雨从小到大皮肤不错，一张脸鼓鼓的，像个娃娃，遗憾的地方是身材一般，主要是胖，浑身上下哪里都是圆圆的，所以比较自卑。每次想起这个事刘谷雨都会很烦，走路的时候只好躲着那些玻璃窗和镜子，有一次刘国平送了个小镜子给刘谷雨，也让刘谷雨生气，认为对方有意在奚落她。尽管她用尽了全身的力气和方法，还是瘦不下来，有人说是隔代遗传，这就让人没办法了。为此，刘谷雨和城里女孩子一样，愿意看电影演员，她求父亲帮她订了全年的《大众电影》想要学学明星的穿衣打扮。刘国平对成绩不在乎，反正家里总是劝他学做生意。他担心影响了刘谷雨，所以没有退学。有时他会检查自己单车后胎，担心影响了他和刘谷雨第二天上学。每到这个时候，就有人笑他："刘国平，你这是陪老婆上学啊。"

刘国平听了，笑嘻嘻地说，你才陪老婆上学呢。

这些事情他不会让刘谷雨知道，用刘谷雨的话说就是刘国平花里胡哨，没有正经事，什么事都听家里的，没什么鬼用。

有一次刘国平带了件牛仔服的上衣给刘谷雨，说："如果你觉得好先拿回去穿。"他知道刘谷雨最怕人家说她穷。

刘谷雨用眼睛打量了这件衣服，心想如果穿，头发要放下来，还要用夹子卷一下，里面要配上那件红毛衣。想到这里刘谷雨问："穿脏了你怎么卖呢？"刘国平想了下说："那就不用还了，全当帮我做了广告。"刘谷雨看了看刘国平书包里的衣服，眼珠子转着，想了一会儿，最后她放下衣服，不屑地说："你还是另请高明吧，这些东西不适合我。"

有一天晚上，刘谷雨去村东头的小店里买盐，顺便找刘国平说个事情。看店的正是刘国平，这一晚他的父亲也不知道去了哪儿。

掀开棉布帘子，刘谷雨发现店里的气氛与往时有些不同，有种异样的感觉。首先是炉子里的火比平时都旺，偶尔还会发出噼里啪啦的响声，如同过年时，小孩子们甩了出去的小鞭，每响一下，都会让人打个激灵。接着，刘谷雨看到柜台上多了台录音机，里面正放着歌曲，那是刘谷雨并没有听过的粤语歌，因为这音乐，空气中似乎有一层薄薄的雾在弥漫着。村里面的几个年轻人都在，有两个去了外地，这一次是回来过年的。刘谷雨的记忆里，他们从来没有这样聚过。此刻，他们说话的声音和神态怪怪的，连身体动作也是那么夸张，脸庞显得肿胀而红润，他们的眼睛里正放着奇异的光，像是喝了酒。刘谷雨并不知道什么情况，直到又过了一两分钟，她才看到柜台上面平放着一张张海报，四大天王、林青霞、李嘉欣、梅艳芳等人都在里面。此刻，村里的青年们有的伏着身，有的靠在墙上，眼神偶尔会有意无意飘向这些海报。刘国平也在其间，这一次他没有站在柜台里，而是像一名顾客那样，站到了外面，他的一只手潇洒地插进裤袋。刘国平与村里的青年们靠着墙，似乎热烈地谈论着什么，手里还拿着一支不死不活的点着的香烟，他们偶尔会故作老练地放在嘴边吸两口。奇怪的是刘国平竟然没有看刘谷雨，甚至连正常的招呼也没有打。刘谷雨第一次看见刘国平这个样子，不知道为什么，刘谷雨的心慌乱起来，隐隐感觉到这些人之前的话题与她有关。像是为了掩饰，刘谷雨把脸扭过去看别的商品，她知道这些人的眼睛已经溜上了她的后背，然后又迅速回到了刘国平的脸上，他们交换着眼神。刘谷雨难受极了，要买盐的这句话都不知道如何开口。见对方还是没有搭腔，刘谷雨只好背对刘国平，眼睛看着落满灰尘的门框问："你那种年画多少钱一张。"

刘国平听了，只重重地咳了一声，便没了下文。刘谷雨发现刘国平的声音有些异样，随后，刘谷雨听见了刘国平阴阳怪气地说："我这里可不卖年画。"说完，便听见几个人的笑声。

这样一来，刘谷雨便显得有些狼狈了，她不知道接下来该怎么办。又不知道该不该马上离开，显然对方猜到了她的心，知道她不会离开。

她这次是过来还钱的，刘谷雨的父亲赊了店里的账，就连《大众电影》也是刘国平帮着垫上的钱。刘谷雨恨自己不争气，她本来可以一走了之，可那种她听不懂的歌曲是那么奇妙，她的身体像是被施了魔法，无法控制。刘谷雨重新拿起这些海报的时候，心还在怦怦乱跳着，可是她的嘴却还是那么强硬："你看上面连日历都没有，我是指太小了。"说完话刘谷雨轻轻地把海报捋好，一张脸对着黑乎乎的窗外。

刘国平说："有了日历反倒容易过期，一般也不会进货的，再说了又不是要贴到操场上去，要那么大干吗？"

玻璃罩下面的肉肠散发着诱人的香气，不断搅动着她的胃，如果在平时，刘谷雨会动心，可眼下，她在恨这些东西，也恨自己的弟弟们免费吃过这些东西，被人抓住了把柄。刘谷雨没有想到刘国平用这种话来讽刺她，显然是看不起她。上一次她和刘国平刚提到挣钱这个话题，刘国平便提出要送衣服给她，这让刘谷雨细想之后很生气，觉得对方的意思很明显，就是暗示刘谷雨太穷，需要他们家的施舍。刘谷雨明白了，刘国平与这些人在嘲笑她，他们用这个方式奚落她的那些假正经。

出门之前，刘谷雨终于把心里的话说了出来："好好守着你的店，看着你的钱吧，请你放心，我爸欠的我会一分不少还给你。"刘谷雨从店里冲出来的时候，北风刮得正猛，吹透了她的衣服。她恨自己的父亲，她白白要了多年的志气，都被父亲毁了。

三

刘谷雨想到刘小海的话，忍不住生了气，什么叫你这种人，我怎么了？老娘在深圳的时候，还没有你呢，再说了，我也没有那么老吧。刘谷雨在心里总是把自己当成二十几岁，行动上也是如此，浑身有使不完的劲，心里有说不完的话，只是她时常需要克制自己，否则她会在村里跑上几圈，并停在刘国平的门前，质问他一点什么。

刘小海似乎听见了刘谷雨没有表达的部分，他甩过一声冷笑："果然如此，现在老了寂寞了，就想起还有个儿子，如果是我，也肯定不想回家，所以呢，本人表示理解。"

刘谷雨像是玩笑，实则哀求："妈咪这不是知错就改嘛，你要给妈咪一个机会呀。"刘小海自懂事起，从来没有叫过刘谷雨一句妈，甚至有一次和刘谷雨吵架的时候他发着狠说我没有爸也没有妈，他们早死了，所以刘谷雨只能用港台剧的叫法表明自己作为母亲的身份，不然她又能如何。

2019年的冬天过得很慢，到了春天的时候，显得无比珍贵，似乎被人寄予了某种寓意。树木在一夜之间变成了绿的，房前屋后的鸟儿也多了起来。在老家的每一天刘谷雨都觉得孤独，就连村里的那个永远也不老的傻子也离开了这个世界。他曾经像个路标那样，一年四季站在村口，和每个回家或者上路的人打招呼、微笑。刘谷雨不仅找不到人说话，就连当年在东莞太平淘的靓衫也没有机会穿。村子里既没有风，也不见雨的样子，就连苍蝇的嗡嗡声也没有了。刘谷雨看着太阳拖着巨大的影子在门前移动，慢慢退进别人家的墙角，最后没了踪迹。天快黑的时候，刘谷雨才从门口的躺椅上站起来，回到厨房里做饭，吃饭，洗碗，洗漱，不到九点便躺在了床上。刘谷雨根本不饿，也根本不困，她觉得在这个春天自己已经变成了村子里的柳絮，飘在半空中，即使没有风，也能吹走。

生活就这样日复一日，没有盼头。刘谷雨觉得自己的身体虽然早已回到了家里，心却还留在了原地。

像是为了刺激刘谷雨，坐等她的笑话，刘国平每天都坐在不远处的椅子上面，悠闲地喝着茶。虽然没有看她，可刘谷雨觉得对方全身上下长满了眼睛，誓要扒出她的伤口再狠狠剜上一刀。刘谷雨迅速转开了脸，去看脚边四处乱窜的蚂蚁，她在心里恨着："我知道你过得好，可那又怎样，老娘不求你，不会再被你耍了。"刘谷雨在深圳的时候厂里买了社保，到了五十岁，便可以拿到退休金。想到这里刘谷雨又有了安慰："过两年我就可以拿到深圳的钱了，而你呢，一辈子没有出过县城，没有进过省城，有钱能怎样，还不是一只没有见过世面的土鳖。"刘谷雨过去不会说这种狠话，不合她的身份，可现在她喜欢，因为解恨。自从与儿子的关系搞成了这样，刘谷雨恨了所有人，也包括自己，如果能解决问题，她特别想扇自己几个耳光。

村里的人似乎约好了，个个躲着刘谷雨，把她当成了一只怪物。最初，刘谷雨也故意装作不在乎，无所谓，可随着时间的推移，她开始对后面的生活发起了愁，毕竟距离拿退休金还要两年多，总不能这样闲着坐吃山空吧，那点存款能花多久，怎样才能与退休金无缝对接呢。她还没有完全老，虽然眼下吃喝不愁，可是人闲心不闲，对于这种没有计划的生活，她感到了前所未有的恐惧。对于未来，刘谷雨不是没有过计划，她曾经想学着别人的样子开个网店，把村里的菜、水果、花生收过来，在电商平台上卖出去，可到底行不行，她心里还没有底。另外怎么收集，从哪里着手，先联系谁，她都不清楚，也不愿意去看村里那一张张熟悉的冷脸。事情被她想来想去，拖了一年，这份心也就慢慢淡了。

直到有天早晨，刘谷雨还赖在床上和工友在微信里聊天，话也是东一句西一句，没有主题。两个人是半年前联系上的，知道对方和刘小海都在同个工业区，连宿舍的距离也很近，刘谷雨便有了私心，希望对方能替她照应一下儿子，至少有事能够先给她通个气，免得她什么也不知道。只是这个工友反馈回来的信息都是负面的，比如看见刘小海没有吃晚饭便心事重重地出了门，或者刘小海瘦了，脸色也非常难看。刘谷雨心悬着："刘小海去了哪里呢？遇到了什么事吗？他是不是生了胃病，才不愿意好好吃饭。"对方也只会潦草地说那就不知道了之类的话。这些话只能让刘谷雨着急却又搞不清楚具体情况。偶尔闲聊两句也都是虚的，比如对方说还是当年好，当年厂门口那个四川人做的辣椒不仅便宜还特别下饭，或是某某回到老家就盖了大房子，或是谁谁留在了深圳，当年偷偷学了美容，现在都有了门店，做起了老板娘，还有的学了财务，帮几家公司做账，日子过得不比那些管理层差。再比如，现在我们都老了这类感慨。可是这一次，工友说得不一样，她说："你不如回来，深圳可是我们的第二个故乡。"

对方猝不及防的这几个字横空杀出之前，事先缺乏铺垫，刘谷雨也无预感。这一刻她捧着手机愣在原地，大脑空白的同时，泪水在眼圈里打转。这么多年来，还是第一次有人告诉刘谷雨深圳也是她的故乡。

整整一天，刘谷雨不想吃饭，不想睡觉，她觉得头发和脑子一整天都是木的，只有到了晚上才会异常清醒，横冲直撞出许多当年的人和当年的事。人生有几个二十年啊，她刘谷雨在深圳待了那么久，差不多是半辈子，怎么就不敢这样想呢？在深圳的时候她没有好好生活过，至少荒废了孩子。在老家，她活得像个孤儿，被人扔在一边，没人搭理。工友的话在脑子里回旋了一整天，到了晚上，刘谷雨躺在床上，还是没有消化掉，脑子里全是工友们站在院子里聊天，然后跑到门口吃东西，喝啤酒、对着深蓝色的夜空大声唱歌的情景。

失眠的刘谷雨脑子里全是些旧事，包括与刘国平热火朝天讨论了那么久，憧憬得那么好，连备用的东西都准备得那么齐，最后却是她一个人上路，包括后来发生的一切，她又能和谁说呢。

醒来又睡着，就这样反复了多次，刘谷雨不再是原来的刘谷雨，她在黑夜里不断产生幻觉，一会儿是在山路上，艰难地推着单车，一会儿是车间，她累得筋疲力尽，手总是抓不到运到面前的零件。不知何时，刘谷雨骨质增生的地方竟慢慢增生出一对细小的肉芽，很快它们便长成了翅膀越发硬实，并带着她再次飞出刘家庄，途经湖北、湖南、韶关、粤东、广州，然后回到了深圳的上空，那片她想念的土地。河东、河西、庄边、流塘、凤凰岗、铁岗、径贝、麻布、臣田……而刘谷雨当年所在的公司就在固戍，那曲里拐弯的巷子，雨天里湿润的小街，早晨的时候码头上有船过来，商贩们开着货车或是摩托来运回他们的鱼虾，到了晚上成了大排档里的美味佳肴。刘谷雨挂在阳台上的衣服总是有一股海鲜的味道，刘谷雨远远看见挂满衣服的406，那是她宿舍的阳台。这个时候每个人都还在沉睡，而刘谷雨回来了。

刘谷雨是在敲门的时候，把自己敲醒的。睁开眼睛，她发现天已经亮了，她躺在刘家庄的家里，只是眼前的一切都无比陌生，刘谷雨悲哀地想，原来这里的一切都与她无关，包括那个改变了她命运的刘国平，此刻，她不愿意再想到这个人。

几天之后，刘谷雨觉得再不行动可能就要崩溃了，她已经无法再等下去。当然第一步是她与刘小海再做一次沟通，即使不成功，她的计划也不能改变。

通话的时间是晚上九点五十分，开场白与过去类似，免得节外生枝。不受苦中苦，难为人上人。这是刘国平当年和她说的，刘谷雨想要教育儿子走正道，眼下的苦是为了今后的甜。那个时候，刘国平喜欢四大名著，《西游记》是他的最爱，他说这个世界上最孤独的人是孙悟空，没有人懂他，无论他做了什么都是错的。当年的刘国平每天嘻嘻哈哈，总是说一些莫名其妙的话，比如强中更有强中手，一窍通、百窍通这类的话。

刘谷雨的第一句话是天冷不冷啊！还没等刘小海接话，刘谷雨便知道错了，于是她迅速改成："对啊，深圳没有冬天，一年四季穿裙子，我太喜欢这样的天气了。"

刘小海对刘谷雨从来没有任何称呼："有什么事?"他的态度一如既往，习惯性地沉默半晌后答："如果没有，挂了。"

刘谷雨仿佛看见刘小海皱着眉，裤脚撸起，准备脱鞋上床，于是她连气都没有喘好，便把自己的声音调整成特别温柔并赶紧推送出去："吃饭了吗?"

对方冷冷地回了句："拜托，现在是半夜。"

刘谷雨说："噢噢，我怎么忘了？还以为现在是加班回来提了桶去排队冲凉的时间呢。"

像是没有耐心听刘谷雨啰唆，刘小海那边是沉默。

"要注意安全，不要给自己惹上麻烦。"刘谷雨嘴上温柔，而脑子里开始出现各种电影里面惊悚的场景：她一会儿想到路上那些摩托仔会不会撞到刘小海，一会儿又担心刘小海年纪轻轻不懂辨别，一不小心结交了烂仔，进入什么团伙——因为刘小海已经有很久一段时间不再需要她的支持，她转过去的钱，总是被他原路退回；刘谷雨担心儿子有无法见光的收入，毕竟他负责市场这块。

刘小海说："我说过要加班吗？"

刘谷雨被噎住，只好说："是我记错了，加班是我们那个时候的事情。寄给你的毛衣收到没有？"她感觉刘小海顿了一下，又继续道："没事没事，明天再去拿也来得及。"

刘小海说："你认为这种天气需要那种东西？"

刘谷雨说："冬天会用上，深圳的气候不同，有那么几天特别湿冷，骨头里面都会穿进风，反倒外面还暖和些。"

刘小海没有任何表情地答："再过几天楼下的泳池就开了，你让我穿上下水吗？"

刘谷雨说："是呀，我记错了。馒头好吃吗？是家里做的，发面的，怕你想吃，所以特意给你做的。"

刘小海说："不知道不知道，直接扔了。"

见刘谷雨没反应，又说："以后不要再搞这些，莫名其妙。"

刘谷雨连声应道："好的好的。"只是最后这句话还没说完，对方便已经挂断。刘谷雨后悔没有把意思表达清楚，又浪费了一次机会。上次通话也是如此，她劝刘小海在人生地不熟的城市不要随便出门，不然随便什么人的一个喷嚏都有可能威胁到生命。听了刘谷雨的话，刘小海连反驳都没有，便直接挂断了电话。只是后面补发了一条微信：为了不伤和气，我们最好互不干涉，永不见面对你我都是好事，不多说，你懂的，免回复。

刘谷雨放下手机，感觉到筋疲力尽。这么多年，与儿子的交流越发困难，似乎说什么都是错。她发现自己年纪越大，胆子越小，而办法也越来越少。她常常手拿电话，看着刘小海的名字，保持一个姿势很久，不知道该何去何从，甚至连吃饭、睡觉的秩序也乱了。她无比想念那些可以通信的日子，虽然这辈子她不曾写过几次。如果时光倒流，她很想给刘小海写封信，等刘小海慢慢地看，慢慢地想。她可以把自己的深圳经验，也包括那些注意事项都说给他，顺便抒发一下她这个老深圳的思念之情。可是这些都说来话长，手机完成不了这个工作，必须是书信。她想劝刘小海过好每一天，不要像她这样没有来得及珍惜便辞工回了老家，只剩下后悔。刘谷雨不喜欢现在的交流方式，因为刘小海总是不等刘谷雨把话讲完便挂断了电话，或是看见刘谷雨的微信，看都不看便直接删除。这让刘谷雨什么也做不了，包括她回深圳计划中的第一项——订车票，她害怕刘小海的那些话变成了现实。

四

作为当年的一个留守儿童，刘小海在物质方面并没有受过苦，反而吃的用的比谁都好。因为对儿子有愧，在深圳的刘谷雨除了每个月寄钱，过年的时候，不仅买衣服裤子，她还要带些糖和玩具。除了那种港版的原装利是糖，和其他工友不同的是，买玩具的时候，刘谷雨不会吝惜钱，大圣系列是刘谷雨厂里最贵的产品，厂里偶尔会拿出一些卖给工人，价钱当然会便宜很多很多，即使这样，多数人也舍不得买，最多放在手里把玩一下。刘谷雨则不同，她就是要买给刘小海，她希望刘小海在同学面前有面子。厂里的产品如果轮不上，她就到商场用原价去买，她认为只有给刘小海花过很多钱，心里才没有那么难受。

与其他孩子不同的是，刘小海对玩具倒是没有兴趣，他只喜欢站在院子里面看星星，或是看着房后面的河水发呆。这样一来，村里的老人便说，到底是她生的，一模一样，根本不像我们刘家庄的人。接下来，他们找出一些例子来说明刘谷雨是个如何不靠谱，不安分，比如村里的人即便进了城也互相有联系。村里出去打工的人很多，即使在深圳打工，也都聚在六约或是横岗，无论如何老乡之间还是需要有个商量和照应，哪怕打架，也算多个帮手，毕竟都是同个祖宗。谁也不会像刘谷雨这样，单枪匹马，到了固戍之后，从不与老乡联系。他们在背后说："有什么了不起啊！又不是去留学，就去打个工嘛，非要把自己搞得很特殊，你打工的时候我们也没闲着，虽然你去的是深圳，可我们也是上海北京啊。了解过了，你去的那个地方只能算是郊区，原来的宝安县，有什么好显摆的？而我们的浦东和朝阳区从来都是大都会。"因为有一个刘谷雨，村里的妇女们非常团结，她们一致认为刘谷雨太能装，在工厂生产个齐天大圣，就把自己也当世界名牌了。这样一来，村里人便有意忽略了刘谷雨曾经是一个好看的女人，至少在当年的刘家庄，算是知书达理，唯一读过高中的女生吧。

刘谷雨成了一个怪人，她既不是城里人，也不像农村人，有时说话还会蹦出一两句蹩脚的粤语，每天都要咋咋呼呼地叫喊着冲凉换衫，似乎全世界只有她最干净别人都很脏似的。这样一来，平时村里人聚在一起说话，见到刘谷雨过来，马上会闭上嘴巴而用眼神交流致意。

他们说刘谷雨的性格古怪，跟谁都合不来，男人已经不要她了还不知道悔改。要知道在农村一个女人性格很怪，绝对是件超麻烦的事，类似于神经有问题，被男人抛弃了则更加要命，而刘小海的母亲，偏偏就是这样的一种人。

这些话被刘小海听到了，非常生气。那个时候，刘小海看了这些玩具心烦，无端端便会冲过去，踢上一脚，原来聚在一堆的玩具，瞬间便散得到处都是。刘小海像是解了恨，看也不看，向上紧了紧裤子，抿住嘴巴，出了门。从小到大，刘小海便不想被人小看，这一年，他已经八岁了。

刘小海不是找朋友玩，而是到镇上。所谓镇，不过是个火车站，只是火车站的一侧有个玻璃柜，里面放着面包和香肠。去镇上的路连二十分钟都不要，却必须经过一个桥，桥下面是条大河。刘小海比较恐高，不然的话，他可能天天都要去。刘小海在课本上看到了南京长江大桥，他觉得村里的这个桥更高更大。有一次，他幸运地搭了一辆去镇上的马车，在颠簸的车上，看见这座桥也在晃动，刘小海趴在木板上面不敢睁开眼睛。有几次，刘小海在梦里看见大桥断了，而他的母亲回不来了。

刘小海到镇里不是去玩，而是到火车站待着。刘小海成功地战胜了蛇和恐高之后，他认为自己什么也不怕了，包括坐上火车去找他的母亲。当然，他的这些心思没有人知道，包括刘谷雨本人。

刘小海需要经过几条铁轨才能爬上站台，然后再通过后门溜进车站。这个候车室很大，大到可以存放好多好多利是糖和玩具。黄白相间的墙面，正方形的大理石。据说是日本人当年为了运送军用物资修的。很多时候，刘小海觉得火车根本就没有停，而是到了这个地方慢了下来，像是那些路上的单车，等车的人，只需在单车慢下来的时候，飞身上去即可。只是这种慢并没有什么意义，因为这个车站似乎没有什么人上过车。每次看见火车由慢变快，再义无反顾地驶向远方，刘小海的心好像都被带走了一样。到了晚上，这颗心又回到了村里，具体是从哪里回来的，连刘小海也并不清楚。

无论是站台上还是候车室，人都很少，好似这么好的一个地方只是为了刘小海而存在。进来之后，刘小海走到了最前面的长椅处，内心才算安静下来。躺下之前，刘小海先是脱下上衣，他像个老人那样，盖住了自己的上身后才缓缓躺下。接下来，刘小海双眼紧闭，只用一对耳朵去听远处传来的声音，身体的其他部分用于沉睡，甚至附近在炸山他也听不到，他知道山的那边就是城市，他的母亲就在城市上班。很多时候，刘小海并不愿意想她，因为这个女人每次回来都会抱他搂他，看见他不说话就会哭哭啼啼，说我这是为什么为什么啊，真是太不值了，连孩子都不认我了。说完话她便跺着脚，发着狠说不走了不走了，不挣那该死的钱，否则我还有什么资格做人。随后的几天她会把刘小海搂到怀里，亲他的脸蛋和小手小脚，累了之后再呼呼大睡过去。刘小海睡不着，他被母亲燥热的身体烤得喉咙发干，脸发烫。直到对方甩开他，嘟嘟囔囔说着梦话翻转了身子，刘小海才从被窝里挣脱出来。刘小海把自己的身子晾在外面一会儿，听见身后传来一阵又一阵的呼噜声，才蹑手蹑脚，拎着上衣离开家。出门前，他路过深色的地桌前看了眼自己最新的玩具。在早晨的霞光里，它正闪着金光，手搭凉棚看向远方。

只看了这么一眼，刘小海的手指便开始轻轻地抖动，如果不是他强行压住，他担心自己的手会很贱很贱地爬到它们身上，然后任由它们拖住刘小海，让他不知羞耻地摆弄很久。如果真是那样，他刘小海便彻底失败了。此刻刘小海把手伸直，并贴在大腿的外侧，坚定地走出了家门。连刘小海自己也没有想到，在他母亲专程回来看他的几天里，他还是偷着跑到了车站。这一次，他对着自己那个位置径直走去，刚刚躺倒便沉沉地睡了过去，就连一只狗在近处看着他，也不知道，那是一只在火车站觅食的土狗，他们总是在这里见面，刘小海认为他（它）们彼此是很懂的那种。

刘小海是在母亲还没有醒过来之前回到家里的，他不希望有人发现这个秘密，主要是担心有人知道以后会过来看他，然后村里那些孩子，还有大人们也都跑过来，把车站这么干净和美丽的地方搞得像个集市，尤其是那些女人们一旦发现，还会把部分针线活儿带过来。刘小海担心他们影响了自己的计划。只是每次刘谷雨回来，刘小海都会感到为难，听见刘谷雨妈咪妈咪地称呼她自己的时候，刘小海的心都碎了。可是他不希望自己就这样被轻易撼动，他可不想那么随意。因为他清楚刘谷雨很快便会忘记之前的那些话，收拾行李之时她手脚麻利，身体像个蜻蜓，到哪里也都只是轻轻地点一下，而不会降落全部身体，甚至有时她还会偷偷地哼出一两句歌，借此释放内心的快乐。直到收拾停当，刘谷雨的脸上才表现出难过和不舍，然后用一对闪闪发亮的眼睛看着刘小海，那是即将回到深圳的人才有的光泽和态度。更小的时候，刘小海会装病，装着装着竟然真的发起了高烧，最后连嘴唇也成了紫色。这个时候的刘谷雨便会一只手拎着行李，一只手放在刘小海的被子上面，甚至连碰一下刘小海的身体也不肯，生怕刘小海一不留神便拉住她不放。刘谷雨眼睛偶尔瞄一眼墙上的挂钟，她那种心不在焉的样子深深地伤害了刘小海。

五

刘小海到了深圳之后，再也没有回过家，走的路子和刘谷雨当年很像，连商量都没有。不同之处只在他是一名技师学院的学生。

刘谷雨听说刘小海被人拦在路上的时候，吓得魂都没了，这是十分钟前工友告诉她的。她担心刘小海和人发生冲突，受到伤害。因为知道儿子的脾气不好，与人交流困难，所以刘谷雨求工友帮忙关照刘小海。各地的隔离解除之后，工友对刘谷雨说你不如早点回来，除了打工，你顺便还可以和儿子团聚，重新培养一下感情，不然你这个儿子等于白养，钱也白花了，陪伴是最好的礼物。看见工友发来的心灵鸡汤，刘谷雨脑子里搜索着工友的模样。聊天的时候，听到对方说到因为不会拼女儿的英文名，只好喊了她小名，而被女儿当众训斥，很有同感，只是嘴上安慰对方，毕竟是孩子嘛还是要理解的，工友听了说是啊是啊自己也是有责任的，毕竟前面那些年只想着挣钱，疏忽了陪伴。两个人说到对不起孩子的时候，瞬间拉近了距离，差不多在电话这边各自抹了眼泪。两个人虽然也都使用了智能手机，知道有视频功能，可是双方都没有提过使用。刘谷雨担心对方看到她相貌上的变化，她猜对方也有这个心理，虽然她嘴上说不在乎无所谓，可在村里人的眼神里她还是清楚自己已不再年轻，甚至过早地憔悴了。工友说担心离开后会受不了，所以说就是死也要死在深圳，因为最美好的时光都是在这里度过的。是这个工友告诉刘谷雨，现在深圳的工作不难找，大批企业复工了，许多产品出口到东南亚和欧洲。通完电话，刘谷雨悲喜交加，可是她找不到一个人去说。本来便不想在村里耗着，看着别人背后说三道四，被工友这么一点火，刘谷雨的心又活了，她觉得深圳是个男人，在那边等着她。于是，她连觉也不想睡了，提着电筒便去找旅行箱，似乎明天一早就能离开一样，虽然她连车票也还没有订，给刘小海的电话还没有打。走进厢房，刘谷雨才想起自己根本就没有旅行箱，当年两边跑的时候，都是提着一只红蓝相间的编织带，还有一个软塌塌的帆布包。编织袋早已经不见了踪影，旅行包丢在墙角，早被老鼠咬出了几个大洞，她在里面看到一个工卡，上面印着四个黑体字：齐天大圣。

有的车间做圣诞卡，有的做芭比娃娃。齐天大圣则是刘谷雨所在的生产线，也是厂里的主打品牌。坐在厢房的门槛上，看着灰蒙蒙的天空，刘谷雨把过去的事情全想了起来，包括当年他们称呼彼此的时候，都是用了产品的名字。"喂，大圣，你们家的进度很快嘛，是不是赶工了？"

"当然喽，电视上都卖了广告，我们必须加油啊，再说了，我们是雄性产品嘛，要称霸世界的，不像你们家只是个芭比娃娃，除了美，什么本事也没有。"

刘谷雨认为刘小海已经睡着了，会在第二天起床时才能看到，所以她把自己的决定编好后发了过去。想不到连两分钟都没有到，刘小海的电话便打了过来，他在深圳的夜里大声吼道："你目的呢，是想监视我吧？"

刘谷雨被这突如其来的叫喊吓住了，她连思考也来不及了，心里的疑惑便冲了出来："没有做什么，你不用心虚吧？"

刘小海停下了脚步问："我到底做了什么？"

刘谷雨知道自己说错了话，于是抓紧时间转弯："我到深圳又不会影响你，你为什么那么紧张？你不是说过你是你，我是我吗？"

听了这话，刘小海语调似乎平和了一些："你真的要明白深圳和过去不同了。"

刘谷雨语气也缓和下来，她说："深圳什么样，我还会不知道？新安电影院在四区，对面是邮局，五区的菜市场两侧卖的衣服二十块钱，过了河的六区有个新华书店，里面有好多琼瑶的书，35区到48区后面都是工厂，街上的油炸饼五毛钱一块。"

刘小海讽刺道："那您可真是太熟悉了。"

刘谷雨并没有听出刘小海话里有话，继续说："是啊是啊，我当年在固戍经常去录像厅，还在新安影剧院看过很多港产片。"讲到这里刘谷雨的语气开始越发柔和，"如果我去了，可以先在固戍租间房，帮你做饭，洗衣服，让你无忧无虑地上班、下班，即使加班到深夜也不会那么疲劳。接下来，我们每个人都要过好每一天哦！"这是疫情之后，刘谷雨最想说的一句话。

刘小海再次变成了咆哮的刘小海："告诉你吧我不需要！"随后，他冷笑道，"做饭？无忧无虑？早的时候怎么没有，你当年根本不是为了打工，而是为了出去野，为了摆脱农村，潇洒快活之后又不想承担责任，拜托你不要把自己形容得那么高尚那么伟大好吗？"

终于到了这一步，刘谷雨最怕的事情还是来了，原来都没有忘，他终究还是要和她清算这笔账。四月一日这晚，刘谷雨感到自己的心正从高空跌下，摔成了碎片，并散到各处。这一次，是她主动挂断了电话。

六

收到刘小海微信之前，刘谷雨正躺在床上，她感到自己得了一场大病。

刘小海微信的内容是他同意了刘谷雨去深圳的计划。

见到微信的前一分钟刘谷雨的头还剧烈地痛着，而这一刻她从床上弹跳起来，云开雾散，心花怒放，所有烦心的事情都抛在了脑后。想不到，她不费吹灰之力，便已成功地走出了第一步，接下来，将是第二步、第三步。回到深圳之后，刘谷雨将先做通儿子工作，进到厂里之后，继续专研自己的老本行，然后带领儿子重新出发，做出一番事业。想到这里，刘谷雨瞟了眼不远处正在卸货的刘国平，心想怎么着吧，老娘就是让你们看不成笑话。

第四天之后，刘谷雨到了深圳，虽然刘谷雨最想坐慢车，看看窗外的风景，顺便还可以考虑些事情，主要是如何说服刘小海，可是她害怕刘小海的想法发生变化，所以快速买了高铁票，她一刻也不想耽误。一路上，她都在想怎么开口提才好，比如是在刘小海上班的时候，帮他整理床褥，洗完衣服时，还是用工友的电饭煲煮好了可口的饭菜，刘小海吃的时候说呢。刘谷雨需要讲自己在村里的处境，以唤起对方的同情，接着，刘谷雨便会顺理成章地提出留下，也算是助他一臂之力。

时间不知过去了多久，火车过到东莞、平湖的时候，刘谷雨身上的肌肉开始紧张，头皮有些发麻，再后来，刘谷雨不小心发出了一声与年龄不符的哽咽，只因她看见了半空中"深圳"两个字。直到对面有人警惕地看了一眼，刘谷雨才又恢复正常。

当年的刘谷雨喜欢在蚊帐里面挂明星的海报。有时是李嘉欣有时是梅艳芳有时是四大天王。她先是斜着把它贴在墙上，下铺的人如果想看，需要仰着头，同时还要歪着脖子。显然，刘谷雨多虑了，其他人才懒得理，每天累个半死谁还有这份闲心，只有刘谷雨才会这么不同。刘谷雨的身材并不灵活，却选择住在了上铺，每天晃晃悠悠爬到上面，让人心惊肉跳。可是她愿意这样，因为她不想其他人看见她的宝贝，也不愿意和下铺的人说话。不知道为什么，几天之后刘谷雨又把它取了下来，再小心翼翼悬挂在蚊帐里，蚊帐里面她养了一盆小小的绿萝。这么一来，作为焊接工的刘谷雨工作了一天，回到宿舍的时候，本来已经快要瘫掉，神奇的是她只要看一眼海报，心情便会慢慢好起来，睡得也会特别踏实。她愿意静静地看着海报上面的人，好像那些画上的人懂她，能与她交流。哪怕后来人们已经对港台明星没什么兴趣，流行起《还珠格格》赵薇范冰冰之类，刘谷雨还会这么做。

玩具厂的工人见刘谷雨除了怪还是个工作狂，没人愿意理她，心想，谁稀罕呀，你做得这么辛苦，难道还能变仙，或是做老板。当然了，无论在工厂还是在村里谁也不喜欢那些自以为是的家伙，而刘谷雨好像就是这种。

后来到处搞产业调整，刘谷雨被折腾个半死，一会儿发不出工资，一会儿又传要搬厂，有的人便早早回了老家。倒是刘谷雨一直没有离开过玩具厂，并且成了熟手工、拉长，然后是技术骨干，组装的产品被放进陈列柜，供人参观。

也都是当年的事情，刘谷雨不愿多想，毕竟人也回到村里，就连刘国平都老了许多，重新变成了一个光棍，继续守在他的店里。只是刘国平昔日的小店已经变成了超市，村里人刘老板刘老板地称呼他，刘国平也心不在焉地应着。刘谷雨听见，在心里冷笑："钱再多又怎么样，连个县城都没有出去过。"虽然刘谷雨知道对方的父亲离世前一直愧疚，怪自己太自私，不肯放刘国平去南方。刘谷雨有时回来，路上见到刘国平，也不停下，对方会站在门口向她打招呼，问一句："回来了！"刘谷雨则回个"是啊"！再无其他，想到自己与对方的交往只剩每年的这一句了，心中不免感伤。

还在路上，刘谷雨便知道被工友骗了，当然也不算恶意，厂里的确在招人，只是需要的是懂电脑，有专业背景，经过系统学习的技工。工友的解释是刘谷雨未必非要回到车间，其他部门也在招人，比如勤杂人员。

马路两侧那些顶天立地的大厦，挡住了刘谷雨的眼睛，就连树木也不再是记忆中那些，其间她路过了一小段深南大道，马路中间巨大无比的花篮早已不在，变成了一些自然生长的花草树木，蜿蜒盘亘在路的两边。这一切都让刘谷雨感到恍惚，才离开多久啊，就好像过去了几个世纪。如果自己没有从厂里带回那些玩具，刘谷雨甚至怀疑自己是否真的来过这座城市。

刘小海似乎又长高了许多，本以为他会黑着脸对刘谷雨，见了面又觉得人比电话里温和许多，仿佛与电话里的不是同个人。两个人坐在地铁里，一时间也不知道说什么好，好在坐的是商务车厢，两个人的脸可以同时对着屏幕，而不用说话。下车之后，又走了十分钟，才算是到了地方。站在公司门前登记的时候，刘谷雨还是恍惚，不相信自己真的回到了深圳，她已经完全不认得这个地方，虽然几次遇见写有固戍工业园的蓝色路牌。

前面两天刘谷雨并不着急，刘小海也忍着不问，虽然刘谷雨这一次带了超重的行李，门卫的保安还问了句是应聘的吗，两个人都装作没听见。第二天一早，刘小海便主动提出来请刘谷雨到自己宿舍看看。直到这个时候，刘谷雨才知道刘小海并没有住在厂里，而是住在租金不菲的白领公寓，走到厂里还需要十几分钟。

看着房间里整齐的摆设，笔记本电脑和健身器材，刘谷雨不敢相信自己的眼睛。刘小海倒了杯咖啡给刘谷雨的时候，她已经不知道该说什么了。她的确被室内的摆设镇住了，儿子的处境与自己想的完全不同，刘小海哪里还需要她这个寒酸的母亲。原来的计划里，是刘谷雨在刘小海的宿舍里，对着脏乱的床铺、破旧的饭盆，对儿子说出自己的愿望，她要留下，赚更多的钱，帮助儿子过上更好的生活。这个场景在她的心里不知演练了多少次。

此刻，让她感到羞愧的是她竟然嫉妒起了刘小海，刘谷雨面色凝重地说："当年每个月5号是我寄钱回家的日子，在邮局门口排着长龙。"随后刘谷雨看了眼杯子，咽回了要说的话。

刘小海并不理解刚刚还一脸讨好的刘谷雨，突然间就变了样子。他看着杯子上面的热气说："人活着不是为了勤俭节约的。"

刘谷雨如同没了魂一样，她自言自语："当然了，你过得好我就放心了，不要像我这样，失去了青春最后还什么也没有得到。"

刘小海察看出了刘谷雨的失落："上当了吧？你是帮她完成招工任务，现在她可以去领奖金了。"

刘谷雨说："不算骗，她又没讲是什么工种，技术部进不了，还可以做其他部门。"

刘小海笑了："那是做什么呢？"

刘谷雨瞪着眼睛，她知道对方的意思，态度也变了："不可以吗？低人一等了还是给你丢脸了？"

刘小海说："不存在啊，如果你认为好，我不会反对，也没资格反对，我怕的是你并不知道自己到底想要什么。"刘小海揭穿了自己的母亲。

刘谷雨虽然发着脾气，心里却早已经没了底气："我就是想要赚钱，让你过得好。"

刘小海平静的目光攫住了刘谷雨，他温和地说："可我不想你再那么累了。"

只这轻轻的一句，刘谷雨的心便融成了水。刘谷雨没有生气，而是感到好受，从来没有过的好受。原来被人管着是舒服的，是好的。刘谷雨不明白自己为何会有这种奇特的感觉。当初父母由着她，不管她，她想上学就去上学，想退学就退学，想打工就去打工，想结婚就结婚，连生下孩子也没人责怪她，像是完全放纵了她。这是刘谷雨第一次认真地回首往事，也第一次感到愧对刘小海。这些年，刘小海是怎么过来的，那些骇人的雷雨天他藏在了哪里？在河里玩水的时候被冲走过吗？最后又是怎么爬上来的，上学路上那些野孩子追上来的时候，他是如何应对的？额头上的疤是何时落下的？刘小海越过了多少坎啊！而她这个做母亲的，竟然还会有某种失落。这一刻，刘谷雨不敢去看刘小海的眼睛，不知道为什么，这一刻的刘小海，让刘谷雨生出了羞愧。

七

订好车票之后，刘谷雨约了工友上街。工友正心虚着，因为骗了刘谷雨长途跋涉赶过来，工作又是货不对板，她猜想刘谷雨心里正恼火，所以夸张地给自己贴膏药，她认为自己这个样子，谁也不会再狠心责怪她了。听了刘谷雨的话，虽然没说什么，却已麻利地换下了工装，套了件干净的体恤跟在刘谷雨后面出了门。走在路上，工友又忐忑起来，她不知道刘谷雨到底要做什么，不会是想报复她吧。

像是猜到了对方的心思，刘谷雨说："我只是想再看看深圳，再来就不知道什么时候了。"

听刘谷雨这么讲，工友更加不好意思："机会还是有的，不过现在不比当年，企业的要求很高，虽然我从来没有离开工厂，却被调了几次岗位，现在连包装车间的工人都需要懂些英文，你如果愿意像我这样管宿舍，我还是能帮到你，招人这个事我真的没有骗过你，你可以看看那些广告，上面写得清清楚楚。"

刘谷雨看着远处说："老家有老家的好，深圳我来过，青春就没有虚度。"刘谷雨这么说是希望对方不要内疚。

工友听了这话，立刻放松了，说："我上次还介绍过几个，浪费了不少电话费，最后也都不合格，我差点还被厂里罚了钱。"

刘谷雨担心工友还在想这个事，转移了话题："我们去吃线菜吧，做梦梦到都会流口水。"工友听了马上点头同意，说："好啊好啊，好久没有吃粤菜了。"刘谷雨说："还是要去5区春红那间，最正宗。"那是刘谷雨到深圳时第一次吃饭的地方。刘谷雨说："腐乳炒线菜，炒田螺都特别正宗，能送下两碗白米饭。"竟然连这个工友也是货不对板的，微信上说话的时候，两个人还就宿舍里发生的事情聊得很热乎，见了面，刘谷雨才发现之前并不认识对方。只是刘谷雨早已释然，认识不认识又能怎样，当年的工友应该跟当年的战友一样亲才行，毕竟是一段特殊的岁月。

两个人走了一会儿就迷路了，哪有什么春红餐馆，连类似的招牌也没有见过，整条街都不知去了哪儿。只有几年的时间，深圳就完全变了样子，刘谷雨再次怀疑之前并没有到过深圳，从头到尾都像是梦游。

找不到路的两个女人只好进了麦当劳，各自买了一个汉堡，疲惫地坐在门口的椅子上。两个人眼睛看着窗外，再次无话。还是工友打破的僵局，她准备为刘谷雨买杯可乐的时候，刘谷雨摆手，站在地上，她举起手里还未动的食物说："你看，完全吃不惯，还是开水好。"吃了食物的工友重新有了力气，她甩了下发麻的脚，笑着道："那说明你老了，当然，我也老了。"不久前记者采访这位在深圳工作了近三十年的工友，请她谈些感想，采访结束之前，记者问马上就到五一长假了，你们是回老家还是留在宿舍里团聚。对方是深圳卫视的记者，正在录制作特区四十年专题，女记者话里有话，甚至还有点八卦，言下之意是问她和老公何时亲热一次，是去外面开房还是借用女儿的公寓。

工友的女儿是公司的文员，她们多数住在不远处公寓里，过的是白领生活，而不会像当年的刘谷雨那样苦哈哈地挤在多人的宿舍，排队吃饭，排队冲凉。女儿是因为攒够了积分，抽中了一间。虽然面积不大，住得却还舒服。对着镜头，工友害羞地笑了，说他们两公婆会在一起几天，反正女儿要去韶关筹备新厂，没那么快回来，早把房间留给了她，让他们安心过二人世界。工友说女儿特别有趣，临走的时候还开玩笑说爸爸妈妈你们注意点影响，可不要给我生出个弟弟啊！

工友并不知道，那个多事的女记者，早已知道了她的情况。女儿出生没多久，父母便已分开，两个人已经多年没见，建好的11号地铁经过工厂门前，无须她周转几次，便能到达丈夫的住处。只是工友再没坐过，因为她不愿意再看那个方向。

想到这些，刘谷雨拉紧了工友的手。

刘小海拖着箱子跟在刘谷雨身后，经过第一次安检之后，两个人开始排队等待检票。刘谷雨乘坐的火车将从罗湖出发。订票的时候，刘小海遂了母亲的心愿，这是一辆有时代感的绿皮车，可以横穿深圳到河南的所有大站。

差不多快到检票口的时候，刘小海才把拉杆递到刘谷雨的手上，他从口袋里掏出一个小黑夹，打开，拿到刘谷雨的眼前晃了下，上面有刘小海的照片和名字。

刘谷雨见了，两眼放光："你什么时候考的？怎么没有告诉过我？你怎么还会有那么多的钱？"刘谷雨酸溜溜地问，对于刘小海的收入问题，她好像还是存有疑问。

刘小海道："说了你也不明白，都也可以借的啊。"刘小海进厂没有多久便做了主管，工作是产品检测，这是后来工友告诉刘谷雨的。

刘谷雨听到借这个字便紧张起来，她忧心忡忡地看着刘小海："是借私人的还是银行啊？我真怕你还不上。"

刘小海摇了摇头说："你问问你的工友，还有你的那些同龄人，他们的孩子都懂这个，太普遍了呀，只要在工作，这就不是什么事。放心吧，担心的不应该是你，而是我自己，责任人是我刘小海。"

刘小海又递过来一个纸筒，说："拿回去再看吧，不要误了坐火车。"

刚刚找到位置，刘谷雨便已经迫不及待，撕开两层包装，才看到了一张泛黄的似曾相识的海报。火车开动后，刘谷雨收到了刘小海的微信，没有文字，只有一张笑脸。

窗外是岭南碧绿的田野，太阳照进了车厢，刘谷雨的脸颊被映得有些红润。刘谷雨的心怦怦乱跳，她在笑脸后面问了一句："谁给你的？"刘谷雨想起当年见到海报那个晚上的情景。

刘小海说："明知故问了吧，你同学啊，当年他去县里进的货，特意为你留的。"

刘谷雨冷冷地说："为我？他的心里只有钱，还有人吗？"她当然不知道那个夜晚的事情，刘国平与朋友密谋着用刚收回的一笔货款，做路费，进城打工，刘国平提出来的唯一条件便是与刘谷雨一起。

刘小海说："反正无论别人为你做了什么，你都当成是羞辱你，因为你自卑。"

刘谷雨与刘小海仿佛做了置换，她冷嘲热讽："那他现在是什么意思，送我的？太过时了吧。"刘谷雨想了想又说，"又怎么会在你手里？"

刘小海不说话而是回了一个坏笑。

刘谷雨说："你们又不是同龄人。"

刘小海说："我也经常在想，我这样一个六亲都不认的人，怎么会和他有交集？"

刘谷雨更加疑惑："总之不会是因为我，我和他没关系，这辈子都不想有。"

刘小海说："那你为什么总给我带回那个玩具？"

刘谷雨顿了下："不关他的事，我知道你不是很喜欢。"

刘小海说："唉，已经被迫接受了。"

刘谷雨继续着前面的问题："他还联系你，又是为了打探我吧，他还嫌伤害得不够吗？"

刘小海没有回答刘谷雨的问题，而像是自言自语："我只知道，没有他我走不到现在，这些年是他在一直帮助我。有一次过节，看见别的孩子身边都有父母，而我只能一个人，当时我离开了村子四处乱走，是他在深夜把我从铁轨上找回来的。为了让我开心，他让我穿着他的大鞋，在外面玩，因为别人家的孩子都会这样。刘国平说并不是上了火车就能见到妈妈那么简单，想去深圳，需要好好学习，为了那一天你要做好准备。"

这是刘谷雨想不到的事情，她心虚地说："他都没有来过深圳，能讲出什么呢。"

刘小海说："是啊，他拿着我的玩具说，深圳就是个齐天大圣，不仅可以打过大黄蜂，还能打过擎天柱，他有七十二变的本领。"

那是一九九八年刘谷雨带回家的第一个玩具，深圳制造，固戍制造，被放在刘小海电脑的一侧。

刘谷雨百感交集，她轻轻地说："是啊，变来变去，变得我都迷路了。"

刘小海说："只有变化，在这个世界上才有它的位置。"

"这也是他说的吗？"刘谷雨问。

刘小海答："是我。"刘小海又说，"当兵，读大学，闯深圳，如果连一样都没有赶上，那则是人生的三大遗憾。"

这个说法刘谷雨还是第一次听见，只是她忘不了自己的遭遇，阴阳怪气地说："这么好啊，那他怎么不去？"

刘小海说："所以他才喜欢那些勇敢的人，他说要做你的孩子，必须具备特殊的能力，需要独自长大而又不能自暴自弃，所以他劝我不仅要学会理解妈咪，还要学会一门技术，这才是人间正道。"

没有任何铺垫，就这样发生了，虽然这两个字深藏在其他文字中间，却让刘谷雨感动得快要窒息，儿子刘小海竟然用这种方式亲切地叫了她一声，并与她和解了。

像是担心惊醒了刘小海，他会收走这个让人心跳的称谓，刘谷雨变得小心翼翼，而不敢表现出兴奋，她压抑着自己，还要装作平静如初，保持原有说话的风格，毕竟自己是人家的妈咪，是位母亲，她要做到老成持重才行："我这次去深圳，也是他的意见吧？"

刘小海并不正面回答："如果没有亲眼看到这座城市

的变化，你当然无法甘心。"

刘谷雨心中已然有数："也是他动员你去学的开车吧？"

刘小海说："仅仅学会开车是不够的，这只是基本的生存技能。"

刘谷雨问："还有什么呢？"

刘小海似乎有所警惕，重新变回了刺猬："难道都要告诉你吗？"

刘谷雨说："考驾照需要七八千，也是你自己的工资？"

刘小海冷冷地答："不然呢，难道我去抢啊？"听到这熟悉的语气，刘谷雨没有生气，而是找回了以往她熟悉的语气。几分钟前，刘谷雨便已发现刘小海微信的头像换成了齐天大圣，那个她心里的英雄。

车厢已经关了灯，四周安静下来，靠在卧铺上，刘谷雨内心像一锅煮沸的水，不断翻腾着。刘谷雨从包里摸到一把梳子，攥在手里，她已经有太久没有照过镜子了。刘谷雨已经想好，到家之后，她将穿上那件好看的衣服，走在村道上，从西到东，最后拐进他的店里。

四处黑蒙蒙的，只有田野上零星的光，在玻璃上面跳动着，后半夜的时候，车厢里有些冷了，刘谷雨向上提了提被子。

空中的雾已经散了，刘谷雨看见了天上的北斗星。

结婚记

一

方小红结婚之后，一直住在深圳关外。有一天她接到刘耀东表姐的电话，要她快点儿回家吃饭，说用的是老家捎过来的特产，已经煲好了汤，光是菜就准备了一下午，马上开始蒸鱼了，总之她希望方小红早点回来。也就是这一次，方小红才知道这个所谓表姐其实是刘耀东的前妻，她被自己的后知后觉吓得魂都没了，回想起自己跟对方闺蜜般说着各种事，肠子都悔青了。当然，有一点刘耀东没有骗她，这个前妻的确也是刘耀东的远房亲戚，从小到大刘耀东都表姐表姐这么叫的，包括她来到深圳并住进家里，刘耀东也是这么介绍的。

方小红质问刘耀东的时候，刘耀东好像有理似的，你好好看看，她天生就长了一副表姐样儿，我从来就没有把她当过老婆，我跟她从来没有感觉。再说了，她能住这么久也是你留的呀。

感觉？方小红在心里重复了一遍，听了想笑，觉得刘耀东缺德，没感觉，那孩子是怎么回事。看着这位表姐眉毛中间突出来的川字，还有稀疏见皮的头顶，心里免不了生出同情。与此同时，方小红知道接下来自己要做什么了，首先要抓紧时间止损，想办法不动声色让这位表姐离开这里。她心想看起来免费午餐是没有的，保姆更没有，怪只怪自己当初多话，热情万丈地挽留了这位表姐的确出自方小红。当时方小红除了客气，总想给对方留个好印象，想着有个人免费帮着做家务，其他时间还可以陪她说说话，帮她出出主意，根本没有考虑到对方与刘耀东的这层关系。没想到这期间因为攀攀的事，方小红和刘耀东办了离婚。为了这个，表姐还表现出内疚，反复解释，说只要不是她的到来影响的就好，她信誓旦旦地说，我每天都在祈祷你们好起来。而方小红为了让对方打消顾虑，留下来，也把攀攀破坏自己家庭，然后让自己在单位丢了面子的事告诉了表姐。这么一来，表姐就显得没有那么不好意思了，抱歉的话也就不说了。

早在半年前，刘耀东的这个前妻兼表姐便办好了退休手续，来到深圳，借住在刘耀东和方小红家里，美其名曰为方小红干一番事业做好后勤保障。私下却说，无论如何都算是亲戚，我临时住下，处理完家里的事儿就回去，绝不打扰你们的甜蜜生活。方小红很奇怪这个前妻是怎么跟刘耀东达成的协议，竟能修炼成这样，有时看着刘耀东跟自己动手动脚，好像自己不是女人，压根心里不难过似的。于是她不得不佩服对方的脸皮了。

这位表姐嘴里的家事儿就是儿子小雷找对象的事，而小雷便是刘耀东和这位表姐没有感情的产物。有好几次方小红忍不住好奇，说我怎么想认识一下你这个儿子呢。

算了，我都不想认识。

表姐说，你听听这个男人怎么介绍自己孩子，就知道他是个什么人了，完全不负责，真是畜生不如，所以我对儿子说，你根本没有爹，你爹早死了。表姐咬着牙说这些话的时候，方小红才觉得对方与刘耀东做过夫妻是真的。

方小红也恨刘耀东，可是突然来了一位比她更恨的所谓表姐，情况就有些变化了。尤其是最近，这位表姐把刘耀东撇到一边，倒好像成了方小红的亲戚，任何事都要跟方小红商量，每次说话的时候，眼睛还向后面看一眼，似乎担心刘耀东偷听。

方小红经常听她说，老家实在没法待了，人口越来越少，每年走一百万什么概念，除了实在没办法离开的老人和孩子，全跑了。方小红听了确实觉得有点夸张，但想想在街上看到的那些东北人也只能信了。表姐说有个大师的预测，接下来那场雾霾将在半年后杀到东北，届时天空和水将会变成深黄色，人们的基本生活都会成为大问题。表姐说这些的时候，眼神极度紧张，像是眼眶里装了两条要逃跑的金鱼，只要用力，随时会跳出来。

方小红此时还在上班，剩下几个孩子没有被接走，有个老师正在与家长打电话说，您孩子哭了，喊着要找妈妈。方小红听进耳朵，脑子却浮现出表姐学着广东人蒸鱼、炒青菜的样子，冷笑了两声，收回刚刚撇出去的嘴角，看了眼正瞎跑的几个孩子，心里笑，无师自通啊，她过去也这样，目的就是希望家长早点过来接走孩子，自己便可以下班回家了。方小红现在的身份是小博士幼儿园的副园长，工资每个月比其他老师多了几百块。和方小红一样，园里有几个老师的脾气都不太好，方小红仔细打量过，多数内分泌失调，脸上厚厚的粉底遮不住倒霉的暗黄。这样看的时候，方小红会想到自己的日子，每天洗了澡坐在床边焦心地等，终于盼回醉得站不稳的刘耀东，看也不看她一眼，倒头大睡，把欲火正旺的方小红扔在一旁不理。方小红盯着刘耀东的脸想去看他不远处的手机。方小红猜测刘耀东手机那个叫攀攀的妖精，前不久正发来撩拨男人的话。方小红恨自己没有早点离开，耽误了大好时光。一直拖着没离，主要是发现这年头离异女人不仅会贬值，烦恼也还一样不少。街道有理由安排你值班，或是替公务员到地铁里当义工或是擦皮鞋，再或是吩咐你不择手段动员附近的孩子过来上幼儿园。方小红之前不敢单着，原因是看多了离异女性的境遇，如昔日的同性朋友常常有意无意晒恩爱图片来刺激她，就连那些从前还正常的异性，关系也变得怪了起来，要么跑得远远的，要么直接约她去开房，似乎女人只要孤身一人，便随时等着男人临幸似的。方小红感慨，男人去哪儿找呢，园里还有几个比她年轻的大龄女，至今没有着落，如果这样，离不离有什么意义呢。深圳男女比例失调得严重，火了婚嫁公司，赚个盆满钵满，生意感觉永远也做不完。用某些人的话说，在深圳这种地方，总是几个女人同时抢一个渣男。方小红越想越恨自己，不仅投错了胎跟着跑路大军来错了城市，还嫁错了人。于是，她到医院取了环，心想在这个倒霉的城市看来是用不上了，免得横在那里惹自己生气。

在深圳这个地方，只要说到成年男女的事便复杂了，可谓讳莫如深，而稍有城府的人面对外地人不安好心地打听，常常是拈花一笑，不作言语，或顾左右而言他。如果男人抢答，便听出了炫耀的意味，若是女的答了，便有些戚戚然，纯属自降身价。聪明的做法是不谈，不答，好似根本没有此事，房价、股票已经把人折腾个半死，谁还有心管男多还是女多，不信你看什么时候深圳的报纸大张旗鼓提过，或是代表委员提案里有这项内容了。一比七怎么了，妨碍谁了，影响谁升官发财了，影响 GDP 了吗？切，真是无聊，男人把嘴里叼着的牙签，轻蔑地弹到地上，以示潇洒和自在。

方小红总觉得深圳媒体是故意的，她猜社长主编们可能是男的，担心外地人知道了情况，再杀过来一批把所谓优势搞没了。总之，无论个人还是官方，没人谈，甚至不自觉地采取了一种安全之道，即把此事划入八卦话题。如此说来，谁也不敢多嘴半句。这里说的男女之事不是想象中的隔壁东莞那种，而是严重拉低了女人幸福指数的性别比例问题。早在几年前，方小红便听说了北方农村已出现男多女少，不少男人打光棍的事。而在深圳，男女比例失调三十几年几乎没有改变，方小红觉得很难看到希望。当然，没出路的人才不管那么多呢。他们叫天天不应叫地地不灵，怎么办呢？总不能再干等下去吧，毕竟人生就那么长，过了这个村就没有那个店。只好靠山吃山，靠水吃水，既然深圳女人多，那何不好好利用并整合一下资源，也算因地制宜了。方小红猜测刘耀东就是因为这么想的，才把自己折腾成现在这副模样。

二

刘耀东是方小红的老公，用方小红的话说就是她人生一劫。眼下，她的主要目的是把这位表姐巧妙而不伤和气地赶走，让这个房子里的关系稍微简单一些。

话说表姐便是小雷的妈妈，也就是刘耀东的前妻，借公差之名出了最远的一趟门儿，到深圳来看儿子。当年她曾经极力主张儿子到深圳读书，主要目的是把儿子放到刘耀东的身边，让他尽些做父亲的义务。她让儿子走得越远越好，直到不能再走，因为前面就是罗湖，对面便是香港。在老家，小雷和继父的关系一直搞不好，两个人常常说着话就瞪起了眼睛，似乎随时准备动手。表姐想了许多办法都不行，最后觉得两个人还是不见面最好，不然发生点什么都难说，于是她动员小雷考到深圳读书，和父亲见见，培养下感情。只是她没有把这些说给小雷听，儿子和这个亲爸根本就没有感情，甚至不熟，平时也从不来往。在深圳的两年时间，小雷没有回东北也不去找刘耀东，即便过年也是在宿舍里躺着，哪儿也不去。表姐也不劝，她知道说了没用，反倒惹得儿子不开心。她只是负责把每个月两千五百块钱的生活费和每学期的学费给够了就好，她偶尔想缓和一下关系，便对小雷说，我和你爸真的不是你想的那样，虽然我们是小学同学。

那不是我爸，我爸在深圳。

那你有亲爸，你为什么不去找他。表姐也来气了。

小雷每次听了这些，都不说话。脑子里想着他把拳头握得紧紧的，表姐很不安，有时还会梦见小雷和继父打架，打得满身是血，拉也拉不开。

表姐说，你在外面别学坏了，注意安全尽快找工作，现在大家都向南方走，你就不要回来了。小雷听了，冷笑了一声道，是担心我回去了让他不痛快吧。小雷讨厌继父，他一直怀疑父亲在部队期间，母亲便与这个继父勾搭上了。小雷对表姐表态自己会尽孝心，给母亲养老送终的。表姐听了很生气，我刚到五十养什么老，完全不考虑自己还是个女人，也需要个丈夫。

知道小雷不高兴，表姐说，不是不是，你随时可以回来。

小雷说，好，那我一拿到毕业证就订票。

听了小雷的话，表姐生起了气。心想，深圳那么需要人才，怎么就留不下你个身强力壮的人了，为什么一定要回来？你为什么不找你亲爹呢？对于深圳，表姐都是通过电话来了解的。比如小雷说，车多，总能听见外面轰隆隆的大货车，从窗口向外看，街上的人像蚂蚁在爬行。站在楼顶看到下面不是拆迁就是盖房子，整个城市像个工地和停车场。

表姐说，你不要总是在室内待着，有时间跟同学去玩或者找找你爸爸。

我爸不是死了嘛。小雷拉长了声音，讽刺道。

表姐无语了，只能生闷气。在小雷很小的时候，她总是这么教导他。现在她在电话这边堆着笑脸说，可以找老师和同学说说话呀。

小雷说，没什么交流，你给我订机票吧，我还没坐过飞机，回去的时候我想坐一次。

表姐这次没有回应，想不到这么快，小雷便要毕业了，也就是说小雷马上就要回到家里，与继父的关系将重新回到剑拔弩张的状态。表姐觉得自己的好日子没过几天便结束了，原因就是她对小雷的溺爱，才导致他成了一个妈宝。于是她需要尽快赶到深圳，阻拦小雷并安顿好他，让他留在南方，哪怕干体力活也比在东北强啊，眼下东北都变成什么了呀。要知道自己可是用了千方百计，才把这样一个不懂事的孩子，劝到深圳读职业学院去找他亲爹，这曾经是表姐引以为豪的事儿，她希望刘耀东负起当父亲的责任而不要总是靠着女人。表姐没有想到的是，她的计划还是落空了，之前小雷没有找刘耀东更不想留在深圳，折腾之后，还是执意要回东北。表姐觉得这分明是在打脸，街坊邻居个个都想向外跑，而她的儿子小雷却在深圳待了两年后要回家来，脑子是不是坏了呀？作为女强人的表姐当然无法接受这个事实。

从踏上深圳这一刻开始，表姐就发现深圳太美了，她恨自己太迟才见到这块风水宝地，她觉得这辈子真的是白活，为什么不早十年过来看一眼呢？至少她会早做打算把自己和儿子的人生安排妥当。想到北方有半年时间冰天雪地，表姐的心不禁打了个寒战。走在深南大道上面，表姐舍不得把眼睛从上海宾馆、地王、市民中心、京基100这些如梦如幻的建筑物和凤凰树、红棉树上移开。她忍不住在嗓子眼里哼出"深圳的天是解放区的天，深圳的地是解放区的地"这样的歌词。原来天可以这么蓝，跟明信片一模一样啊。她呼吸了很多清洌并带有甜味的空气后，打起了自己的算盘。首先，她发现深圳既不地大，也没有物博，却样样都好。尤其看到各个年龄段花枝招展的女性时，刘耀东表姐没有生出嫉妒，而是冒出可喜的灵感，仿佛那些个美女都与自己有关。当她再进一步打听到美女们还处在待嫁或再次待嫁状态时，表姐更是喜上眉梢，她果断地认为小雷前途无量，这是神仙住的地方，是个充满机会的乐园。自己原来是奉了老天的旨意，没有早一步没有晚一步，趁小雷还在学校的毕业前夕来了，显然是为小雷带去光明与希望的到来，而不是没有任何意义的来。她深知自己的使命，不然，她为什么无缘无故贴钱出趟差啊？过去小雷说什么她都是让他自己看着办，而这次她却想找机会过来。要知道她可是惜钱如命的女人，无论为自己还是为别人，她都不愿意花上半毛钱，可现在儿子的事情最大，她要帮他，也是帮自己。表姐知道如果想过上那种没有烦恼的生活，她必须抓紧时间把小雷安置好。

于是，表姐立即修改了原本相对安逸的人生计划，暂别丈夫，投奔到前夫刘耀东的家里，并迅速与小区里的各色人打成一片。刘耀东表姐的目的明确，就是把即将毕业的小雷留在深圳，不仅仅是令自己的生活免受干扰，还可以让儿子成为名副其实的深圳人，然后落地生根，让自己的子孙后代远离雾霾，在蓝天白云的深圳从此生生不息。

这位表姐第一个想要利用的人便是方小红，因为除了刘耀东，她谁也不认识。而前夫刘耀东她压根不敢指望，因为对方总是口口声声说东北挺好的。

表姐也不好惹，问，好你为什么还跑出来？

还不是因为你。刘耀东梗着脖子说，谁愿意扔下老婆孩子背井离乡呢。

表姐气得说不出话，不想跟刘耀东理论，如果不是因为儿子小雷，她对方小红说这个人已经从自己大脑里删除了。对于目前的情况，表姐很清楚，即使把老家所有财产都变现，她也买不起深圳的房子。所以让方小红回家吃饭只是借口，有话要说才是真的，表姐已经想好，她要利用深圳男女比例失调的问题，来解决小雷的房子和婚姻大事，她的眼睛瞄准了本地女孩或来深圳二十年以上的富二代。

在方小红的印象里，这位表姐喜欢用这种方式与人打交道，之前她并不知道这是个套路，她更无法想象二十几年前的刘耀东，怎么会找这位大姐？除了模样老，性格也像男的。

面对表姐精心准备的美味佳肴，方小红没有胃口，她吃得超快，甚至连看看眼前菜的心情也没有，便如期领到了表姐布置的工作。表姐说，你快点给小雷找个老婆吧，如果不能在深圳成家立业，这书也白读了，他只能再次回到农村，没爸的孩子，就是没人疼。其实我是可以不管的，反正我早改嫁了，现在我是义务帮你们，不然的话，你们也没有好日子过。你要知道，他马上毕业，学了各种技术，这样的人才需要伯乐啊。

方小红心想，他什么时候成了我们家的人了，嘴上却说，他已经这么大了，怎么还在学校？还有，不是城里户口吗？怎么又突然成了农村？再说了，小雷无论亲爸后爸都还在，何必说得像孤儿似的。方小红避重就轻，故意装出一脸惊讶，他爸不是好好的吗？

表姐像是知道自己说错了话，唉，离庄稼地那么近，跟农村没差别，再说我也就是那么一说。表姐掩盖了前面的口误，又转移到自己的问题上，东北当然是农村，在我眼里除了北上广深，其他地方都是农村，不然大家干吗到深圳？还不是嫌那个农村太土了嘛！他有爸没爸一个样，什么时候刘耀东负过责任，一天天过得逍遥自在。说完，她上下打量了方小红，好像方小红欺负了他母子一样，说，他的情况你最了解。

方小红无语了，她感觉这个表姐一会儿把她当成同盟一会儿又把她当成敌人。方小红问，你是让我帮他找老婆吗？我哪有这方面能力，再说了，他还那么小，男孩子急什么，再过十年都不算晚。见对方还没反应过来，方小红又说，如果有资源，我早傍上大款了，在家里做个养尊处优的阔太太，也不至于混成现在这样吧，麻烦你求人的时候好好想想我眼下什么情况，请不要用这种方法刺激我。方小红说的也是实话，这么多年，她除了遇见一些妈妈们找她多关照孩子，承诺一辈子要做朋友而实际上无法兑现的家伙，再也没有什么人理她。下班之后，方小红多数时间在生闷气，何时有过快乐时光。总之，她的生死根本没有人关心过，甚至连打探的人亦属罕见，作为一个外省人没有安全感，也就是在这种情况下才匆忙与老乡刘耀东结的婚。

表姐不理会方小红说什么，为了佐证这座城市男女比例失调这件事的存在，她搬出了小雷的继父说，别看他没啥本识，他当年也闯过深圳的，当时一进厂门，就被女工围住了，还有人直接向他递纸条，问他做不做，不用钱的。方小红说，那些工厂妹除了十几个人住的宿舍，连个安身的地方都没有，你难道是让小雷去找她们吗？表姐说，那倒不必，光是那些白领，有钱的女孩都找不过来呢。

表姐像是知道方小红这个态度，也不生气，继续布置工作，否则这顿饭白准备了。要知道除了周六日，平时她是不会安心在家的。表姐的心思在各种广场，她把小雷的事情托付给了各种舞伴。表姐的话题只有一个，即小雷的婚事，家里无钱无势只有靠结婚才能改变小雷的命运。她说，我们全部的人都要动员起来帮他，他的事眼下最急。你呢，暂时放弃小资情调，分清大事和小情，你先搞掂了小雷的事儿，我们再齐心协力帮你，把那个又富又帅的男人从别墅里拉出来，带到你面前，包你满意。说话的时候，表姐故意瞥了眼刘耀东的房间，似乎要把方小红嫁给一个富人也解了对刘耀东的心头之恨，

方小红心想，这个女人逻辑上有问题，还我们，你有那么多人吗？之前她对方小红多次提过一个调研员，每次说话，表姐总是带些调研员的信息，如对方每天都在健身，或对方女儿从国外回来带着洋女婿之类。方小红说，我那不是小资情调好吗？

表姐连忙补救，对对，是恩怨，前世情未了。接下来又说，是啊，你们不管他谁管呢，咱们是亲人啊。见方小红没有反应过来，她继续说，我是前世造了孽，不然我的命咋这么苦，本来可以轻轻松松安度晚年，被这么个拖油瓶害得连个正常生活都过不好。经过一段时间接触，方小红发现了这位表姐的说话习惯，对办事之人冷热交织一顿洗脑，最后，令被洗的人稀里糊涂站在了她这一方。让方

小红不能理解的是，这个表姐有时一口官话，有时只有家长里短那点事儿。方小红不好意思点破，总想着或许她真能帮自己找到一个什么人呢。表姐说过，她的人脉广，熟人南北兼而有之，而且个个都很有背景，方小红跟她开了口，她就不会置之不理，一定要施以援助之手。表姐说正是因为她人缘好，虽然来的时间不长，上至副区长家，下至清洁工的宿舍她都去过，还吃过这些有头有脸人家里的饭呢。不仅如此，有时她还会带回几个火龙果、提子、番石榴之类的南方水果，说是人家送的。后来方小红听小雷说，哪有这么好的事，不过是到人家帮着照顾老人，干些端屎端尿的活儿赚的。

遇见刘耀东之前，方小红相了无数次亲，分别有两位都住在一起半年了，结果还是没了下文，有个甚至一无所有，连袜子、底裤都是方小红花钱买的，最后还是无疾而终。当然了，主要是对方跟她没完没了地借钱，并带了各种看病找工作或借宿的亲戚过来打扰，让方小红受不了。表姐的意思很明显，小雷的婚事，也是方小红好日子的开端。表姐彻底变成了思想家和行动者，再也不是东北县城上那个省钱过日子的中老年妇女。她说雾霾让她明白了一个道理，只有离开家乡才是上上策，而且人这辈子只住在一个地方，是可悲且可耻没有出息的。想到即将实现的深圳梦，表姐的身体充满了勇气和力量。

深圳天蓝得让人想哭，地干净得让人也想哭，表姐说这才是人待的地方，其他地方都不是。你知道吗，整个东北被那玩意罩住了？你去看吧，黑压压一片，像个锅盖，笼在人的头顶，彻底沦陷了，除了老弱病残，年轻人都走得差不多了。表姐把沦陷两个字挂在了嘴上。比如说，万福广场上都是人，差一点沦陷了；台风那天商场里全是抢购的人群，彻底沦陷了。她喜欢用这种夸张的方式跟方小红说话。

显然是吃人嘴短，几个菜便让方小红不好意思把拒绝的话那么快就说出来。她不想看见表姐那副巴结的样子，同时也找不到理由回绝。表姐仿佛中了邪，只要可以帮小雷介绍女朋友，让她下跪也愿意，她觉得自己醒悟得太晚。吃饭期间表姐的经典语录很多：别把面子当回事，不值一分钱；当官的都很孤独，他不可能找你，只有你主动；你不求人，人家也没高看你；你求谁，不是麻烦谁，而是抬举，只有不求，才是对权力的漠视。表姐的名言很多，用她的话说，自己怀才不遇，如果多读几年书，她认为自己合适的岗位是外交部，届时美国日本俄罗斯全不在话下。在她的洗脑和各种招数的攻击之下，没有人可以抗拒得了，因为她言之凿凿的名言随时会跟过来，让你倍感不安或产生内疚直至升级为罪恶感。

终于，在表姐的不懈努力下，方小红同意帮着问问。而与此同时，一直在外偷听的刘耀东已在脑子里迅速物色到了人并踱着方步进来，他站在两位前妻的中间，喜滋滋地提了两次阿上这个名字。方小红本能地瞪了他一眼，她觉得刘耀东就是个贾宝玉，身边围着许多女人。

众所周知，在整个幼儿园，谁都知道方小红的丈夫刘耀东是位老板，当然，具体做什么生意，没有人知道。此公喜欢穿米色风衣，嘴上常年叼根中华烟，有事没事在院子里溜达，或是在方小红用于推销学位的会客厅里喝茶。也有人怀疑刘耀东压根没有正经工作，不然他为何总是过来吃午饭，吃饱喝足找个有空调的房间睡觉。有人更直接，说他是来要钱的，他早已身无分文，有上顿没下顿，靠着前妻才得以生存。更有人早对他的样子看不过眼了，顺带着骂方小红，瞎了眼，不仅给女人丢脸还无限拉低女人择偶标准，对于这么个家伙，还能把自己害得丢了面子真是不值得。没有离婚的时候，方小红曾经对刘耀东说，你不是爱面子吗？告诉你，如果你敢跟我离，我就到楼顶给110打电话，让你成为名人。刘耀东私下常把方小红园里的老师带出去唱K，有次把一个叫攀攀的老师带到东莞和客人谈生意，导致攀攀喝多了睡到下午才跑过来，影响了开放日活动。面对方小红的批评，攀攀当着众人的面辩解，说不是故意的，前一晚有公事。方小红问什么事，攀攀支支吾吾，不说实话，直到引起方小红的怀疑，攀攀才怯怯地说出帮方小红老公一起谈生意。方小红当着孩子和家长的面羞得快要钻进地缝儿。很快，方小红就借故攀攀迟到，影响了开放日表演节目，导致招生工作不顺利，把攀攀给炒了，并扣发了当事人的工资和奖金。攀攀到园里求了两次，方小红始终不原谅。一段时间，刘耀东吓得不敢走正门进来吃饭。虽然事后方小红猜到刘耀东与攀攀可能没有什么，但被自己的部下调戏了这么一番，还是不爽。这个事之后让方小红下了离婚的决心。刘耀东也没办法，只好同意，反正钱没有，二手房还得继续供，至少可以暂时借住，帮着分担部分费用。方小红提的条件是，他不得干涉她的生活，哪怕她带来什么人过夜，也与他无关。

最初的时候刘耀东对人说，深圳不是人待的地方，他早晚要离开。原因是深圳的女人太可怕了，不是冷血白富美就是一哭二闹三上吊缠住人不放的白莲花。

方小红听了很不屑，说，你离开？如果你有这勇气，信不信我会爱上你，实话说，你这种男人也就在深圳还能勉强活着。

刘耀东喜欢气方小红，有两次他跟方小红商量可不可以带个朋友回来过夜。是女的吧。方小红不露声色。她知道刘耀东身上的钱花完了，用这个方法向她撒娇示好。刘耀东说，哎呀，看看你的脸色，不同意就算，有什么了不起，不过是借住几晚而已嘛，想给你介绍个朋友认识下，看你一天到晚关在房里不出门。方小红说，可以试试呀，不过呢人命关天的，也请她的家属做好各项准备，比如遗嘱后事之类。

刘耀东说，玩笑玩笑，你还当真了。刘耀东要做的事情是，向方小红证明自己清白，他认为方小红属于激情犯罪体质，没有理性，刘耀东想要死个明白，可一直没机会。离婚不可怕，可怕的是被冤枉。他痛恨方小红嘴里竟对他骂出人渣两个字。有时他故意气方小红，问最近有没搭上个小鲜肉。随后其诡秘一笑，说，不然，我今天晚点回去，给你们腾个地方。方小红见他的样子无耻且淫荡，水蛇腰扭得更加不成体统，如果不是担心被人看见，特别想在其要害部位掐一把，好让他疼得三天起不了床下不了地儿出不了门。方小红说，无论是鲜肉还是腊肉，你都知道，我也得千挑万选啊，万一再遇上一个和你类似的人渣怎么办？躺在床上，方小红恨恨地想，靠谱的男人为什么还不出现？原来那些向我挤眉弄眼的男人都跑哪儿了？她一次次发狠，必须找个人品和条件好，而又爱自己的，气死刘耀东。

由于事先约定，幼儿园便常常可以看到刘耀东的身影。他端着厨师做给孩子们吃的蛋花汤，晃晃悠悠坐过来开两句玩笑。有的人说他跟园里的女老师搭讪，目的是把她们带出去帮大款谈生意。至于什么生意，一会儿房地产一会儿是非遗，总之玄之又玄，难以插话。大款告诉他说，没有酒没有女人，生意根本谈不成。大款也是这个幼儿园的最大股东，当初刘耀东和方小红认识也是在这里。

表姐的原因，小雷终于同意过来见自己的亲爸刘耀东了。

刘耀东起初也很尴尬，向方小红介绍小雷时，竟然说，这是表姐的儿子，在职业学院读书，马上毕业。方小红心里偷笑，却一脸严肃地说，我和你生活了这么久，怎么不知道你有这么个表姐？然后你表姐的儿子与你有什么关系？

哎呀，跟你说了吧，是我的儿子，当年被她带到外地改嫁了，一直没有联系，现在她想让儿子跟着我，才劝到深圳读书的，只是这个孩子不愿意理我。

方小红说，你为什么骗我没结过婚？

刘耀东把头点得跟鸡啄米似的，虚荣虚荣。

这下方小红没办法了，只好说，这是你自己的事，请你尽快想办法处理好，并让你的这位好表姐快点从这里离开，否则你的两位前妻会把这个家变成战场的。方小红开始威胁刘耀东了。

听此言，刘耀东讨好地笑了，说你宽宏大量，境界不同，不会的不会的。见方小红脸色还是很难看，他的神情又肃穆起来了，一定一定。接下来又说，我儿子样子不错，所以找个有钱的女孩应该没问题，我是说找大款的妹妹阿上没问题，你认为怎么样？我敢保证人家绝不会要她一分钱彩礼，人家不仅看不上还会嫌给女方彩礼的事太啰唆和老土，不仅如此，人家有房有车。如果我的儿子找了这种人家，我敢保证，立马会成为大富翁，到时连你我也沾光了。

听刘耀东这么一说，方小红脑子里闪出大款不可一世的样子，冷笑道，我可不想沾这个光。

刘耀东说，我一想到将有个富翁亲戚就觉得不可思议，原来还有这么个好事儿等着这个傻小子呢。我都恨自己出生太早了，不然的话，至少可以少奋斗很多年。说话的时候，刘耀东眼睛闪着光，好像是自己要相亲一样。

方小红鄙视地看了眼刘耀东，不知道怎么接话。之前她也经历过各种相亲，方小红很清楚，在深圳，即使离了婚的男人，只要条件不算太差，瞬间便被各年龄段的女性盯上并紧追不放。有次遇见电台一位曾红得发紫的主持人，也是学生的家长，向方小红哭诉，她跟某局的副局长好了十年，从对方有家有室，终于等到对方法律上合格，对方却告诉她自己不想再进围城。女主持搭上最好的岁月不算，还落个一场空，心里清楚输给了比自己小十几岁的85后女孩儿。

刘耀东把胸脯拍得山响，说儿子的事有着落了，不用担心，保证表姐很快就会离开。说这些话的时候，刘耀东的眼里闪着光，满是炫耀，好像大款不是别人而是他自己。

表姐担心方小红嫌麻烦不管这个事，故意让小雷到方小红的幼儿园走走，企图吸引老师们的注意，也在提醒方小红别忘了正事。可是她并不明白，方小红所在的幼儿园老师个个人精儿，加上年轻时触摸过舞蹈音乐绘画的几缕皮毛，早被练就得心比天高，都指望攀个非富即贵的高枝儿，谁会看上一个无房无车的穷小子。她们看着小雷还没有被点化的脸，连眼皮都懒得抬，脚步绝不会因为身边有个男人而放缓。这些个人精儿们下了班不是去相亲就是参加各种应酬，顺便挣点红包外快小礼物之类，哪有什么闲心耽误在这种傻瓜身上。有些时候，赚钱的活儿是刘耀东安排的。他对方小红说，我这是善举，做生意只是一方面，主要还是为了帮你这个园长亲民。他惋惜地说，天天对着群孩子有什么机会呀，人才浪费呀，你看看，马上就青春不在了，还不趁着年轻多赚几个，至于是赚人还是钱不得而知了。也就是他，让小博士幼儿园的老师们知道什么是井底小蛙，什么是优质生活，小蛙们需要更大更蓝的一片天，所以不少人喜欢刘耀东过来吃饭，反正饭钱由方小红月底统一买单，这样的时候，方小红的脾气也会收敛许多。

方小红问，大款他们一家对小雷有什么要求吗？

刘耀东说，大款妹妹没有生育能力，唯一的条件是需要小雷把他这个亲妹妹带离深圳，这不正合你意吗？

可是这不合你前妻的意。

刘耀东笑了，这才好呢。

方小红心里高兴，对了，你说不能生育？这应该不好吧，表姐知道了肯定不同意。

刘耀东说，那怕什么，生了多麻烦，你看现在就找上门来。

方小红也觉得对方过分，说，有你这么讲话的吗？那可是你儿子。

刘耀东说，好好好我说错了，小雷人长得不错，算是

128

帅的，估计对方也能看上。

方小红脑子里是小雷白净的脸和高挑的身材。帅？我说这位大哥啊，在深圳帅是什么，你为什么不让他去做鸭呢？我保证肯定能卖个好价钱，一晚上三千，我打听过了。

刘耀东听了，并没有生气，而是上下打量着方小红，不屑地说，深圳什么情况，是男少女多呀，你怎么总是忘记这点，没有这个，小雷凭什么能找到老婆。还有，如果不是在深圳，你好端端的一个黄花大姑娘怎么会跟我这么个又穷又老的男人，包括那个阿上，年轻漂亮，跟她哥她姐不是一路子人，单纯可爱，却有可能跟着我的傻儿子回东北，你想到了没有，就是因为深圳。只有在这么个地方，才能出现这各种怪事。

见方小红沉默，他打了下方小红的手说，干吗呢？你这回开心了吧，你的麻烦事不都解决了吗？随后，他的声音又高起来，上帝真是会安排呀，让这两个特别的人相遇。

刘耀东的脸上重新焕发了光彩，他想伸手拉方小红，却被对方打掉了。刘耀东不屑地说，有什么好担心的，结了婚有吃有喝，太闲的话也有事可做，这种生活谁不羡慕，实在不行还可找个小三打发时间，你管那么多干吗？

再说了，又不是你娶回家，生不生孩子你急什么？

方小红说，是不是特别郁闷，怪自己不是那个小雷，然后找个有钱的。

刘耀东似乎越想越兴奋，太好了，这是当下的大事，我敢跟你打赌，知道了阿上的条件，表姐会高兴得发疯，彻夜难眠，最后非要给我们封个大红包才是。你想想吧，少奋斗多少年，如果年轻，我绝对不放过这么好的机会。我们凭什么要自己努力，多傻瓜呀。

几天之后，方小红才对表姐讲出这个情况。当然，如果不是表姐每天热汤热饭端上，眼巴巴地盯着方小红的眼睛，方小红还是想拖的，她担心自己说出了真相。方小红故意一脸委屈，意思是对方不仅仅是歧视北方人，连她方小红也顺带着被欺负了，这都什么人啊，连遮掩都懒得做，太自以为是了，好像外省人就应该和这种条件的女人在一起似的。方小红说，我骂刘耀东了，分明是他自己想傍大款，还要拖累小雷，他干吗不拿自己去交换呢？如果人家不嫌弃他太老的话。方小红故意装出很生气。

想不到，表姐在方小红说话的过程中，眼睛持续发亮。她打断了方小红装模作样的诉苦，阿上这名字真是大吉大利，妹妹你这回真是立了大功，还有小雷的爸爸，想不到我们家小雷这么有福气，光宗耀祖，我一会儿就叫小雷过来谢谢你。

方小红慢吞吞地说，刚才我好像说了这个阿上脑子有点问题，你不怕呀？方小红笑着。

表姐得理了似的，整个身子向前挺着，谁没问题呀，我也有，你没有吗？我们所有人都有问题。

见表姐不上路子，方小红只好说，那要是不能生育呢？

表姐瞥了眼方小红，声音低下来说，那又怎样？有房有车要孩子干什么？你想想，轻手利脚没负担不是更好吗？说完这句，她上下打量起方小红说，并向方小红抛了个媚眼，仿佛她在代表某个男人。

表姐突然提到了她的事，让方小红晕乎了两秒钟，竟不知道接下来怎么办了，只好说，那我再问问吧。

表姐说，我们的态度很明确，就是找门深圳亲戚，到时小雷便有了落脚的地方，其他真的无所谓。这事宜粗不宜细，你别问来问去再把事情搞坏了，抓紧时间懂不懂啊傻妹妹，那可是我们小雷的前途命运啊，你们这次必须要帮他。

方小红说，人家可是有条件的。

表姐说，什么条件？

方小红转告，小雷与阿上结婚后不能留在深圳，必须带她回到东北老家，说只有这样不仅一分钱彩礼不用出，他们还会在东北买好房子。

表姐笑眯眯地对方小红说，你告诉他，我们回东北，反正有钱就行。

见面地点定在了普威国际酒店。小雷方面的亲友团是方小红和表姐，女方由哥哥姐姐们陪着，而刘耀东竟然不知道自己该坐在哪儿。他两边都坐了一下后跑到电视机前面坐着，样子非常滑稽。

大款把吃饭定在了如此高级的酒店里，显然是花了心思，意在给表姐和小雷施加压力。所以大款让服务员先上了主食，一碟雪白的馒头和咸菜。其间他不断地劝说，菜上得太慢，先吃点。表姐本就是那种爱讲究的人，但是她为了小雷忍着。她说，如果一个人什么优点都没有的时候，就一定有个好脾气，否则不如吃屎来得简单痛快没负担呢。

饭前，相亲男女先是做了一个自我介绍。早先被刘耀东阿上阿上提起过，这个名字早长在表姐心里了，见了面一点也不陌生，看阿上的眼神分明是疼爱有加。先是阿上别开生面用英语介绍了自己，随后才是小雷低着头说了自己的名字。听了阿上的介绍，方小红和表姐的眼睛都睁大了，感觉这分明是两个世界上的人坐在了一起。表姐刚刚升腾起的优越感顿时没了，而小雷差点自卑得钻到桌子下面去。

借助阿上前面的造势，席间，大款把自己当成救世主般人物，仿佛活在九十年代，生生管不住自己的眼神和嘴，不理现在已是2016年夏天，他歧视北方人的老毛病又犯了。一会儿夸夸其谈自己香港老板身份。见没有反应，又上下打量起小雷，问你们北方多久洗一次澡，一会儿问北方那么冷冬天要上班吗，你们是不是天天吃馒头，从来没有吃过新鲜的鱼之类，就差问你们需不需要沿街乞讨了。方小红发现大款朋友普通话本可以说得标准，却故意拖着广东腔，意在拉开与北方人的距离。

方小红和表姐在下面互掐了一把，提示彼此继续忍忍忍不要闹事，让这个自大狂自顾自说去装吧。方小红早知道他们这类的所谓身份，不过是在香港有套房子，供自己的亲戚们逛街累了歇脚的地方。

刘耀东表姐故作谦卑的态度，让对方更加肆无忌惮，在那种场合与另一个妹妹用白话调侃起了北方人。

他当然想不到，这些话，被好学上进的表姐听得个七七八八。此刻，她在心里笑着，等小雷结婚后他们家就该哭了，不仅如意算盘打空，连钱财也会有人来平分。

大款转过头，一脸严肃地审视小雷，看得小雷窄小的肩膀随风摇摆，很不自在。

表姐心里恨得咬牙切齿，只好低头吃菜掩饰。接过小雷递来的一张纸巾擦嘴，表姐不仅没有感谢，还狠狠地瞪了对方一眼，嫌小雷多管闲事。小雷不好意思了，接下来只好低头看盘子沿儿。

这时表姐站起来，拿着茶，对着大款说，谢谢你们的信任，我这孩子不懂事，如果进了你们家，以后不听话，您就替我管着他，要打要骂都行。

大款没想到表姐反倒如此大度，实在不好再说什么，端了杯茶，站起来不断地说谢谢谢谢。

事情比想象中简单，气氛开始轻松起来，计划中的买卖很快就要成交。想不到的是瓷娃娃般的大款妹妹突然站了起来，她的脸对着小雷，说，他们刚刚讲得不对，他们在骗你，我比你大了四岁，听家里人说过，我有病，所以你要小心。

场面瞬间变冷，一分钟的静场比两万年还长。好在表姐有外交官的潜质，她沉住了气，面带微笑，说，真是个可爱的小姑娘，那怕什么呀，大点儿才会疼老公。女大三抱金砖，小雷这是要抱四块呀，真是赚了。表姐本想用这种搞笑的语言，让气氛好起来，也算解个围。想不到，没有人接话，更没有想象中的欢笑声。

房间一度出现了寂静，只听到走廊里服务员的走动。表姐再次补救，她挤出干巴巴的笑容，阿上你可是找对了人，我们家小雷别的不行，就会疼人，当然，主要是疼老婆。表姐此刻的样子像是一个贩卖膏药的江湖骗子，一心一意要把手里的商品强卖给对方。

大款在不远处，盯足了半分钟他同父异母的妹妹后，转过脸对着小雷一脸无奈地说，情况你都听到了，她讲得没错，愿意的话就通知我们。说完，大款朋友拿起桌上的手机，手指轻摁了下刘耀东的肩膀，扬长而去。

刘耀东愣了下，才缓过神，急忙追了出去。

而这时表姐也恍惚了一下，她是个电影迷，她觉得这大款真应该配上一件行头，她从小就迷《林海雪原》里的杨子荣，那个英雄人物有一件永远不会脏的白色的风衣。

随后，面面相觑的几个人不知道怎么办了，只有大款的另一个妹妹张罗着打包。刘耀东的表姐冷眼看着，心里生出恨意，她最讨厌那些打包的人，不过想证明自己是环保人士罢了。

出了门，三个人坐在的士里，表姐强装欢笑，问小雷，人家已经摊开条件，话说得明白，你也看到了，那个阿上可是一直盯着你，小雷呀这回你要过上好日子喽。表姐见无人接话，又说，这个女孩绝对在家受虐待，方小红看到阿上的姐姐在桌子底下用力掐妹妹。他们家被这个爱说真话的妹妹折磨死了，正急于出手，想要过消停的日子，你想想谁家有这么个傻大姐都会心烦啊，她说的那是什么话啊，成心让做哥哥的难受。

方小红仰着脸，对挤坐在一起的小雷说，你什么意见？

阿上那些话你不是听到了吗，是她不同意。小雷嘀咕着。

表姐很生气，问，她没说不同意，是缺心眼，我问你，你眼下这个条件能找到老婆吗？有个女的答应见面就不错了。你要知道七月份一到，你马上就要打包走人，户口也跟着迁回东北，你联系到单位了吗？有人帮你付一房一厅四千元的房租了吗？你啃老还嫌时间不够长啊！

小雷低下了头，用小指甲撩了下自己额骨上的头发，眼睛对着司机的后背，不再说话。

你不要把自己搞得女里女气。表姐嫌不解气，对着小雷又补了句。

小雷辩解道，我长皱纹了，所以要挡一下。

表姐听了，用手指在小雷的耳朵上划拉一下，翻了下白眼没说话，她早就对小雷说过要把耳钉取下来，别忘了你是个农村孩子，要让人家感觉你纯朴厚道，懂不懂。

小雷争辩了句，你不是让我学洋气点吗？

表姐听后，气得没话可说了，她觉得小雷打小便蔫坏，不跟亲爸要钱，也不打扰亲爸，却总是跟继父作对，成心破坏她和丈夫的幸福生活。可她眼下没办法，只好压着火转移话题，大骂阿上太矫情，最好一辈子别嫁，也不要拖累了我们家小雷。

听了这话，小雷仿佛得救了，连说了几个好好好。

好个屁呀，你当时不是说年龄不是问题，身体不好也没关系，可以照顾她吗？你马上就变成社会青年了，如果不好好配合，请让我帮你描绘一下你的未来吧。回去之后，你要钱没钱要地没地，一无所有，回到一个处处迷漫着雾霾，在连暖气都没有装的破屋子里看着灰蒙蒙的天，最后，孤家寡人，这就是你的未来，你好好想想吧。方小红心里感叹这位表姐语言总是那么夸张。

小雷无可奈何地说，那我也没办法，又不是我说不行的。

表姐说你笨呀就不会自己想点办法吗，是你自己的命运。

小雷低下头，不再说话，他觉得母亲的样子很陌生。

表姐赌气地说，你再这样，什么女孩子也找不到。

小雷并没有听出表姐是讽刺她，嘟囔着，不见就不见。

这时表姐严肃起来，我可告诉你，她是改变你命运的人，你知不知道有很多像你一样的人，到了深圳不是当保安就是到工地干活，你告诉我，你能干什么？再说了，她如果不是脑子有问题，还能轮到你？

小雷双手一摊，晃着肩膀说，是她自己讲的，又不是我。

表姐突然明白了大款的用意，只有把阿上描绘成病人，没人敢要，才能把她推销给贪财的人，不管是哪个男人，只要带走他们的妹妹。表姐心里暗笑，我为什么不将计就计，利用大款放鱼饵的阴暗心理先同意呢。表姐不敢把想法告诉任何人，便早早睡了。第二天一早，表姐便早早跑到小雷的学校，把自己写的两页纸交给小雷，说，过会儿就发给她。这个时间的人最容易冲动，她会按照你的指挥起床，偷出大款早就准备好的户口和钱，要趁着大家都在睡懒觉，还没缓过来，把她带到民政局，办完结婚手续后，直接把户口落到大款家的户口本上，到那时，他们后悔也晚了。这些事一定要速战速决，绝不能等他们一家清醒过来，虽然阿上喜欢你，可他们家不傻，会想过来是怎么回事的。

三

虽然表姐想得异常完美，不料大款方面突然没有音讯了。表姐怀疑大款猜到了什么，顿时烦躁不安，像是热锅上的蚂蚁，在房间里转圈，她追问方小红怎么回事。方小红只好找刘耀东，刘耀东不知道什么情况。表姐意味深长地冷笑，这家伙就是想让我们求他，他猜到我们没有时间等下去了，因为小雷马上就毕业了。

表姐想了一个晚上，说还是沉得住气比较重要，于是她吩咐小雷别耽误时间，打扮得老成点，跟她去婚介所再找找机会，多些备选。折腾了几天之后，表姐暗自怀疑当初看见的满街美女不过是幻觉，或者她们都不需要男人。

刘耀东只得再帮小雷，他对着方小红自卖自夸地说，我的命真苦，主要是为了帮你扫清障碍，你说怎么谢我吧。到了这时候，方小红感觉对方的样子不像生意人反倒像个职业流氓，因为有一次，他对方小红说不要再耽误时间了，我看你很难找到意中人，还是我作牺牲吧。

方小红看见刘耀东的手在口袋里摸了半天还没找到烟，猜刘耀东手头紧了，方小红又恨了起来，很多人都会用这套，包括一些做父亲的家长，想让方小红对他们的孩子多些关爱，都希望方小红爱心泛滥，反正方小红闲着也是闲着，他们认为所有女人都是等爱的，随便什么人都可以。

这一次刘耀东要介绍的人竟是攀攀，方小红听后气得脸都白了。刘耀东见了摆手道，我就是要让你知道这是个误会，我如果真和她有事，还会把她介绍给我亲生儿子？如果是那种关系，我应该把她藏起来，为了证明我什么都没做，我也得促成这件事。

方小红想想也觉得在理，可脸上还是挂着愠怒。刘耀东劝说你真是不懂事儿，我这不是为你好吗？你说她闹腾了这么久了，我们要快点把她打发走才行，不然的话，他们不知有多少麻烦事呢，你怎么困难一来就打退堂鼓呢。再说了，你把人家攀攀可害惨了，天天拉保险，拉不到就没饭吃，本来好好的一个工作，被你搞没了，这可是她的第一份工作。

方小红想了想，知道理亏，于是不再反对。

小雷赶到相亲地点的时候，天已经黑了，街上的路灯亮了起来。

席间已经有了很多人，小雷还是一眼便看到了攀攀。一位自称家长的人看了眼小雷的身材，点头说，不错不错，好像他是物色种猪一般。

攀攀很灵活，席间眼睛一眨一眨，便把小雷迷住了。刘耀东见了，马上建议小雷带着攀攀去街上走走。

当时大街小道上都在放烟花，两个人就迎着满天的烟花去散步了。方小红担心小雷一头厚厚的头发会被点着，或是炮仗会掉进嘴里。因为从见面到开始，小雷一直咧着大嘴，显然他中招了。

刘耀东在桌子下面拉了方小红的手说，你怎么谢我吧。要不然，晚上把门打开咱们团圆吧，我们已经相思得太苦了。见方小红不理他，又说，咱们的儿子这么多年缺爱，你可不能太狠心，你也得帮我啊。

方小红说，少套近乎，谁的儿子呀？你别忘了，孩子可怜还不是你造成的。方小红说，你以为介绍个女的就可以赎罪了吗？没那么容易，再说了，你有什么好料？不过找些个三陪罢了。

刚到家门口，表姐便迎出来，她恳请方小红明天陪着小雷一起到攀攀家，她说自己什么规矩也不懂，容易坏事。

方小红说，你怎么不找刘耀东呢？

表姐诉起苦来，我和他没有话呀，如果能说话，也不至于刚生下孩子没几天就离了，我和他的关系不及你的百分之一呢。

方小红无可奈何，她对小雷这么快就要去攀攀家里拜访很不理解。

表姐避重就轻，说，也算做过你部下的人，你了解了就行，再说人家喜欢小雷，小雷也喜欢这个女孩子，也就是说，双方都有感觉，快点有什么不好。

第二天，方小红在上班路上接到了小雷的电话，他说，快点过来救我，我们在商场门口等你，你身上一定要带钱。

方小红看着镜子里灰暗的自己没好气地问，多少啊？

两千四，我卡上的钱不够了。小雷说。

见了面才知道小雷已被人扣下，商场还说准备报警，身边有几个持铁棍的保安，把小雷围在其间，因为他买了一堆东西钱又带得不够，还硬要冲关。

方小红问，你身上还有多少？

小雷答，四百呀。

什么？方小红彻底后悔了，怪自己多管闲事，她对着小雷叫，没有钱结什么婚？到底是你相亲还是我相亲？方小红从口袋掏出钱，放在柜台，跟在提了货的小雷身后，走出市场。

听见小雷走在前面哼着歌儿，停住脚，对着小雷的后脑说，你也太大意了吧，那帮家伙会杀人的，这些超市都是黑社会开的你知道吗？你不付钱，还大摇大摆的，想死吗？她觉得自己更像是亲妈。

小雷说，你来之前，我都在跟他们微笑，脸都僵了。

有用吗？方小红哭笑不得。

小雷好像得理了，说，所以我才打电话给你呀。

方小红气得不行，你要是招惹上他们，谁也帮不了你，说完这句，她突然意识到这应该是表姐的计谋。

随后两个人提着礼品上了的士，赶去攀攀的家。路上方小红问小雷，也太快了吧？见小雷只是笑，不说话。方小红急了，你什么意思？不是见了一面就睡了人家，被人缠上了吧？

小雷说你就别问那么多了，怪难为情的。

方小红像个泄了气的皮球，不知道怎么和这位90后说话。

小雷说，是她让我这么做的，说他们广东人相亲都这样。

到了女孩子家，放下东西，方小红以为还要再多等一会儿，想不到小雷很快便出来了，他手里拿着一个红包，特意在方小红眼前晃了一下说，阿婆给的。

方小红撇了下嘴，那是别人阿婆好吗？叫得倒很亲，几千呀？

小雷慢慢打开红包，是个十元的红包。

方小红撇着嘴说，真是个大数目。

小雷不满意方小红的讽刺。

方小红问，来这里干吗？他们家姓什么？这女的在哪儿上班？你都清楚吗？

小雷站在原地摇头说，她叫攀攀，现在是保险公司的客户经理。

方小红无语了，说，那种地方每个人的名片上印的都是经理，还攀攀？我当然知道她叫攀攀了，你为什么不说她还是个中国人呢。

她是中国人啊。小雷没听懂方小红的挖苦，说，攀攀还要帮我理财，帮我妈理财，帮我们全家都理，她还说，人活在这个世界上没有保险是不行的，现在什么都不安全，总之她很关心我的健康。

方小红说，你真应该跟前面那个阿上结婚，你们俩才是天生一对，小雷你到底怎么想的呀，是不是为了留在深圳，什么都不管了，随便一个女人就成呢。

我也不知道怎么回事呀！是你们大人安排的。小雷双手一摊，摇着头，把自己搞得像个老外。

方小红不耐烦地说，那我再问你，这人多大呀？全名叫什么？

小雷给自己剥了条口香糖放嘴里，不再说话。

方小红把这些问题抛给小雷的第二天，小雷无奈地说，不知道怎么回事，攀攀不接电话，我有好几天都不想吃饭。

方小红冷笑，才一天不到，就说好几天了，真是能骗人。她明白，小雷想赖账不还，无疑是表姐背后指使的，她只好把火撒到刘耀东这里，说你做的什么好事啊，不然你还是给我钱，我把这套二手房留给你来供，让你们一家在深圳团聚吧。刘耀东听了叹气，说她还是没变，总是那么会算，我知道我为什么总是不愿意复员的原因了。

刘耀东只好把当时一起见面的几个人请过来，两面都赔着笑脸。小雷感觉攀攀比上次更好看些了，他低着头，不好意思说话。倒是攀攀大方，向小雷挤了下眼睛。见两个人眉来眼去，刘耀东又来劲了，调侃道，当着我太太的面，你可得还我清白啊。想不到攀攀冷笑了，太太？你不是说我才有资格做你太太吗？

方小红的脸瞬间发白，把正要喝的饮料泼到了刘耀东脸上，转身出去。到了门口，又转回头，对着刘耀东叫，今晚就收拾东西，请你马上给我滚，别再做梦复婚了！

四

距离毕业的时间已经越来越近，小雷的婚姻大事没有着落。这期间表姐协助小雷在各种婚恋网上溜了几天，都还是没有结果。

方小红暗示表姐不要做无用功了，深圳虽然女的多，但都不傻，谁也不愿找个没本事的男人养着，不如就带着小雷回去算了。

听了方小红的话，表姐突然眼睛一亮，打量起方小红。

方小红被看毛了，慌张地问，看我干吗？我也没有办法。

表姐说，如果不是被拖了这么久，小雷的事情早解决了。

方小红有点不高兴，您的意思是我拖的吗？

表姐说，我又没怪你，不过补救的办法倒还是有，说出来，你不许生气。

方小红有了不祥的预感，问，我为什么生气？

表姐卖起关子，看你愿不愿意帮咱们家小雷吧，他的命运现在可是握在你手里了。随后她停了一会儿，拿了根香蕉，咬了口，在客厅到厨房间走了两圈，自言自语道，不管怎样，小雷还是个处男，条件一流，如果不是因为时间太紧，不知道要看多少个女的呢，在深圳就是这点好，永远有一堆女的在那儿等着。

什么意思。方小红冷着脸。

终于，表姐神情开始变得严肃，说，我知道你和刘耀东也不可能再修复了，如果你和小雷来个假结婚，让他随迁过来，申请个保障房，我向你保证我马上就走。

你怎么想的啊？方小红站起身，大声吼道，你嫌这里的关系还不够乱吗？

表姐说，我清楚你在这种地方找个像样的男人不容易，你现在跟刘耀东分开，也没有下家接着，估计此生只能孤独终老了。表姐说着说着，似乎要流下同情的眼泪一样。

方小红听了，心里冷得发抖，说，表姐请您不要再胡闹下去了，这一段时间事情做得有些太过，更不要害小雷了。

显然表姐会错了意，说，这事听我的，就这么定了，他是我儿子，敢不同意我就打死他。

方小红说，你们是疯了吧，我比小雷大一圈，而且我和刘耀东是什么关系，你清楚，如果再这么闹，你们家的事我不管了。

表姐说，我是说假结婚，又没有让你们真的住在一个房里，办好之后，你可以让他和刘耀东住在一起，反正他们是父子。我的意思是眼下没有其他办法，只需要有个女的和他办个手续，把户口留在深圳，然后申请保障房，我认为你这个当过他继母的人应该不会拒绝吧。

方小红被气炸了，你还知道我是他继母啊。表姐这时又来劲了，本来不想告诉你的，这件事我和刘耀东也谈过。

方小红冷嘲热讽，这个买卖好呀，怎么不做呢？

表姐哭丧着脸，说，我这不是刺激他要帮这个儿子嘛，他太不负责了。

表姐见方小红确实已经生气，只好调转话题，她怕真得罪了方小红，断了后面的路，于是又过来缓和，说，我就是开这么一个玩笑，小雷就是个小屁孩，怎么配得起你这样的女强人，他下辈子也找不到你这么好条件的呀。

方小红心想，刚刚说我条件差，现在又说我好，太假了！你的那个调研员呢？之前表姐跟方小红承诺过，自己手上有个不错的男人，在老家的公安局上班。方小红听后一直放在了心上，有时做梦还会见到穿制服的男人向自己走来。方小红曾经在网上遇见过一个，总说过来看看，还诱惑她，说自己厨艺一流，想到方小红家里煮饭。方小红心里七上八下，不敢答应，万一赖在家里不走怎么办。这几年，她在网上谈了不少男人，说什么的都有，其中有个海南的家伙据说是做体育器材的，没几天，就大段大段写情书给方小红，有时打了电话，方小红正上课，他让方小红必须交代清楚，是不是被哪个孩子的父亲迷住了，一时间方小红找到了恋爱的感觉。有次方小红把这情况跟同事说了，同事让她当心点，估计那些信都网上抄的。还有一位，之前两个人谈得好好的，非常投机，对方还一次次邀请他到南宁去看看，方小红刚下火车，便被接到了一个套房里，坐下开始，男人便向她介绍南宁的生活方式，建议她参与众筹买房，发展下家，然后用下家的钱买房，手法类似传销，说是中国发财的最后机会。男人对她倒是没有任何侵犯的意思，一直滔滔不绝向方小红推销新的投资理念。回来的路上，方小红看着天，心想，深圳好男人都去哪儿了？想结个婚怎么就那么难呢。

五

方小红再次见到阿上的时候，是她和小雷在一起。方小红想不到何时来的峰回路转。表姐不无夸耀地说，很快将会揭开谜底，原来表姐开动脑子，想办法之际，遇上大款也在苦思冥想，他终于沉不住气了，两个人在微信上说了话。

两个人很快一拍即合。大款的条件没变，小雷和阿上只要回东北结婚，他负责给小雷买房子的钱。表姐提出不仅仅是房款，还要帮小雷买辆好车。她还暗示，再不行动，小雷就要回去，机会难得，过了这个村就没有那个店了。大款激动地说，没问题没问题。说到做到，绝不失信。

随后表姐劝小雷约大款妹妹阿上看电影，又说人家有房有车还可以给你安排工作，你不找她是成心犯傻啊，这么好的条件不可能没完没了等你。小雷犹豫的时候，票便塞进了手心，之后表姐又叮咛了一句，你要暗示他们，你马上要回去了。知道吗？你要是真的走了，大款会急死，你可是他们的救命稻草。随后她拍着小雷的脸说，你的命里本来没有财富，想不到我来趟深圳，帮你把运气都改了，从此撞上大运。表姐在心里说，到时你不仅可以有深户，不花钱可以娶到老婆，还有大房住，有海鲜吃，享受这么好的空气，你的命真是太好了。

连阿上她自己都说了有病。小雷又说，我和她没有爱情。

你傻吗？难道我们床上睡的人都是自己喜欢的吗？你

看过谁有爱情？要知道很多人没有爱情也没有面包。表姐
又说，你只要用脑子想想，不花一分钱便能远离雾霾，过
上让老家人眼红的生活有什么不好。这年头男女都一样，
都得付出，好不好看有什么用呢，只要她外表是个女的就
成了。表姐一直唠叨不停。

　　小雷带阿上去登记的这天，大款的家里乱成了一锅，
大款老婆声音尖锐高亢，骂阿上丢了祖宗的脸，连定亲求
婚的环节都没有，便跟男人跑去了北方。大款说，家里算
是白养了，大款是故意这么说的，尽管他的心里已经乐开
了花，觉得是该庆祝一番了。他们的财富没有人分割，不
仅如此，没有阿上的家里，他们说什么就是什么，没有人
会来穿帮。

　　话说小雷带着阿上并没有离开深圳，也没有把阿上的
户口迁到东北，而是在表姐的精心安排下，他们连这个区
都没有出，就在不远处的民政局办好了手续，并把小雷的
户口直接落到了大款家的户口本上。表姐告诉小雷，先到
酒店藏起来，先让他们高兴几天，让他们以为你走了。然
后再回来。担心小雷不配合，表姐给小雷做了思想工作，
如果办成了你是功成名就，飞黄腾达，如果没办成，你就
是拐骗人口，到时他们家饶不了你，你自己看着办吧。可
惜时间有限，不然表姐还想讲几则类似卧薪尝胆、胯下之

辱之类的故事，以助小雷完成大业。

小雷心有不甘，对表姐说不想和有病的女人在一起。

没关系的，等你安置好也差不多也一年后了，再说离也来得及，到时你就可以提条件了，总之，你已经有了充分的理由与阿上一起享受他们这份家产了。

小雷带着阿上回到家的时候，是一周之后，之前他们高兴了几天，庆祝甩掉包袱。他们根本没有想到小雷把户口落进了家里，在两处楼房即将被征用，出现天价的补偿金之前，也就是说，家里突然掉下一个分割未来财产的家伙。

小雷被围在客厅中间，大款捻着手中的烟，冷笑道，真是深藏不露啊。我请你马上把你们两个的户口给我迁走，越远越好，回东北，趁我愿意，我帮你付了这笔安家费，但是你一定要快，不要再耽误我一点时间，否则我就不客气了。此刻，小雷发现大款的普通话比学校老师的还好。

看着没有雾霾的深圳蓝天，表姐心情大好，她认为自己运筹帷幄，智慧过人，一夜之间，让小雷超越了许多人，实现了她的梦想。她感觉在做梦，有好多次她担心梦醒了，一切都不复存在。所以，有的时候她会无缘无故给小雷打电话，你要小心点啊。

为什么小心？小雷一头雾水。

我是说这来之不易的好生活你不要大意。表姐说。

我怎么大意了？小雷不满表姐无缘无故的说话。

表姐说，哎呀我就是让你好好的，平时你留点心，他们肯定火着呢。表姐拉长了声音，她不满意小雷这个样子，好像没有她的努力，小雷理所应当便有这好日子一样。表姐认为这与自己远见有关。表姐心里很是自得，但想到自己千里迢迢跑过来，受着方小红的冷嘲热讽，又编瞎话骗人，才得以住到现在，便觉得悲壮。

小雷看到房子里的一切有些恍惚，他不相信眼前的一切都是真的，于是他用脚找到了拖鞋，穿上，准备下楼看看。在楼下晒了一会儿太阳，还是觉得没意思。他看着不远处晒太阳的老人，心里想，自己要快点找活干，这么闲着，迟早会出毛病。可除了家里这几个人，他谁都不认识，连同学可能也在回家的路上了，他又上哪儿找活呢。

有好几次，小雷听见楼下有人在争吵，他吓醒过来，原来是大款的老婆在骂大款偷鸡不成反蚀把米，阿上不仅没有离开，还拖上一个吃闲饭的。

大款看着老婆，骂，你个蠢货，不仅仅是吃闲饭，而是来分家产的好吗？

小雷不敢再偷听，准备溜走，大款已经发现了他，他冷冷地说，你小子这回如愿了，虽然我讲广东话，你讲普通话，但我们最终下场一样，投机分子而已。之前，是我大意，被你钻了空子，你眼下还不是最后的成功，我给你的限期是一个月，一个月之后，如果你还站在这个地方，我会把你扔到大梅沙去喂鱼。

小雷躺在被窝里瑟瑟发抖的时候，突然被阿上亲了一口，阿上说，放心吧，他是吓唬人，政协委员怎么敢做这种事呢？

小雷和刘耀东再见面的时候手续已经办好了一段时间。小雷喝高了，突然没有任何铺垫叫了刘耀东一句老爸。

刘耀东愣住了，不敢看小雷，为了掩饰，他端起杯子，喝了一大口才说话，眼下你的处境虽然不算太好，可也还不错，毕竟我们也没付出就得到了这么多，还是不错的。小雷发现刘耀东拿杯的手有些发抖。

小雷沉默了一会儿说，这不是我要的东西。

刘耀东吓一跳，问那你还想要什么？

小雷说，反正不是这些。

刘耀东说，这个结果不是你希望的吗？

小雷说，不是。

那你想去哪儿？刘耀东给自己点了支烟，对小雷说。

见小雷变得越发严肃，刘耀东只好开起玩笑，想逗小雷开心，对了那个攀攀挺会玩吧，尤其怀旧歌唱得好，有的老板很喜欢这种。

小雷说，又不是老婆，当然不敢玩。

刘耀东说，老婆还叫什么玩呢。

小雷老实交代，都没拉过手。

刘耀东退后了身子，指着小雷说，家里的不喜欢，这个没拉手，怎么回事。

我可不是基。小雷笑着说，你别那么看我。

刘耀东笑了，那就好。

小雷端起酒，喝了一口酒，指着外面说，想不到你在干这个工作。

刘耀东笑了，小弟们都在隔壁睡觉呢，他们晚上才出来，你信不信，我可以拉一车人过去支援你。

小雷说，我还以为你做了老板。

刘耀东说，我刚退伍，家里就发生了这么大的变化，老婆孩子都不是我的了，我有什么脸在家，只好跑到了深圳。过来之后，心里又特别不平衡，比我小十几岁的人都发了财，而我什么都没有，先是给大款开车，后来是去外面替他挡酒，胃也烧坏了，大冬天差点死在酒店，也就是那次被方小红救了一命。两个人好上没几年就被你妈妈和攀攀给搅了，看到深圳这个天价的房子都能让人不举，我哪里有可能背叛。吹牛还不是为了让方小红在家长面前有个面子嘛，她总不能说自己老公是给大款挡酒的吧。

刘耀东眼圈红了，不然谁愿意受这份罪啊。

小雷像是自言自语，我现在除了吃饭睡觉，啥也不需要，想着毕业后就回家，却等来这么一个结果。我不明白我妈为什么总要赶我出来，有些人适合闯世界，有些人只喜欢自己的家，到深圳两年多，除了相亲，我没有怎么出过校门。

刘耀东盯着小雷的脸，你不喜欢深圳吗？

小雷问，你呢？

刘耀东似乎不想接这个茬儿，说，喜欢，可这是别人的城市，我没有本事留下来。

两个人都沉默了一阵后，刘耀东说，现在我看明白了，阿上根本没有病，特别而已，大款和他的两个妹妹编出这个谎，一是让阿上相信自己有病，然后自降身价，主要目的是这家人为了合情合理地把妹妹推销给那些不安好心的人，让他们上钩。

说完这句，刘耀东重重地拍了下小雷的肩膀说，不过，你现在安顿好了，我也放心去流浪了。

小雷听完愣了半天，指着隔壁房说，是帮他们在看场子吗？

刘耀东低下头说，什么都做，年轻的时候还要打架，挡子弹，现在打不动了，只能帮着大款打杂，充当公关说客，也包括挨打、顶包、喝酒，为了赚个生活费。其实我去幼儿园是不想断了和方小红的关系。当年，我醉在酒店，是她把我拉回家的。真是个好女人啊。

随后，刘耀东向小雷挤了下眼睛说，你也不错啊，一共介绍两个，还都没浪费，与攀攀还有联系吗？

小雷想了会儿，把攀攀耍自己的事儿讲了，好在方小红及时赶到商场救了他。小雷说，这段时间我给你们找了很多麻烦，你们也没有赶我走，谢谢了。小雷低着头说。

刘耀东沉默了半晌说，似乎想起了自己被攀攀坑了的事儿，他对小雷说，以其人之道还治其人之身啊。

借着酒意，刘耀东拨通了攀攀的电话，交给小雷。

小雷报上名字后，对方竟然没有听出来，直到小雷说自己结婚了，攀攀才想起来笑着说恭喜，那得请客呀。

小雷说没问题，随后又说了句，不然就现在吧。

攀攀说，那我还不得被你老婆砍死了呀。

小雷笑了，怎么会呢。

攀攀的早饭通常是不吃的，所以她常常一觉睡到上班前的半个小时。最近，她开始起得有些早了，连阿婆也奇怪，问，你不是生病了吧？现在，她的全部财产就是这套房，这是当年阿爸阿妈留给她的，前提是为阿婆养老送终。

你不希望我好呀。攀攀回头对着正在捻佛珠的阿婆。

阿婆叹了口气说，你都这么老了，再不嫁就没机会了，你总不能守个大房子过一辈子吧。

你能不诅咒我吗？攀攀气得横起脸，拉长了声音。心想既然遇不上富翁索性不嫁也罢，免得被人盯上这房子。

阿婆重新躺回床上，说，不能这么说话，将来嫁了老公会挨骂的。

攀攀道，谁敢说我？本小姐还不掐死她呀。出了门，攀攀还不舒服，她本来没有起床气，可是被阿婆害得有了。攀攀最烦别人提她婚姻的事儿，三十岁的人了，相亲了无数次，遇见的都是穷人。她的理想是开间网店，不用和现实中的人见面啰唆，阿婆说外面都是妖怪，会吃人的，果然不错，她师范毕业后进了幼儿园没几天就被开除了，成了同事和师范同学的笑料。

接到小雷电话的时候，攀攀已经快到地铁口了。想到小雷那张干净的脸，攀攀加快了脚步，跑了起来。上了电梯之后，她便扶着栏杆张大了口，对着半空喘气。她已经恨死了自己的工作，不死不活，赚的钱总是不够花。本来以为可以见到些新鲜面孔，最后还是失望，阿婆已经太老，不认识什么人，更没办法帮她做介绍。自己先后见了几个帅的，或是未婚的。还借故坐过人家的车，很快就发现，对方不是有了老婆就是有了女朋友，很是灰心，感觉没什么前途了。她在心里很喜欢小雷，只可惜对方太穷，也猜到了对方的动机。当然，她更希望在此之前，小雷发笔大财，让她没有后顾之忧，她的当务之急只有钱。有时攀攀在心里狂喊，钱钱钱，本小姐给你跪了。攀攀觉得只有钱才能让她获得安全感，只有钱才不会抛弃她。如果自己一出生就有钱，阿妈阿爸也不会抛下她逃去香港做工了。

攀攀按着地址找过来的时候，三个人会心一笑，刘耀东从口袋里拿出一个红包，交到攀攀手上。

真有心，谢谢啦。攀攀也没客气，立马笑着收好。

刘耀东看着小雷的脸说，听说你可以帮他买份保险。

攀攀来了兴趣，说是啊！接着又说，可惜他太穷，然

159

后又不懂想办法，如果我进了大款家，一定会睡不着的，要知道发财的机会可是转瞬即逝。

刘耀东眼睛亮了问，什么意思？

攀攀说，打土豪分田地呀，对那个又自私又不懂感恩的大款，有什么客气，杀富济贫。不过我这个小雷哥太单纯，这事我们帮帮他吧。那个无情无义的大款哥哥凭什么这样对妹妹？就应该让他受到惩罚，仿佛受了委屈的不是小雷而是她。

攀攀仔细打量刘耀东说，这桩婚事难道不是你介绍的？

刘耀东说是我啊，可大款那家伙，并没有兑现他的承诺，还说我骗了他，要找我算账呢。

攀攀说那还等什么，要抓紧时间杀富济贫啊。她的脑子里已经贴满了百元大钞。

刘耀东说大款就是希望小雷快点把这个妹妹带走，兄妹三人好吞掉这笔征地费和拆迁款。我知道他们家最近在夜里正突击搞违建，目的是多出一栋楼可以多捞一大笔赔偿，如果这个妹妹离开了，就少个人来分钱，这也是他们想把小妹阿上赶出去的原因。什么有病？是他们的良心坏了，编出来这么一个故事，骗别人，也骗阿上。

攀攀站起身指着刘耀东和小雷说，你说这种坏人留着干吗？你们两个还是不是男人了。

六

四月，广东的回南天，到处是潮湿，地上墙上挂满了水珠，天上还是灰蒙蒙的一片，难得看到亮色，很多人分不清是早晨还是晚上。方小红请了假带着表姐去看守所。一路上，她晕得一塌糊涂，总想吐，表姐也发现了不对，问你什么时候还染上了富贵病，我们在镇上坐拖拉机我看见你都没事儿。方小红不理这个表姐，虽然只有一次，难说会不会那么倒霉，要是真的，倒还要去求刘耀东了，他也说过想要个孩子，却总是不成功。同房纯属意外，当晚方小红看着刘耀东和衣躺在隔壁的房间，心生怒火，攀攀借小雷之名骗走的钱数正是方小红当时扣掉的工资总数，甚至精确到了个位数上，原来是攀攀在报复她。想起自己好心好意在酒店帮助了刘耀东，却又被他害得成了弃妇，方小红突然生出力量，她强行把刘耀东拉到身下。她就是要高高在上，就是要欺负他，让这个蔑视自己的男人失败又失身。方小红恨恨地想，你不是嫌弃吗？这回我就是要恶心你一次。事情过后，方小红还是无法判断刘耀东是不是真的喝多了，透过眼缝，她观察他，刘耀东虽然不够坚挺，却一路顺从，样子很享受，天亮前，还起床偷偷端详过方小红。

小雷已经瘦成竹竿儿，一对眼睛显得比平时更大，此刻，他被警察带到长桌子的另一端坐下。

出事的当晚，刘耀东带来的人全部躲在了不远处，只有小雷一个人走到了危险境地，他已经醉得不省人事。刘耀东带过来的弟兄见情况不妙一哄而散，只留下小雷被晃晃的大灯照着，包括手上的一把铁锹。

刘耀东在众目睽睽之下与小雷站到了一起，本来他是有机会逃掉的，可他用瘦弱的身体上下左右去挡住抓小雷的人。小雷感觉此刻的父亲样子无比怪异，如同《盗墓笔记》那个电影里的那些人，灯光下两个人分别拖着长长的影子。由于两个人紧紧地靠在一起，影子似乎变成了一座山，远处看的时候，竟会令人害怕。

直到大款哥哥披着风衣上场，他撇着嘴冷笑，你们两个衰仔，我就等这一天呢，想勒索我是吧？真是瞎了狗眼。不过呢，我这个妹妹没看错，你们还真是同路人，脑子都有问题。

看到小雷时，表姐哭了，说的第一句话是，我本来手上还是有点钱，是刘耀东这些年寄过来让我给小雷攒起来的，可我买了三亚的房子。表姐说小雷的继父早已拿了钱过去装修了，他们的计划是这个冬天就在海南过。表姐说三亚早变成第二个东北了，那里的熟人和新生活在召唤着她。

小雷像是没有听见，眼睛看向别处。

你怪我吗？表姐的手抚着墙。她后悔把所有的钱都投资到了海南，而那些钱里有一部分是刘耀东给的抚养费。

阿上也来了，从头到尾总是微笑，在这样一个场合里，显得特别不合时宜，她还说小雷的样子其实挺酷的。

小雷说，雾不可怕，早晚会散的。

表姐觉得小雷已经被阿上附了体，她讨好地随着小雷，会散的会散的。

小雷被抓进拘留所的当晚，大款家里开了一个会，所有人都劝妹妹阿上告小雷，说要让这个北佬得到应有的惩罚，骗钱骗色。阿上急了，声言如果谁敢乱来，她就要同归于尽，让这栋楼谁也不敢住更卖不掉。她是在小雷进看守所的日子里，发现自己怀孕的，她不管哥哥说什么，还是把消息转给了小雷。刚开始小雷以为是个玩笑，不以为然，甚至还想嘲笑这个女人，直到眼前的化验单上面一串字母和曲线，好像变出了各种图案，包括变成一个笑着的婴儿，他才确信这一切不是梦。

刘耀东和小雷是在春天上的路。看到新闻的时候，火车正开进辽宁境内，路边的青苗映到这一对父子眼里。深圳正在清理违建，不少人的拆迁赔偿梦也做不成了，新闻里说部分村民正连夜撤离。刘耀东在心里笑，孙子们，你们都滚吧，留下的这片黑土地是我的。而此刻，他们并不知道紧随其后的方小红，她可不想那么便宜了别的女人，既然这个刘耀东是自己救下来的，她就要负责到底。

刘耀东脸转向别处，眼睛躲闪着小雷。绕了这么长长的一圈，他想不到最后是这个结果。此刻，他怯怯地问了句儿子，回去后，你想吃什么？父亲刘耀东又似乎担心冷场，等不到小雷说话，自己抢先答了，他说，别笑话我啊，我最想吃老玉米。小雷望着窗外越来越黑的土地，觉得那很容易，但他没有嘲笑父亲，而是笑着站起身，拿着杯子，去帮刘耀东泡茶，刚走了几步，身体便随着火车摇晃了一下，但很快就站稳了。

刘小雷想给阿上一个婚礼，他认为自己能做到。

万事如意

一

　　我爸魏东海做饭不是为了吃，而是为了能够理直气壮地发脾气，这对于我们家来说早已不是秘密。

　　我爸这么做，别人可以忍，我大哥魏建华却不买这个账。比如今天，我爸和我大哥相处不到半日就交上了火。这次我妈一反常态，她并没有像以往那样劝阻，而是隔着门聆听，似乎我大哥是在为她报这几十年的仇。

　　冲突之前，我爸接到了醉仙楼的电话。是人事打来的，通知我爸酒楼来了位正式的主管，还说对方之前在烹饪学校任教，言下之意对方才是专业的。人事提醒我爸，今后只管配菜，无须再做其他。对方后面又说了什么，我爸已经听不清，他站在原地一动不动像个木头人，脑袋里

167

似乎飞进多只蜜蜂，卷成一团嗡嗡地狂叫，导致他分不清是楼道里的装修还是窗外无人机的声音，是做梦还是现实。等我爸可以向前走两步的时候，他感到自己的腿已不是之前的腿，随后左手有些发麻，之后变成手指肚的肿胀，再到后来连眼睛也变得模糊，这让他有些看不清不远处我大哥的表情。

在此之前，我爸拿着筷子快速搅动碗里的蛋花，他在考虑餐桌上说话的内容。他计划的晚餐里有五花肉焖豆干、半只咸鸡、水蒸蛋、冬瓜炒小虾仁，因为临时蒸了螃蟹，就去掉了炒羊肚菌。当然，每道菜都属于本周第一次出现。做饭是我爸最喜欢做的事，一直没有变过，只是他不会告诉任何人。不仅如此，每次做饭他都会表现出很烦的样子，皱着眉头，嘴里如同诅咒般默念着什么，如有可能，还会摔烂一只本已缺了口、早想淘汰的盛汤的大碗，目的就是让人知道他生气了，做饭这件事他并不情愿。我爸需要所有人领情，体会他的辛苦。我妈对我爸的表现司空见惯，视而不见，在对方的摔打声中，她默默咽着米饭，筷子只夹两到三次菜便吃完了。我大哥不理，只顾埋头猛吃，眼神与我爸从无交集，这惹得我爸非常不满，尤其是我大哥喝羊肉汤时，连停顿都没有，差不多直接倒进喉里，而吃蟹时，他不管不顾把几只蟹的膏都挖出来吃掉,剩下一些螃蟹腿仰在那里。我爸坐不住了,在餐台下面握紧了拳头,他狠狠地盯着我大哥,觉得我大哥再次破坏了他的计划。等我大哥准备抬头时,他又把刚刚还锋利的眼神藏了起来。

我爸见不得我大哥如此不尊重他的劳动成果。我大哥在更小的时候见我爸这副德行,会直接放下碗,转身回房,留下他停在饭桌前跺着脚大骂。做了这些还嫌不过瘾,我爸还会追到我大哥的门前,毕竟该发的火没有发出来,他已经憋得快裂开。我爸对着我大哥门上贴着的"闲人莫进"纸条,脖子上暴出两根青筋,粗壮的大手握紧了,他只能骂骂咧咧却不敢硬闯,直到扳倒客厅一只笨重的木椅子才算解恨。那一晚我妈失眠了,她心疼我大哥躺在房里一整天没有出门,没吃饭没喝水,更不要说写作业。等到我大哥长大后,我爸虽然有所顾忌,可一不小心还是会原形毕露。这样一来,我大哥索性不躲了,把饭厅当成战场,二人直接开撕,乃至动手。两个人的手多数时间是在空中挥舞,当然偶尔也免不了擦枪走火,我爸的右手腕上有一块疤,是我大哥给的青春纪念。咬完我爸之后,我大哥也吓傻了,他连外衣都没有带,便趿拉着人字拖离家出走了两天。回来时他已不再是两天前那个少年,他学会了抽烟,学会了歪着头定定地看人不说话;我大哥魏建华发型也变了，身上还多了件黑T恤，上面印有三个白色大字：无所谓。是的，我大哥被街上的小伙伴带进"梦幻巴黎"网吧待到大半夜。天亮前，他被我爸找到并拖回家里，屁股上还挨了一脚狠的，但打完之后，他又得了两只荷包蛋。我大哥这次非常有骨气，特意用筷子挑出荷包蛋丢进垃圾桶。我妈见了特别心痛，又不好说什么，只能生闷气。除了心疼食物，她认为我爸没有原则，我大哥这个样子就是被他害的。

"魏东海，我看是你太可笑，外面刷不到存在感了，所以回来折腾是吧？"我大哥用食指对着我爸，我爸被他咄咄逼人的眼神压得没有了退路，虚晃了一枪之后，迅速闪回到房里，瘫倒在床上。

从小到大，我大哥魏建华看不上我爸这副做派，自卑又自负，说他成天装神弄鬼，把吃饭的地方当成主席台，实在太过搞笑。讽刺完我爸后，我大哥又恶狠狠地说了句，奇葩家庭做出什么事都不奇怪。他对我妈忍气吞声的样子感到气愤，用粤语冲她吼："谁叫你当初给我找这么个老豆，他就不配给人做老豆。"我大哥魏建华并没有想过这么一个问题，如果当时如花似玉的我妈找了别人，生出来的应该就是另一个人。说这话的时候，我大哥并没有醉酒，只是仰头喝下半听可乐，连连摇头叹道："我怎么总是甩不掉这个奇葩的家庭呢？做梦我都是开着大摩托跑得很远很远，直到消失。"他的眼前仿佛出现了一个腾云驾雾的神仙，腾空飞起，离开了熟人尤其是他同学的视野。我大哥喜欢蓝罐上面的周杰伦，他认为对方那种又转又自由的样子才是自己想要的。我大哥虽然学习一般般，但是热爱文艺，耳朵上面那只闪亮的耳钉与他的大腹便便特别不配套。从小到大，他喜欢看各种演出，说话的时候偶尔会冒出电影里的台词。直到高考结束，他似乎才回到现实，变成一个个性十足、喜欢张扬、情商不高的厨师儿子。因为热爱周杰伦，所以喜欢喝可乐，我大哥魏建华年纪轻轻肚子便鼓了起来，导致他早早有了八字脚，这让他感到无奈，可是又不知道该怎么办。曾经他看见老豆魏东海每天迈着这样一双天生傲慢的脚在家里走来走去时就暗下决心，长大后千万不要像他，精神和肉体都不能像他。为此，我大哥总是幻想远走高飞，可现实总是把他拖回来。他的女朋友已经暗示过，两家可以见面了，而他必须要通过母亲去跟魏东海说这个事情，毕竟这不仅需要花钱，还需要他们真人出面。我大哥知道这又免不了一次争执和条件交换，比如，他要屈服于对方某个蓄谋已久的决定。

　　每次有冲突，我妈都会抢先站到我大哥身前，母鸡护小鸡崽般，虽然这只鸡崽过于肥大，足以装下两个我妈。我妈自以为她用身体便可以挡住那些难听的话。我大哥的坏脾气会因为见到我妈愁苦的表情而有所收敛。父子二人大打出手越发家常便饭，惹得邻居打电话到管理处投诉才肯善罢甘休。所以，每次我爸吃饭时提出一些要求，我妈都会同意，哪怕是他无理取闹也让着。见我妈每次吵架时都关门关窗，生怕楼里的邻居们听见，我爸更加得意了，他似乎抓住了我妈好面子怕丢人的软肋，越发胆大，甚至还上了瘾，他认为骂人的时候获得的那种快感，比欢爱要快乐无数倍。要知道，他已经很久没有做那事了。很多时候，他觉得自己不再是个男人了，刚才接到人事主管的电话，他再一次有这种明显的感觉。

每天坐下吃饭之际，便是我爸发火之时，所以从小到大，我们对美食都是又爱又怕。让我爸心烦的是，他每次都要寻找新话题，比如我妈把鱼从冰箱拿出早了，导致鱼肉发软不新鲜，然后延伸到我妈收衣服的时候漏掉一件床单，刚好赶上台风，价值六百元的三件套少了重要的一件。我看见我妈抖动了几次嘴唇，想要解释，最终还是放弃了。还有一次是我妈在市场买菜时遇见了原来粤剧社的男同事，他手里抱着孙子，我妈一改往日的沉静，突然冲上前，手忙脚乱地从包里翻出两百元，塞进那个孩子的手里。这个情景被不远处的我爸撞见了，他差一点便要冲上去夺回孩子手里的钱。这些都是他恨我妈的地方，擅自做主，什么都不跟他商量，花钱大手大脚。我妈解释说只是两百块钱，我爸听到后质问我妈："两百块？你好有钱咩？"这位同事当年喜欢过我妈，只是我妈心里有了别人。

上次我爸发火的原因是我妈背着他打电话。虽然电话里是一个女人，可是我爸感觉两个人在谈论他、嘲笑他。我爸瞥见我妈用余光偷看自己。她们到底说了他什么呢？是不是嘲笑他没有文化？我妈十岁前便进了粤剧学校，从小到大比较独立，而我爸初中都没毕业便出来做事了。我爸翻来覆去地想，他有很长时间都站在嘉宝树面前发呆，他在想我妈到底说了他什么坏话。

我爸每次都努力使自己能说出一个观点，然后用这个观点去教育全家。他认为掌勺就是掌舵、掌权，这么多年来，他几乎没有让我妈做过饭。我妈说喜欢吃素的，他偏要做大鱼大肉，我妈说好久没有吃猪脚了，我爸便一日三餐是土豆苗和丝瓜，连豆油也放得少。见到我妈生气，他便开心了许多。我爸认为自己可以掌控一切，除了一日三餐，还有全家人的心情。

吵架之前，我大哥穿了背心短裤端坐在客厅，双手交叉在胸前，一副等人说话的模样。见此状，我爸隐隐感到情况有些不妙，只是他不敢细想。接到酒楼打来的电话之后，我爸整个人变得恍惚，这是他迄今遇到的最大问题。虽然他看到了我大哥，但他刷牙后却准备到阳台取口罩。每次用过口罩之后，他都会在阳台上挂起来。我爸认为不需要每次出门都换新的，被风吹一下已足够消毒，不必浪费。我爸是故意做给我妈看的，他说："电影和戏有什么好看的，戏有什么好的，就是做梦，说的都是梦话、鬼话。成日咿咿呀呀，看得再多，还是要吃饭睡觉干活。"见我妈从外面回来，他又开始挑衅，"散步也没用，浪费粮食，浪费鞋。"

我妈听了也不解释，继续做自己的事。她这个样子让我爸更加生气，他希望吵上一架，借机大喊几声，而不是每天都这么沉闷。

我爸看见我妈与我大哥似乎嘀咕了些什么。不知道为什么，他本来没有去阳台的计划，也不想与任何人搭话，可是他感觉这两位是在嘲笑他，说他除了做菜什么都不懂，于是他快速推开卧室门，经过我大哥身前再去阳台。取回口罩之后，他并没有停下脚步，心里的话终究没管住，像是通过别人的嘴冒了出来："你今天不去工地吗？"我大哥跷高了脚，明知故问："去做咩？"我爸问："你还不返工？"我大哥爱理不理，说："要做你做咯，工地关我乜事。"

我爸强压着心头之火，问我大哥什么意思。他手指紧紧顶着牙刷的毛，让它们狠狠地扎着自己的肉。我大哥像是没听见，也不看我爸，打量自己腕上的佛珠，把我爸晾在一侧。

本来我爸想好了不问，他猜到结果肯定不好，可有个声音蹿了出来："那个地方我是投了钱的，说不做就不做，什么意思？"我爸发现我大哥腕上的珠子有一颗是金的，故意露在外面，此刻正晃着我爸的眼睛。

我大哥说："投了钱好巴闭啊？要去你自己去咯，省得回来指手画脚。"见我爸看他，我大哥又补了句粤语，"成日啰啰唆唆、阿吱阿咗。"

我爸知道情况有变，惊出一身冷汗："什么意思？你当初是怎么跟我说的？别吓我！"

我大哥说："当初？你还好意思提当初，如果你做的不是这行，怎么会惹来今天的事？"

果然被我爸猜中。"我做这行怎么了，你吃的用的，哪个不是我做这行换来的？"我爸急了，感觉自己的血汗钱可能已经打了水漂，这可是养老钱啊，如果不是那个爱讲大道理的女人，他怎么会把自己的私房钱拿一半出去？

我大哥说:"你就不应该生我,生了我又没能力养我。"

"是我让你投胎来的咩?"我爸瞪圆了一对眼,"是你说投了钱年底就可以赚到的,还说那女仔的阿妈也同意你们的婚事。"

我大哥知道理亏,忙转移了话题:"这么一个家也就算了,我也认了命,可是你不该动员我去找书香门第、体制内工作的女孩。你告诉我,我一个技师学校毕业的,老爸是个厨师,母亲在家待着,我用什么去高攀呢?"

听了这句,我爸魏东海哑了,一双眼睛没了精神,他站在客厅,慢慢松开握紧的拳头,整个人像是散了架。我爸在我大哥很小的时候便灌输他将来讨老婆要找那种读过书的女孩子,知书达理,有正经工作,他不好意思说不要像他这样一辈子活得窝囊,烟熏火燎,一辈子伺候客人。没有背景,没有文化,什么事都是自己扛,看起来谁都认识,却比不认识还难受。"有些客人过来时会招呼我喝一杯,让我坐下来说说话,可是吃饱饭出了门,谁会记得我是谁呀?人家那是礼貌和客气,当真你就傻了。"这种放在心里的话,他断然不会说出口,跟谁都不说。我爸想好要把自己的心事带进棺材,可是他没有想到这些事被我大哥扒了个精光。

如我妈预感的一样,战争如期爆发了。往事如昨,我妈想起十年前我大哥坐在阳台上说要跳下去的时候，我爸没有拦，而是冲进厨房，拧开煤气，一屁股坐在地上，中间出来一次，是打开冰箱门拎出两瓶金威啤酒。我爸用牙咬开盖子后，坐在地上先喝下半瓶，这是我大哥把他气糊涂了。高兴或者愤怒的时候，我爸都要喝些九江双蒸酒就着陈村粉，而此刻他咬开盖子，向嘴里倒下去一大口。平时我爸喝开心了会絮叨，翻来覆去就是那几句话，他要让人知道自己的高兴事。喝酒是为了说话顺溜，我爸从小到大都有些结巴，只有紧张的时候才容易被人看出来。只要喝了酒，他马上就会说话，尤其是吵架的时候，他可以像那些大人物一样滔滔不绝。我爸挥舞着双手想象自己正在演讲，他说的多是脏话和重复的抱怨。我爸喜欢喝酒的另一个原因是他可以装疯卖傻，醒来后，又是一个大晴天。他把阴郁、负能量留给我妈和家里的桌椅板凳。到了这样的时候，我妈一改柔情似水的旧模样，侠客般挺身而出，化解了一次次危机。我妈早已轻车熟路，像是重复了一百年，她先是把煤气的总开关关上，随后飞奔到我大哥身边，用皮带把他绑住并拖到我爸身边，两个被绑在一起的人先是挣扎了几下，随后挨在一起睡着了。我妈再用一把特制的小笤帚细细地把地上的玻璃碎片扫进拖斗，装进塑料袋藏进垃圾桶里。天亮之前，我妈悄悄把我大哥拖回床上，帮他把丢在地上的衣裤收拾好，她担心清醒后我爱面子的大哥看见自己这个样子会沮丧、灰心。至于我爸，我妈并没有理睬，她知道我爸准时醒来洗了澡，换好了衣服，坐上电梯离开小区上班了，完全跟没事人一样。公文包里是他路上买的西式面包，他不希望醉仙楼的人看见他连早餐都要蹭厨房的。有次他见到大堂里有自己熟悉的客人，便坐在客人对面一起吃了早茶，后来被投诉占客人便宜，丢了当日的工资。

电话虽然早已放下，可我爸脑子里满满都是人事主管的那些话，当时他正在阳台上浇花。籁杜鹃开得灿烂夺目，雏菊也楚楚动人，它们伸到了栏杆外面，墙上是一片夺目的粉。楼下的路人总是会仰起脸看，大叫："哇，好靓啊！"这时我爸便很得意，当然他也会心酸，这么多年来，他从来没有听到过一句表扬。

事情来得太突然，一点征兆都没有。"难道不用征求我本人意见吗？"我爸像自言自语。对方客气地说，如果提前辞工，工资还会多发几个月，到时可直接领养老金。我爸记不起自己后来是如何平静下来的，印象中他对着手机又说了许多话，包括要有手艺、不要相信别人而要相信自己之类的话。他结合了自己的遭遇和我大哥没有去工作这件事，说得颠三倒四梦呓一般，声音很大，如果用心听，分明话里有话，分明是在哭泣和示弱，只是楼上的飞机把他的声音盖住了一些。他后悔不该如此失态，他需要强打精神一路向前。

话说我们家的吵架很少发生在白天，多数是后半夜。通常是两点以后，经过前期试探和充分酝酿，时间一到，大幕徐徐拉开，酒楼、钱、房子、粤剧、离婚是关键词。而这一次，我爸被我大哥重重地推了一把，这才算是醒了过来。我爸虽然没有摔倒，但是身体跟跄着倒退了几步，他认为自己的样子非常难看，尤其是连上衣都没有穿好。衣服还在脸上蒙着的那一刻，我爸听见客厅一声巨响，是我大哥把客厅里的花瓶举起来摔了下去。碎片散落一地，整个小区才算安静下来，就连平日里那些热闹的麻将声也没了。

我爸没有在客厅停留，也没有去看地上的碎片。他手脚冰冷，心跳得比平时都快。我爸清楚我大哥发火的原因，所有的同学都有着落了，在单位上班的上班，打理家族产业的打理家族产业，只有他留在家里大半年没有出路。后来他找到了一个女朋友，又在对方的出租屋里住了小半年，情况变得更复杂了。这位女孩子还比较单纯，但女孩的母亲却精明得很，步步为营，终于把我大哥击垮。这样一来，我大哥只能回到家里发作。

二

我大哥也没想到我爸同意了见面，并且把吃饭的地点放在醉仙楼。他这辈子都没有在酒楼请过谁吃饭，这一次，他要以客人的身份，在这里宴请未来儿媳一家，为儿子扳回这个面子。我爸早早到酒楼去准备了，似乎我大哥的婚事暂时压过了他自己的事。

想到我大哥被女朋友的母亲质问时的样子，我爸便难过了。对方平静地问我大哥到底想干什么，是想在他们女儿这里一辈子吃软饭吗？这位母亲表态，如果没有编制，她坚决反对这个婚事。尤其在知道了我爸魏东海是厨师、我妈是个戏曲演员之后，这位教师同志先是愣在那里，似乎忘记了自己的任务，然后被气笑了。笑过之后又瞪大眼睛表示惊讶，问自己女儿什么情况，真刺激呀。她本能地认为我们这个家庭组合非常奇怪，在她眼里，两种根本不搭界的职业搭在一起有些不可思议。她继续调侃："你不觉得他们这种无厘头的组合也很有趣吗？应该算是一道奇怪的风景吧。"女孩子的母亲笑意盈盈。我这位该敏感时不敏感、该愚蠢时很愚蠢的大哥也跟着人家傻笑。那一天他在对方家里度过了一个愉快的下午，还收了一个红包，据说是女朋友失忆多年的老外婆给的。我大哥并不知道女孩的母亲在厨房拌沙拉时，已对女儿做了"洗脑"，她说我们这个家是特殊群体。"我们不了解，也不需要了解，毕竟对于我们来说，时间成本更大。如果你嫁给他，我敢用人格保证，你的人生将会被改写成一种失控的人生，终将后悔莫及，关于这点你可以和我打赌。"见我大哥低着头溜着墙角想过来偷听，教师同志更加生气了，说："看品相就知道了，我们并不是一个人类。"

趁女孩的母亲喘好了气，稳定了心神，我大哥解释说："我们吃饭都是AA，不用担心，我自己也会赚钱的。"这句话类似导火索，教师同志透着愤怒说："简直是笑话，是不是结了婚也这样？有了孩子算谁的？难道由第三方来抚养吗？没有工资，躺在家里只要器官正常运转就行了呀？"女孩的母亲口才极好，骂人不带半个脏字，杀伤力却比快刀还要猛烈。她坚决反对女儿嫁进这样一个家庭。

这些话我爸是在第二天知道的，尤其是女孩母亲那种骨子里的傲慢让他越发担心。之前，他希望我大哥听话、乖巧，眼下他则希望我大哥所向披靡、勇敢霸气。作为一个父亲，他需要为自己的崽请一次客，不只是为了把这个面子挽回来，还要把这桩婚事促成。

三

　　醉仙楼坐落在深圳火车站的正对面，出了火车站便可以看到这个地方，只是很少有人会停下进去吃饭。除了人们赶路，另一个原因是酒楼的标识太不清楚，外观上完全看不出是干什么的，住家不像住家、商务不像商务的，光是那落地窗和出出进进的客人就让人一头雾水。进酒店是睡觉，进酒楼当然是吃饭，醉仙楼的装修有些怪异，土黄配着石头色的外墙，与其他建筑格格不入，如果仔细想，这些年醉仙楼迎来送往，一张张时而欢腾时而忧伤的脸会让人感到恍惚和莫名其妙。进了醉仙楼大门，能看到一张我爸和非洲南部某国前总统的照片。照片里的我爸穿着白色工装，戴着厨师帽站在总统身边。总统先生从蛇口坐船出去之前，因台风被迫留在深圳，由领导陪同在醉仙楼吃了一顿潮州菜后赞不绝口，提出和我爸拍照留念。那时候我爸还很年轻，他仰脸对着镜头，非常神气。相片在酒楼进门的位置挂了很多年，每天我爸都会经过这个地方，他总是在观察什么人会看照片。

　　醉仙楼靠着马路，客人的车需要围着楼转半圈，从侧门停进酒楼的院子。车位的事要特别提醒自己的崽，我爸要交代保安留出来，这他是有把握的，毕竟他没少从厨房里给保安拿菜吃。熟门熟路的一定是醉仙楼的老客人，老客人也都有专属的位置，长期不变。

站在酒楼后面的台阶上，我爸透过花枝的缝隙望着红桂路上来来往往的行人。原来的培训学校已变成了月子中心，坐月子的女人们住到了酒楼的对面，原来的洗脚城已改成了吃小龙虾喝啤酒的大排档。一场疫情把很多东西都改变了。原来路上那些穿得花里胡哨的老年妇女和一身白褂仙风道骨的中年男人们也不知去了哪里。我爸真的很想念那个他熟悉的过去。外面的这些变化让他担心，他觉得还是当年好，街上行人很少，云彩也不动，互相望着对方。那时候，他只是一个懵懂的小镇青年。

院子的两侧开满了红色和浅粉色的簕杜鹃，我爸从后院溜回仓库时碰掉了一朵，他原已走过去了，担心被人踩到，又回头弯腰拾起，放进口袋。我爸的手紧紧挨着花瓣，心情好了一些，只是转头看到晾在院子里的白制服时，又变得烦躁起来。他远远地打量，不想走近，悬在绳子上的工作服随着风颠了几下，让他想起眼下的处境。那是一件无论如何漂洗都有一种特殊的气味的衣服，浸了干贝鸡汤，椒盐鸡骨隔了夜，瓜子油加葱头爆炒过后的咸香，闷闷地粘在衣服上，像是他的命运。味道仿佛化在了他的骨缝里，让他走到哪里都能嗅到，这是令他无法摆脱的味道。为此我爸时而自信时而自卑，总是找不准自己的位置。他觉得除了在厨房上班，这些年自己什么都没有做，醉仙楼的厨房、自己家的厨房如同一个封闭的走廊，他这一生只有这两点一线，其他地方他很少去，也很少看。我爸魏东海当然知道深圳变得越来越好了，深南大道、东部华侨城、"春茧"、前海的摩天轮配上深圳的蓝天大海，每个都像明信片，可这一切却让他越发胆怯起来。我可是老深圳啊！他感觉这些年自己活在了山洞里，外面的事情他什么都不知道。这些话之前他常常挂在嘴边，故意引人停住脚步听他说话。这时，他会把当年的一些事情慢慢讲出来。

我爸脑子里的深圳还是以前的样子。当年大街小巷跑的都是米色的中巴，司机和售票员多数是两公婆，一天下来，一两千落袋了，回到家洗洗睡，到了第二天又是一两千入账。用不了多久，街上的房子就盖了起来，然后租给那些厂里的打工仔打工妹。当然，没有押金不能租，会跑单的。有人附和道："那就好咯，咩都不做就可以收钱，日子过得不知多舒服。"我爸魏东海不接话，因为他是个老深圳，却没有像其他人那样去做老板，也没有做收租公，更没有住过大屋。他多数时间是在灶台间度过的，包括添柴火的小时候。我爸曾经喜欢到大堂转转，和客人聊上几句。当然，这个时候他会换上西装，头发也是整理过的。说话的人多是些中老年人，有次一个人提到荔枝公园有两个唱粤剧的女人，穿着正式演出的戏服，可惜表演了半天也没有人听，倒是有小孩子似乎受大人指派，到音响面前放下两枚硬币，气得唱戏的女人追着骂，另一个则挥舞着长袖大哭起来，脸上的妆都花掉了。我爸听后生起了闷气，心想这个老乡到底什么意思，是在暗示他什么吗？

我爸重新躺进沙发时，浑身好似被人抽掉了骨头，高大的身体少了支撑，如同一堆晒蔫的软肉给摊平了。看来那些传闻果然是真的，潘强恩不同意我大哥进厨房，显然是看不起这一行，这越发加重了我爸魏东海的猜疑。我爸从上午躺到太阳下山，暖光打在玻璃上面很刺眼，我爸此刻不想看见任何东西，也不想回忆，可往事就像是一头巨大的花豹猛扑上来，撕咬着他的每块肉。

家里的嘉宝树每年结两次果子，比葡萄好吃许多倍，关键是品种稀有和名贵，这是当年一位客人送给他的。我爸视如珍宝，就连打雷下雨天，他都会从被窝里跑出来查看，恨不得拖进被子里护着。酒楼的仓库被他收拾出来之后，我爸一直想把这棵宝贝树移过去，他认为这种树与醉仙楼这块招牌匹配。在我爸心里，醉仙楼是他的另一个家，如果没有这个地方，他也不会娶到我妈这种超级美女，这让他后来在老家特别威风，所以我爸心存感恩。尽管如此，我爸的嘴里常常说反话，比如他咬牙切齿地骂这个醉仙楼害了自己，做梦都想炸了它之类。有时候，他会趁人不注意把家里的东西带进仓库，包括竹椅、鱼缸和几条永远也长不大的鱼。醉仙楼距离当年的粤剧社很近，也就隔一条斑马线。当年车少人少，白天晚上出来进去就那些个，大家熟头熟面，即使不打招呼也知道各自是从哪个门里出来的。当时万丰粤剧社的人过去喝番薯粥、蚝仔粥，有时还会有早茶剩下的免费糯米鸡、春卷、叉烧包。吃来吃去，个个都吃腻了，有的索性不去了，睡到自然醒。只有我妈还是会雷打不动天天去打卡。我爸魏东海生得高大，跟人说话会脸红，也不敢看人的脸，所以后来他娶我妈成了新闻。有好事者神神秘秘说，事出有因，必是一场大戏啊！也就是说，醉仙楼改变了我妈的命运，也改变了我爸的人生。这件事成了社里的早新闻，是一些人茶余饭后的笑话。后来眼见我妈小圆脸变成方脸后又变成了长脸，酒楼老板潘强恩的态度也发生了变化，只是我妈发现，一觉醒来，什么都晚了，就连潘强恩也不像过去那样一味迁就我爸。当年粤剧社彩排时，据说潘强恩还临时补台客串了一个角色，只是没有多少人记得。

年轻时的潘强恩先是在粤剧社打杂，做舞美、剧务，后来粤剧社养不起那么多人了，他便出来单干，开起大排档，赚了钱之后租了醉仙楼，又招了员工。我爸是醉仙楼资格最老的员工，一九九一年入职后他再也没有离开过，用别人的话说，就是醉仙楼的蟑螂老鼠都跟我爸熟头熟面。他从来没有休过假，眼下因为腰疼，只休了两日不到，结果醉仙楼就变了天。想到这里，他更加明确自己请客的意义了。

我爸手下有两个徒弟，他们对我爸的称呼很是让他心烦，一个称他为老大，另一个则叫他师父。我爸不喜欢别人叫他师父，他认为自己的工作不只是做菜，还有管理，主管更接近于体制里的叫法，只是纠正了多次，还是老样子。这种事不好明说，只有那些上了年纪的人才会懂得个中滋味。每次我爸听到都会发无名火，对方不明就里，我爸也是有苦难言。这时潘强恩偏偏走过来，问我爸刚下锅的那条鱼洗了吗，不要像上次那样被客人吃出沙子。潘强恩说的上次还是半年前，那时他当着另外两位厨师的面说这种话，分明是不给我爸留面子。说话时潘强恩上下打量着我爸，目光停在我爸的手上。那里有一条滴着水、尾巴还在抖动的活鱼，我爸准备做给一位通关后刚从香港过来的老先生，他在电话里说除了烧鹅还要一份清蒸桂花鱼，说是疫情后有三年没吃了，常常在梦里相见。

见到潘强恩大清早便找碴，我爸也很生气，心想装什么装，大家都这样做，你为什么只教育我？也不看看别人，以小换大、看人下菜、以次充好，至少这些我没怎么干过吧？不仅如此，我自己吃得也很少。虽然规定厨师上班时的伙食一律免费，可是我爸吃不下，他不喜欢一堆人在客人走了之后，下午三点、晚上十点吃饭，我爸认为这个时间用餐太像电视剧里面的下人，毫无尊严和仪式感。我爸越想越气，解下围裙拍打自己裤子上的灰。透过外面的光，看到飞舞的灰在厨房的半空中飘着，他觉得自己也被带动着飞了起来。接下来的时间里，气氛变得异常，传染到上菜的小妹也跟着提心吊胆，左看右看，手忙脚乱地给客人端菜或是使眼色，一时间醉仙楼弥漫着紧张压抑的空气。

我爸魏东海的身子沉得似乎随时都会压垮沙发睡到地上去，他再次感到绝望和无助。我爸翻了几次身，塌陷的沙发上的木头硌到了他的腰，使得他不得不坐起来。我爸想起了许多事，包括我妈当年来酒楼吃烧鹅的事，他记得我妈每次都吃得很少。就这样想着，突然听见门帘外面两个人在说悄悄话。我爸其中的一个徒弟煞有介事地对另一个说，我爸即将把手艺传给他，还自问自答："这回他不会再端着架子了吧？人都沦落成这样，再摆就没意思了。"他说他等这一天都已经失去了耐心，还说已经想好，如果真的学成，决不会得意忘形，更不会辞职，而是用酒楼的食材先练一下手，确认不会反复之后再动身去上海，只有这样才对得起自己这些年受的那些委屈。他并不会感谢我爸，因为等待的时间太长，他已经心力交瘁，甚至萌生过打道回府的念头。

我爸喜欢听别人的夸奖，只是随着剧社演员们的四散，赞美话越发少了。当然，我爸知道粤剧社里的人说话夸张，有时他们还会称我爸为大师，有时又会叫他亲爱的，这让他心跳加快，一时间不明方向。明知道话很假，我爸还是觉得受用，几天里身子骨都是轻飘飘的。

我爸这时已经抽完了烟，掐灭了烟头并扔进花池。他用被水泡得异常肿大的手指触了下花瓣，先是联想到了鹅的身体，他已经有很长一段时间没遇到那种高级食材了。再后来，他想起了女人。是啊，他太久没有碰过女人了。他和我妈虽然在一张床上睡，但只是各占一头，即使我妈半夜被冻醒，也不会拉他的被子。月光之下，两个人孤单地躺在一张大床上，中间如同隔了万水千山。我妈曾经努力过，她把自己缩小了一圈钻进我爸的被子里，却被他皱着眉头推了出来，他手臂僵硬，戳痛了她。我爸那次生气的原因是我妈多给了的士司机十块钱。我妈说从福田到罗湖就是要这么多钱的。"这么热的天，他还帮我抬了东西，至少需要喝点水吧？"我妈露出哀求的眼神，那一次她刚刚帮我爸办理完出院手续，和我爸坐车回家。

我爸做了手术，医生交代是不能动气的，他似乎早忘了，大声训斥道："虚伪！假惺惺，你又在演戏咩？"我爸看着我妈精致的妆容，越发生气。一进到房里，放下东西，我妈便洗了脸回到床上。她没有去帮我爸收拾床铺，她的心冷透了，因为我爸骂她的时候是当着别人的面，而她是在乎这个面子的。

如果没有我大哥魏建华的这件大事，我妈不想与这个人说话。她认为菜单还是需要尽快定下来，否则太晚准备，海鲜就买不到好的了。

醉仙楼除了港式月饼好吃，还有就是各种菜。醉仙楼只做潮州菜，哪怕客人提出要求想吃个拍黄瓜、油炸花生，没有。这就有点让人不能理解。"什么年代了还那么固执，送到门口的生意都不做，又不费什么工夫。"客人阴阳怪气地抱怨。

我爸听到了，头也不抬："抱歉，我们不可能做那种东西。"他不看潘强恩也不看任何人，似乎做了拍青瓜、小炒肉之类便会玷污了酒楼的名声。我爸的理由是不想坏了规矩，潮州菜就是潮州菜，和其他东西不能混为一谈。他说到做到，哪怕看见有人在酒楼带着打包的酸菜鱼进来都不行，甚至还会走到客人身边，不说一句话，死盯着打包盒看，惹得客人浑身上下不舒服。

潘强恩在远处见了，冷脸看了眼我爸，并没有说话。潘强恩有东北朋友过来，想吃点家乡菜，我爸头也不抬，轻蔑地说不会，还指示其他师傅也不要做。潘强恩生闷气，便吩咐服务员到隔壁酒楼去打包带回来，他看不上我爸又酸又转，总是对人炫耀自己的手艺。

客人手里拎着大包小包摆出要走的架势，听了我爸的话，马上转身准备离开，忙乱加上生气，身体撞到了桌角，不小心把其中的一只包碰掉在了地上。我爸快步上前，弯腰帮忙捡起，双手捧给对方。客人以为这是我爸回心转意给自己留的台阶，心一软，等着他示弱，不承想我爸竟平静地说："慢走不送啊，欢迎下次光临。"他的样子分明是在气人。客人出了门头也不回，不顾来往车辆，冲过马路，态度坚决地离开了这个不懂做生意却还喜欢摆谱的酒楼，他们实在不明白，小小的醉仙楼的一个厨子，凭什么啊？

我爸怪自己的命不好，自己的崽不仅蠢，还没有志气，有空儿便打牌、谈女人、睡懒觉、刷手机，每天不思进取，活活让我爸把手艺捏在手里而无人继承。我爸曾经试图跟我哥好好谈话，他想好了要跟潘强恩认真谈一次，把自己的崽安排进来接管厨房，成为醉仙楼的大厨，这也算不负此生了。只是他百般规劝，我大哥都不愿退让。

"我可不想像你这样，一辈子没有离开过灶台。"我大哥怼他。

"那你想做什么？我可以找老板讲条件。"我爸认为先进来就好。

"我什么都不想做。"我大哥眼都不抬。

"好，你不想到厨房，那你有什么特长？"我爸学着老板的样子质问。

我大哥理直气壮地说："我没有什么特长！"天直接被聊死了。

我爸又气又急："你怎么说得比有特长还理直气壮呢！你是怕辛苦、怕累，懂不懂什么叫苦尽甘来？"

我大哥说："跟我讲大道理啊，你辛苦了大半辈子，请问你的甘来了吗？"

我爸的声音并不稳定："人生还是需要规划的。"

"我能规划什么？我有什么条件？"我大哥反问。

我爸停了一下，又结巴了："什么都能规划，我看那女孩子就很不错。"像是担心我大哥质疑，他又补充，"这样的婚姻更靠谱。如果我不规划，早就回乡下了，最多到厂里承包个饭堂，跟厂里的工人住在一起。"

我大哥冷冷地说："可笑！你这也敢叫成功啊？"

我爸嘟嘟囔囔道："天道酬勤。"

"这些画大饼的词我都特别讨厌。"我大哥轻蔑地看了眼我爸，"你明不明白，有人一出生就是贾宝玉，戴着宝物；有人一出生就是刘翔，是个飞人。不要再对我说那些你自己都不信的话。"

两人如期谈崩了。

四

我妈离家出走的计划被我大哥的婚事耽误了。话说两家人虽然只见过一次面，却好似见了一百次，原因是我大哥总是把对方的话转回来。为了更好地解决此事，我爸提出见面，他想要再争取一次。看见教师同志态度依然没有改变，我大哥气呼呼跟在我爸身后，批评我爸西服领带戴得像个卖房的。我爸本想在酒楼威风一次，结果还是错了。他做了一辈子菜，还从来没有摆过自己家的酒席，更没有以客人的身份坐过主位。被我大哥凭空指责，再回到位置上，我爸已经没有了前面的那种状态。出门前我妈本来为自己准备了一身旗袍，可是在镜子前照来照去，总感觉哪里不对，索性打开门穿去客厅里倒杯水试探，引得我爸眼前一亮。他像是想起了什么，也是受到鼓励才穿了这身出来的，没想到是眼下这个结果。我妈的这身旗袍，被我大哥用又土又寒酸来形容。

我这位情商略低、废话太多的大哥说："他们又说我们家的职业好怪，算不算旧式艺人都不好界定。"

"又是那死八婆说的吧？"我爸魏东海的脸已经被气歪。

"是的，你去招呼上海鲜的时候那女人说的。"我妈淡淡地说。

我爸扬起手臂向我妈咆哮："那你怎么不骂回去！"

我妈青着脸问："借他们的口说出了你的心里话，你应该感谢才对，你不是常常骂我是个唱戏的吗？你说过我生了一张惹祸的脸。"不等我爸反应，我妈继续道，"不要再争取了，听你滔滔不绝讲这些菜的时候，我就知道我们家输了。今天是我们崽相亲，不是看你吹牛，可是你全忘了，这场戏被你演砸了。"我妈最担心的事情还是发生了，她似乎已经绝望到家。下了的士，她穿着一身旗袍却迈着男人一样的大步，快步走在前面，像是要把我们所有人全部甩掉。

也就是在这种情况下，我爸忍住内心的疼痛，决定拿出私房钱给我大哥去做生意，哪怕他明知道我大哥除了有点小聪明，什么都不擅长，读书时不喜欢数学也不喜欢语文，出来后任何手艺也不会，而且超级懒惰还脾气臭。我爸受了刺激，放弃了规劝我大哥进酒楼做学徒的想法，他已经有了较劲的意思。我爸无法解释这么做目的是什么，虽然他一直为自己的身份感到骄傲。

话说开业之初，潘强恩曾经向员工说明醉仙楼茶位费过高的原因，也对主厨的高薪做过解释。他说哪怕一只普通的烧鹅，也可以卖几百元，好的狮子头更贵，不讲价不打折，当年经济危机的时候，酒楼的这道菜都没有变过价，总有香港人和粤剧社的人过来捧场。有人说潘强恩就是靠着招牌菜才把酒楼撑下来的，言下之意，潘强恩也不能拿我爸怎样。烧鹅最贵最火的那段时间，潘强恩发着狠教自己的侄子："你可以暗地里学的。"说话时他瞥了眼远处的我爸，他认为我爸把手艺看得太死了。潘强恩也觉得自己把侄子招进来是个失误，这小子不思进取还带坏了风气，把店里的一个小妹拐走并搞大了肚子，眼下招个熟手不容易。潘强恩担心深圳会像香港那边一样，要用老年人当服务员了。烧鹅是道名菜，有些人专好这口，后来店里派了人去学习，还得到了政府补贴，拿了证回来，可做出来的味道就是不对。同样食材，同样调料，放在火上的时间也相同，味道怎么就不同呢？侄子半途而废之后，潘强恩非常沮丧。

"拐个服务员算什么，娶个大美女放在家里才算是本事。"我爸猜透了潘强恩的心思，笑着走过他身边，眼神和嘴角都向下倾斜。我爸故意让人关注他和潘强恩的身高差，潘强恩矮了我爸半个头。

潘强恩说："会做烧鹅算什么，娶个演员就有本事了吗？她是一位见过世面的女性，哪怕学唱词，也学到不少传统文化。你懂得她多少，你又懂得粤剧多少？粤剧还有人唱，还有人坚守，证明这是一个有魅力的东西。"潘强恩知道我爸的心思。

我爸顿时被噎住了。

醉仙楼是座老式建筑，在周围的高楼大厦包围下，显得又旧又怪，虽说有历史感，却总是让人感到哪里不对劲儿。加上进进出出多是老派男女，梳着旧式发型，穿的也多是不中不西的衣服，女人多数旗袍，男性多数中山装。醉仙楼不似其他酒楼那样做过路客的生意，而是有固定的客人，或者说是粉丝，他们的客人主要是那些讲粤语和潮汕话的人，包括一些粤剧票友。这些人的年龄普遍在五十五到七十八岁之间。他们通常先是到荔枝公园唱上一会儿，锻炼过腿脚后才散步过来，喝茶、聊天，甚至开年会也都有的。

听着粤剧喝着功夫茶，嘴里含住一枚青橄榄，人生已是美满。这是一位穿着讲究的老先生说的，他是一位中指戴着老玉戒指的泰国华侨。我爸从远处看了一眼客人的脸，心想果然方脸正气，像个做大事的，可惜老了。他看见了老先生身边的一根拐杖。这样的时候，只有这样的时候，我爸才会想起自己的年龄，还有我大哥已经三十岁了，却还在家里啃老。

过来吃饭的男人女人连台词也是旧的。男人喜欢拿着一把印着芍药花或是书法的蒲扇，不管天冷天热都在耳边一寸的地方扇着。女性浓妆艳抹，白面粉脸，假睫毛，眼睛忽闪着看人，把脸上的皱纹显得更加清楚。他们到了，便提出要吃我爸做的烧鹅，不管我爸身上是不是油腻，都靠得特别近，女人的声音也变了，娇滴滴的，说话拖着长音，像个小孩子。有人还会边说话边摇晃身子，故意碰我爸的手臂。我爸也不躲，像是没事人一般。客人到了之后，会把大厅搞得热闹非凡，拥抱、倾诉、鼓励、哭哭啼啼。有两个靠收租过活的男人见了，通常会把暗恋的某个女演员的账悄悄结了。其中一位化了浓妆、染了黄色头发的老女人故意显摆，夸张地问："怎么回事？哪位老板给我买的单呀？怎么不告诉我，我要当面感谢他。"另一位又大声宣告，唤来一群人起哄，再引出一段陈年往事之类，后面是各种唏嘘感叹。她是当年《黛玉葬花》的主演，只是早已没有几人记得。

客人们吃在兴头上，自然要唱上两段，咿咿呀呀引得路过的人忍不住向里张望。这样一来，客人们更加收不了声，个个紧抓话筒不放，把早茶吃成了午饭，把午饭吃成了消夜。再后来，潘强恩的眼神慢慢变得清冷，收起了笑容，如此闹腾已经影响了生意，多出了一大笔水电费不说，服务员也不能及时休息，有的人躲在帘子后面捶捶打打，口里也不闲着："穿得跟花母鸡似的，又唱又跳，还嫌公园不够宽敞，又跑过来闹。"潘强恩抬头瞥了一眼，也没批评，转头去寻我爸。我爸这时就倚在门框处替他们打拍子。有人说当年他就是用这个办法把我妈骗到手的，只是放在家里不再理了。粤剧社里有人笑我妈被男人用个烧鹅、春卷、陈村粉就骗到了手，实在轻贱。我妈有口难言，只好由着社里的兄弟姐妹们。

潘强恩无奈地摇了摇头，他想起门口池子里的石斑和东星斑已经放了两天，再不吃就要死了，那可是几百块钱一斤的食材。潘强恩提出使用送菜公司业务，我爸明里暗里怼他。"那些什么规定我不知道也没兴趣，我只知道醉仙楼的菜要用刚摘的，海鲜要活的，不能快死了才拿过来吧?""我问你,你说牛肉注了水能吃吗?"他在教育厨房那两位徒弟的时候会故意放大声音,目的是给潘强恩和醉仙楼的其他人听见。潘强恩不知如何表态,如果不批评我爸,潘强恩感觉自己作为老板没面子;直接怼回去,我爸肯定又会冷头冷面几日,不仅影响其他人做事,生意也会差一些。潘强恩清楚这位魏大厨的脾气,主要还是针对他不久前的新规定、新要求。

对于潘强恩下达统一由公司送菜到厨房的通知,我爸一律不理。不仅如此,在此期间,他每天哼着歌出出进进,该干什么都不耽误,分明是在气人。潘强恩说这是财务的规定,厨房需要现代化的管理。他很清楚,我爸就是不想放权,而且总想以出差的名义回老家。他每次回老家都会利用短暂的休息时间去见见自己的发小们,还有一两位看着他长大的老年人。我爸的父母早已不在了,他只想让自己的熟人们看到自己过得还不错,虽然没有发大财,却一直做着醉仙楼的主。娶了我妈之后,我爸一直比较敏感,不仅重视面子,还特别在乎别人说什么。

有人见潘强恩脸色越发不好,便揣测到了他的心思,于是放开了胆说事,想看看潘强恩的反应:"唱歌去K厅啊,个个小气得要死,到我们这里唱什么,鬼哭狼嚎,乱七八糟。如果没了这道菜,这些客人自然也不会来了。"

潘强恩也不回应，换作以前，他会训斥对方不要背后讲这些。此刻潘强恩的脑子嗡嗡作响，眼前是一群染了黄头发、红头发，穿得花花绿绿的女人们，她们用染了色的指甲掐着油亮的凤爪，边张牙舞爪地说着话，边夸张地啃着手里的食物。

我爸要收徒弟，其实也是被逼无奈。让潘强恩生气的是，我爸没有带出任何人，只顾自己逞能。一些人冲着正宗的潮州菜而来，说什么我们不是吃饭，而是感受岭南文化、潮汕文化之类，话音刚落下便迎来一阵夸张的掌声。说话的是个男人，此刻正端着一小碟墨鱼仔，跷着兰花指向嘴里送。

这些鼓励自然是奖给做了美食的我爸的。客人说好吃到即使用鲍鱼、龙虾也不换，鲜滑肥美，吃过后会滋润舒畅整个身心。当年东莞、中山那边的老板们开着豪车找过来吃，逢年过节排着长队来抢位子，还曾经有人因为排队打过架，被警察带到派出所调解。这些都属于威水的过去，眼下我爸郁闷了很久都没有缓过来。这种苦，我爸不知道跟谁去说。他一会儿觉得自己很坚强，一会儿又虚弱得站不起来，整个人恍恍惚惚，不知道是在梦里还是在现实中。凭什么？酒楼如果没有了我，就没有了卤味，还敢叫潮州菜咩？我看你们用什么撑起这么大个店。睡梦里他和过去一样，还是大厨，被人前呼后拥。他真的不愿意醒来。显然这是蓄谋已久的啊！潘强恩已经很久没有安排他回老家带货，说现在物流太方便，需要什么根本不用出门就能搞掂。

我爸决定跟潘强恩理论。想不到潘强恩似乎早有准备，说："你提出过不想干了。"

我爸急了："我什么时候说过这话？是哪个混蛋要害我！"我爸的手在抖，大脑空白一片，连话都已说不利落。

潘强恩不说话，眼睛望向别处，说："你不是想回老家吗？想修身养性过颐养天年的生活吗？"

我爸听了，脖子和脸都红了："胡说八道！我太熟悉那个地方了，什么田园生活，就是猪圈鸡窝，脏乱差。另外，现在老家人做事也都讲钱的，市场经济了。"我爸被气得都不知道还要怎么样描述乡下了。

见我爸还在强词夺理，潘强恩又说："厨房的人也都听你讲过，非本人杜撰。好了，请尽快把休息室腾出来，酒楼的厨房、仓库不够用了，另外还要提醒你，尽量不要参与本职工作之外的事情。"潘强恩说得没错，我爸从来没有把自己等同于其他人，除了把白色工装套在中山装的外面，他故意立起上衣领子，经常进到大堂和客人说话，当然他是在潘强恩出去办事的时候。除此以外，他把仓库改成休息室，墙上悬挂着"福如东海"的书法，"福如东海"是我爸苦练的字，镶了框子仍能看到纸已经泛黄，出现了斑点。后来他又放进一个书柜，里面摆了一些名人格言之类的书。我爸喜欢书法，为此苦苦偷练了很久，他梦想有一天非洲那个国家总统再过来的时候，一下认出他，要求他送一幅字，我爸希望用这个方式把自己的名字巧妙地镶嵌进去。到那个时候，我爸的字也就派上了用场，一鸣惊人不说，至少大家都知道他不只会做烧鹅。只是现在他的手总是不听使唤，拿笔的时候总发抖。

"我没有，谁说的？这是诬陷。"说话时我爸有些心虚。

潘强恩说："谁说的我不能告诉你。"

我爸故作硬气："那就说明没有这回事。"

"有没有这回事你应该清楚。"潘强恩说。

"什么意思？"我爸听出潘强恩话里有话。

潘强恩说："你怎么理解都行，早点去办手续。你还不到六十岁，没到退休年龄正好，如果还想做，会有人请。一过了那个年龄线，情况就会不同，外面也没有人请你做事了。"

我爸听见厨房外面有人说话："不是给这个找工作就是帮那个解决问题，好像多大本事，说破天也不过是个厨师。有时客人吃高兴了，叫他出来助个兴，也只是为了显示一下自己花的钱不冤枉，他还当真了。"闻听此言，我爸的身体有过两秒钟的虚脱和摇晃。他的确帮过一个四川籍的服务员讨要过加班费，他知道深圳的社会平均工资是多少。这是我爸平生听到最狠的话，他好像冻僵了，脸色如同涂了灰色的颜料，身子瘫在椅子上，大脑空白。他掐了下大腿，把自己的头俯在堆满了调料的台面上。果然，他们开始不在乎他了。他从来没有想过会落到今天这个地步。之前只是为了过嘴瘾，并没当真，加上别人起哄，自己也想吹牛，不料这些话被人偷听了去，并打了小报告，我爸后悔却已来不及了。

"我又没有犯错误。"我爸声调明显变弱，甚至眼睛也比平时小了。

潘强恩平静地说："离开酒楼的那些人也没有犯过错误。"

我爸不解了："什么意思?"

潘强恩说："人各有志，他们有抱负有理想，不愿意这辈子拴在这么一个地方。"

我爸偷眼看了看潘强恩，没说话。

潘强恩明白他的意思，说："无论如何，我是这里的老板，你应该很清楚我们的处境，现在还有什么单位过来吃饭呢?"

我爸不断点头："前几天我还做了烧鹅，我那么用心，最后也卖便宜了。如果在我们老家，少说也要一千。"

潘强恩冷笑："那是多久远的事了，魏师傅，说这种话的人真是不爱学习。"

我爸心凉了，之前是叫魏老师、魏主管，眼下叫回了魏师傅。一时间我爸已不知道如何接话，也不敢正眼看潘强恩。我爸发现潘强恩已不是当年那个人了。他记得有次见到潘强恩捧着书在看的时候，他把刚刚在楼下买的啤酒和花生藏在了身后。不知道为什么，我爸觉得对方和自己不是一路人，至于怎么回事，他也说不清。

又熬过两天，我爸跑进潘强恩的办公室，坐下之后，他认为不能再像以往那样直来直去，于是讪讪地说："我这段时间考虑过，不能这么快回家，我的手艺还要传给年轻人呢。"这是他想出来的理由。

潘强恩平静地说："都等了这么久了，他们已不再是年轻人。"

我爸主动说："那我更要抓紧时间。"

潘强恩说："不用了，通过小红书也可以学到。"

"什么小红书？"我爸一脸茫然，他根本没有听过这本什么书。

潘强恩说："那上面有各种菜的配方，你应该也不知道什么叫预制菜吧?"

见潘强恩不说话,我爸满脸不高兴:"什么配方？这里又不是医院。"

我爸又提出教潘强恩的侄子。

潘强恩静静地看着我爸,意味深长,看得我爸心里发毛。

见潘强恩这样,我爸的心乱跳一阵,他像是自问自答:"是的是的,我想想办法,请放心我会尽全力。如果他不想当厨师,我也有办法。"

潘强恩继续沉默,眼睛望向窗外。天空也是灰蒙蒙的。

我爸急了:"放心吧,我能做到,以前那些人求我的事,哪件事没有做到啊!"说这话的时候,我爸心里是空的,因为最近我妈也不再理他,连他做的菜也不吃了,那么他应该找谁去求助呢?

五

之前潘强恩对我爸说话还挺客气,现在态度完全变了,见了面如同见了空气。我爸心里空空落落,总想着找理由去见潘强恩,哪怕对方私下训斥他一顿也行。

没过几天，我爸故意矮了半个头站到潘强恩面前，先是故作亲热，七拐八拐，说些旧人旧事，潘强恩也不回应，皱着眉头。再后来，我爸不好意思说汇报工作了，酒楼里已经几天没有安排他工作。我爸只好说是学习，他似乎找到了一个新词，结果潘强恩脸色更难看了，刚泡的新茶自己端了就喝，也不冲一杯给他。这一下，我爸知道自己彻底没有地位了。

"是的，我罪该万死，可以了吗？"我妈放弃了与他对抗，也就是说，我爸连吵架的人也没了。他快崩溃了，原地站着像个兵马俑，后来则像一摊烂泥，瘫进沙发里。

没有任何过渡，我爸突然间就有了大把时间，他感觉这个醉仙楼再也不需要他了。

赌气一般，我爸继续做饭，而且每天做很多。如果我妈不吃，他会拦在门口强迫她吃了才能出门。

我妈站在门前："我已经不吃鱼了。"

我爸问："你不是爱吃巴浪鱼吗？这么好的海鲜很难遇见，普宁豆酱、炸豆干都是你喜欢的，广府菜、潮州菜我都会做。"很快他又讨好地说，"对了对了，还有乌头。"

我妈说："我现在什么都不喜欢。"

"我怎么不知道？"我爸迅速变了脸，冷笑一声。他死死地盯着我妈的背，等她转过头来回应他。

我妈不理："这些都不重要了，谢谢你。"她收拾好的行李已藏在门后，随时可走。这是她的秘密。这次她真的决心要离家出走，就连北方冬天可能需要的手套她也准备了一副。

　　我爸突然高举两只手臂在空中挥舞，他的声音异常尖厉，如同玻璃划破了夜空："你和他们一样，想让我死啊！"

　　我妈说："不敢，我认为他们也没有这个想法。"

　　我爸说："他们喊我老大、叫我大师，说我做的不是饭，是美食、是艺术品，现在呢？"见我妈沉默，我爸又说，"你到底在帮谁说话？这些年我又是为了谁？"我爸无助地哭了，他像个女人那样，边流泪边捶着大腿。最后，我爸定定地看着我妈说："不理我没关系，请你最后再帮我一件事情好吗？"

　　我妈说："是帮人换工作还是看病，还是拿学位，或者是排队买回家的车票？可惜我都帮不到你了，我现在谁都不认识，他们也不认识我这个老妇女了。"

　　我爸愣住了，随后他指着我妈的脸道："你那些男人呢？他们不是排着队在追求你吗？还有一个不是说要杀了我吗？有本事你找他们啊！"他的两只手接着挥舞。

　　"我不知道你在说什么。"我妈平静地说。

　　我爸发着狠："别骗人了，你挖空心思当主角，廉耻也都不顾了吧？"见我妈睁着一双吃惊的眼睛，我爸接着说，"你在心里怪我没有本事让你回到舞台，不过你可以求他。本来应该是他求你，但现在他在等着你求他。"

我妈瞬时哭了，只不过心疼的是潘强恩。这些年，这个从年轻跟她到年老的粉丝帮了她和这个家太多太多，比如为我爸吹牛时揽下的孩子进幼儿园，还有老人住院、亲戚找工作等麻烦事，包括寒冷的冬夜里排队购买春运的车票，多是潘强恩出面解决的。正是因为知道这些，当年我妈放弃了当主角，坚决退回潘强恩为她找到的一大笔赞助费。

我爸有点耍无赖了："他有大把钱，不用他用谁？他不应该还债吗？"

我妈说："他不欠任何人的。当年他把吃饭的钱攒起来支持我们剧社，到后来为了我们这些人，他一个人苦撑着醉仙楼，就是希望大家能在这里见个面，其实他是有机会改行的。而你呢？想的都是自己。"

我爸躲躲闪闪，不敢正面回答："我做的菜让你觉得不好吃了吗？我就知道终会有这样的一天，连你也嫌弃我。"我爸已经发现那两个徒弟正通过手机学习做菜。

我妈说："这些年除了做菜，你还做过什么？家长会你没有开过吧，学校的大门在哪儿你可能都不知道。大人小孩为了吃顿饭还要看你脸色，听你摔摔打打，受着你各种的不满和抱怨，你真的以为我们只是需要吃吗？你以为人只要吃饱了就可以了吗？我们是人，不是动物。"

"谁都要吃饭，民以食为天。"我爸感到费解，自己哪里做错了？黑暗中他盯着眼前这团黑影，他不明白这个女人脑子里装着什么。为了她，他用尽全力，包括留住粤剧社里的那些客人，希望他们可以吃到旧时的味道。

"你从来就不懂我，更不懂我们。"见我爸瞪着自己，我妈勇敢起来，"我根本就不中意吃烧鹅，也不喜欢你做的那些又腥又淡的海鲜。粤剧社的兄弟姐妹只是为了照顾醉仙楼的生意，不然谁会辛辛苦苦跑来吃一顿饭？人家早已各自有了新生活，大家走南闯北，口味早就变了，你还真以为是为了吃你的菜吗？你去看看，哪里没有广府菜、潮州菜？哪里没有烧鹅？"

我爸仿佛听见雷在头顶炸开，而他不幸被击中，七窍生烟："什么意思？你们到底什么关系？"像是想了一会儿才下定决心，他阴阴地来了一句，"你当初说来吃饭，实际是来找他的吧？还用我做挡箭牌，全部人都瞒着我，是不是？"我爸咆哮的样子像是要吃下一个人，"你们两个是不是真的好过？他甩了你吧？果然被我猜到了，和我结婚也是为了气他，对不对？你根本不是来吃我做的菜，而是为了见他。"我爸的眼睛像是冒着血，最后又变成了绝望的灰色。瘫倒之前，他发出的声音已经变了："完了完了，那条崽到底是谁的？果然被我猜到。请你告诉我，我心脏受得了，也不会去死，我受得了。"

见我爸的声音已经失控，我妈低声说："这样的话不要再说，请你注意影响。"

"什么影响？请你不要高高在上，搞得像个真正的角儿一样。你这辈子只有一部戏，还是个彩旦，女龙套，唱得也不怎么样，这个我没记错吧？"

"那你为什么还要看，还说特别好？"我妈没想到他会这么说，气得浑身发抖。

"是看你可怜，演来演去就是那个角色，白等了几十年也没等到机会。化装会把皮肤搞坏的，你看你的脸，比其他女人都显老。"我爸比画着。当年我妈这个配角，宣传册上连名字都没有。

"我可怜？你说得对。"我妈发出了冷笑。

"如果不可怜，那些人都去了哪里？"我爸不服，他心里的火要全部发出来。

到了这个地步，索性不忍了，我妈死死盯着我爸，眼里好似掷出了匕首。"那也比你好！你看看现在还有谁想吃你的烧鹅，所谓怀旧，不过是给你个面子。"

"当年有男人围着你转，现在还有吗？"我爸像是疯了，"对，有一个，那个人姓潘。"

我妈愣了一下，随后哽咽起来。这真是要命的一句啊！

我爸又在家里待了几日，还是没人理他，人瘦了不少。每晚除了进食一大瓶啤酒加一小碟鹅肠，他不再吃任何东西，把想说的话又咽回去。这些都被我妈看在眼里。我爸在家里做的菜也变得特别难吃，简直不像出自一个特级厨师的手，如同从来没有进过厨房、得了厌食症的人做的菜，不是忘记放盐就是忘记放糖。痛彻心扉过后，我妈想跟我爸谈谈，不做夫妻可以，可是共同的任务还是要完成，那就是让我大哥端正生活态度，努力工作，好好谈恋爱、结婚，不再躺平、颓废、摆烂。我妈准备从知识更新开始，世界已经变了，比如现在大家都用手机点菜，网上看菜单。我妈对我爸说："我来做菜吧，你也应该好好休息一下了。"她想为自己后面的话做些铺垫。

"休息？我这些年就没有休过假，像一头只会拉磨的驴，可是没有人关心过我，你也觉得我是多余的。我死了才好，称了你的心。"随后，我爸哈哈大笑，"你刚才说你做菜？你不是'宫里'娇小姐吗？怎么会做这种粗活呢？"

"我怎么不会啦？"我妈故意发出小女生的声音。

我爸扭过脸："你会做个屁，除了涂脂抹粉，你什么都不会。"

"你说什么？"我妈愣住了，一张脸又变回原来的样子。她站在凌乱的客厅中间，眼里充满了绝望。收拾好的客厅和厨房被我爸重新搞得一团糟，他整个人像鸡蛋散了黄。

见我妈站在客厅，我爸失控了一般："你希望我跟你一样？对了，你跟我不同，三月三你还可以去北帝庙唱戏，谁家老人办丧也少不了你这把声、这身段，你还有大把前程，大把老男人喜欢呢。"

我妈想起出远门的皮箱里还缺一件毛衣。箱子里的东西她准备了很多年，夏装换成冬装，冬装换成夏装。她经常都买好了车票，选定的地方有时是兰州，有时是山西的小县城，租一间小房子即可终老，无须与任何人告别。

我妈忍着不接话，心想没关系，让着他吧，晚走几天的事。她当务之急是解决我爸的工作，两个大男人都待在家里，势必不能安生，发生什么都难以预料。我妈强忍着心里的痛，说："你也不必在意酒楼的那些变化，还是做好自己的事，眼下找工作也没有那么容易。"

"看不起我了吧，哈哈，我早知道会有这么一天。"我爸说。

"不要太敏感，相信再难我们也能扛过去。"我妈说。

我爸阴阳怪气地说："我们？不要念台词啦！你做你的仙女，我只是一个做菜的，周身都是调料的味道，配不上你。"

"我没有讲过这种话。"我妈说。

"你就是这么想的，不要以为我不知道！"

我妈叹了一口气，说："那就随便你了。"

见我妈这般态度，我爸怒了："你什么意思，这算是承认了吗？"

"我还以为当年你是真的欣赏我，原来是为了逞能。"我妈冷笑道。

这一句像是捅了马蜂窝，我爸腾地起身，摔掉了手里的功夫茶杯，茶水顺着拖鞋烫到了我爸的脚，于是他疯了一样扬起两只手在客厅扑腾，如同一只张开翅膀的老鹰。他夸张地大叫："欣赏？我欣赏你勾引男人吗？"

"我到底勾引谁了？"我妈青着脸。

"你不过是个戏子，被淘汰了还不知道的戏子！"我爸站住脚，恶狠狠地看着我妈，眼珠子都快要瞪出来了，"这日子，不过了。"

"一言为定，说到做到。"像是等了一辈子，这句话被平日里温婉的我妈说得自然平静。

把话说到了这个份上，似乎已经回不了头。我妈在心里加快了离开的脚步，哪怕暂时离开也可以。我猜她最先想到的是车站前那条老街，粤宝电子厂旁边有条林荫小路，那里是她曾经的剧社，她做梦的时候经常出现。梦里的她样子还很年轻，那个时候她还没有结婚，没有遇见我爸。

当年住的还是铁皮房，可他们每天都过得很快活，即使哭，也是为了台上那些有着凄惨命运的人们。眼下，她是为了自己。

吵架之后，我爸像是一头狂躁不安、随时准备出击咬人的狮子。见到我妈出现，他两眼放光，开始"碰瓷"："你就是希望我失败，终于等到机会取笑我了吧。"

曾经很长一段时间里，我爸在心里计划着辞职的时间，他要让酒楼措手不及，这样仇也就报了。可眼下，别人先动手了。我妈知道他想什么，于是说："你怎么做都行，我都同意。"以往她会拼死拦着他，此刻，我妈像是解脱了。

我爸感觉自己被双重抛弃了，他瞪着我妈："你这个人最狠最毒，还要装可怜，演得可真好啊！这回你可以当主角了。"他最恨我妈不争的样子。

我爸瘫在沙发里很久，晚霞从窗户的顶部滑到楼下，看不见了。漆黑的房间里，我爸突然起身，大步跨到餐台前，抡起上面的酒瓶，对着墙壁扔过去。瓶子弹到了我妈的小镜子上面，瞬间那镜子碎飞了一地。我妈看了一会儿，退回房间。镜子是潘强恩三十年前送的，当时他还是个穷小子，托人去香港带回来的这件礼物。

整栋小区都安静了，时间如同过去了一个世纪那么久。卧室的门轻轻地打开了，我妈瘦长的身子经过客厅，经过地上的碎玻璃，仿佛经过自己漫长的一生。她轻轻地下楼。楼下铁门被打开，随后是我妈一个人的身子通过小区，快速飞出了大门。

六

明知道那个中介是在骗她租房，我妈还是跟在了对方的身后。

"不试住一下，怎么知道会不会失眠？"我妈告诉自己。此刻她需要找个地方躺下来。

身体刚挨到地铺，我妈便像是昏了过去。她不知道自己睡了多久，醒来时外面已经下起了小雨，天还没有完全黑，路上到处是车灯。走在被雨淋湿的街上，她不知道该向哪个方向走。已经有一整天没有吃东西了，倒也不觉得饿，身体像是一片飘着的树叶。街上的一切都让她感到陌生，好像自己不是走在路上，而是被风推着，腰痛的病似乎好了，她走得越来越快，如同梦游，有一瞬间，脚似乎也离了地。又不知道过了多久，眼前像是有许多雾，让她看不清楚路和行人。我妈就这样走着，直到天黑，还走错了路。走啊走，她来到了一个眼熟的大房子前。恍惚中，我妈推开门，她远远地看到了潘强恩。

对方竟然没有认出她。我妈发现这里的一切都变了，我爸不在场的醉仙楼清爽了许多，除去没有了那张照片，那群动作夸张、腻腻歪歪的客人也不见了踪影，就连服务员似乎也变了；更要命的是，潘强恩走路也是轻盈的，说话用的是普通话，他穿了一件蓝色西服，站在那里和几个年轻人说话。我妈似乎明白了我爸眼下的难受。人家早已更新换代，而他还守着老一套，放不下过去那点事情。

我妈那天决定回家时，天彻底黑了。经过餐台时她见到一桌没有动过的饭菜，沙发上躺着我爸，月光下他睡得很是安详。我妈没有开灯，直接走回房间。她忘不了在那个旧公寓登记簿上看到的名字。我妈以为在梦里，她不敢相信自己的眼睛，魏东海是一个爱钱如命的人，一分钱都不浪费，怎么舍得去开房呢？大堂经理说，这个男人来过几次，每次都是一个人，躺在这里不吃不喝，像死人一样睡着，对了，也是最便宜的没有窗的房间。

我爸是被惊醒的。他想起自己惹的祸，突然从沙发上弹起，踉跄着来到我妈身边。"我不知道那个东西那么不经打。"见没有动静，我爸又说："谁让你不好好保管。"见我妈这边还是没反应，我爸继续说："我不是故意的，我去给你买个新的。早就想给你买，又怕你不中意，你是很挑剔的一个人，这点你得承认。"我爸在絮絮叨叨中又撞翻了地上的矿泉水桶，还被拖鞋绊了一跤才摸回沙发上，上面有一只我大哥的袜子，我爸习惯性地捡起来，折好，握在手中，装进了自己的上衣口袋里。到大家都睡着的时候，他重重地发出一声叹息，整个大楼似乎都被他给震到了。

这次家庭大战，诱因太多。话说我大哥魏建华并不是一块做生意的料，不到半年时间，他便与同学出现了分歧，对方让他自己选择去留。我大哥提出退钱，对方说前期亏了，要共同承担风险，钱是拿不回了，命倒是有一条。我大哥本来就是个有脾气没主见的人，事情来了，只会用发火的方式把责任推给别人。酒楼人事主管来电委婉表达酒楼不再需要我爸，我大哥与同学产生分歧，而对方让我大哥选择去留，这又导致女朋友再次提出分手，所有的一切全部是重磅，压得我爸心脏格外难受。

第二天，我爸说："我为什么还要给他们喝茅台，我自己从来舍不得，真是太傻了。"

我妈说："这样的人做亲家，真是太糟糕了。"

我爸火了："屁亲家，谁说成了？"他继续说，"是你一直说要找个书香门第、读书人家的孩子，我也是按照你的意思教他的。"

我妈说："那也不能低三下四，你一天到晚去讨好他们，真的很丢人。"

我爸盯着我妈，似乎在回忆："你现在越来越像个八婆，当年你不是这样的人，你们这些演戏的，是不是都这么善变啊？"

"当初你也不是无赖吧，又是谁把你变成今天这个样子？"我妈说完这句，竟难过得说不下去了，她把这些年所有的不愉快都想了起来。

我爸的委屈不知道跟谁说，他拖着时间不教那些徒弟，还是为了我大哥，他想把手艺传给自己的后代，并让我大哥留在酒楼，否则他又何必对潘强恩说那些话。可是没有人懂他的心，包括我大哥也不领这个情，甚至讨厌我爸的计划。

我爸赶在我妈回房间前抢先了一步："我做这一切是为

了谁呢？做你们这一行的，哪个不是做梦都想着当主角？"

我妈哭着说："我何时说过当主角？告诉你，我下辈子也不想登上那个戏台了。潘强恩当初便是从上面摔下去的。本来不想告诉你，就是那次演出他受了重伤，抢救回来后被告知无法生育，这是社里公开的秘密。只是大家不会去说，尤其不会告诉你。魏东海，我承认我爱过他，也心疼他，可是这个崽是你自己的，教育不好也是你的责任，不要总想着推给别人。"说完这句，我妈悲从心生，她加快了脚步，同时缓缓甩了两次袖子，在狭窄的客厅里急急地走起了久违的云步。在我爸还没有缓过神的时候，她已经来到窗前，手抓阳台栏杆，对着天空深情地念了道白："古调虽自爱，今人多不弹呀——"我爸差不多有二十年没有听到了。这把声一如当年，哀婉、缠绵悱恻、决绝，如天上的声音。

我爸像被雷击中，他不敢去看眼前这个女人，当初的她就是这般柔弱而无助。此刻我爸哑住了，悔恨让他涨红了脸。又过了两分钟，他突然转过头，紧紧抓住了我妈的手："现在他除了那块三十年的老字号，什么都没有了。"

我妈的眼泪干了，她知道不只是潘强恩，很多人都放下了。潘强恩崭新的样子让她感到心酸，当然她也为他的改变而高兴。至于眼前这个男人，我妈轻轻地摇了下头，她非常清楚这个男人并不爱她，也不懂她，只是强行把她拉进了生命里。但如果她死了，他可能也不在了。

"不如你就提前退了，酒楼明显撑不住了，其他股东都撤了资。你一退，他也不用再担心了。"我妈说。

我爸说："离开醉仙楼，谁又认识我？"

"不要再拖累他，加重他的负担了，他现在这么对你，就是想让你离开！"

"真是笑话，你太自以为是小看人了，他这个样子我敢退休吗？我肯定要帮他的。"我爸说，"我早看清楚了，潘强恩就是想让我离开。除了我，其他员工两个月的工资到现在还没有发，他怕我知道了会担心。员工的工资必须如数发，我不能让他做错事，丢了他的名声，还砸了醉仙楼的牌子。"

我妈说："你哪里还有钱，他一定在联系兑掉这个店了。"

"我没有大钱，还没有小钱吗？他的事我早发现了，我就是看他还有没有当我是朋友。"

我妈说："你还想怎样？"

"至少我还有手艺吧，特级厨师。凭我的条件，年薪要上百万的。"我爸自豪地说。

我妈幽怨地说："他都到了这个时候，你还想趁火打劫啊！"

我爸也来了气："你太小看人，我说过要钱了吗？帮他渡过这一段总可以吧？还有粤剧社那些兄弟姐妹们，谁会看着他倒下？大家早已私底下商量好了，要帮他渡过难关。"当然，我爸这么做也是有私心的，我猜他一定会把我大哥带过去，让他免费帮忙，毕竟我大哥学的是酒店管理，找工作有局限，可毕竟是自己的崽，他能做什么我爸心中有数。而我大哥显然也会同意，毕竟和同学闹掰后，他降低了自己的期望值，闲逛数日后，他跑去朴朴送菜公司咬牙做了一周，拿到工资便回了家。改变思路后的我大哥把话讲给我妈，说自己可以接受学做烧鹅和各种卤味。我大哥认为厨艺全凭领悟力，根本不需要专程学习，辣子鸡、酸菜鱼等其他菜品他也随时能上手。他认为做餐饮没必要那么高傲，各种口味的都需要有，毕竟这里是深圳。见我妈吃惊地看着他，我大哥沉默了，样子显得孤单寂寥，因为他曾以为自己还有别的路可走。

我妈问我爸："当初潘强恩侄子从店里离开，我猜也是你的意思吧？"

我爸愣了片刻，说道："讲得那么难听做乜嘢，那是他缺乏悟性，做这行也需要天赋，他没有，所以不适合干这行。我早点讲明才是对他负责，总不能眼看着一个年轻仔入错行吧？"谁都看得出来，说话时我爸的眼神一直在躲闪。

七

　　我爸与我大哥正式和解是在次日早晨。我爸买了肠粉和可乐放在茶几上，他在等我大哥洗漱完毕。这是我大哥小时候最爱的早餐，所以他常常会把自己的八字脚和大肚腩归罪于我爸买的早餐，还有做得太过丰盛的饭。我爸知道后，暗生得意。他闭住眼睛，脑子里浮现出我大哥吃肠粉的样子，禁不住自言自语："你个衰仔，你是我的崽，祖传的东西我不传你传给谁呢？谱是什么，就是规矩。做人不能变来变去，答应了别人的事情，死也要做到。"

　　"别人是谁？答应了他什么事？"我大哥喉咙里咽下半截肠粉，眼睛盯着我爸。我爸被问住了，眼睛无处可逃，最后虚着看向别处。看得出他上半身是僵硬的，两条腿在餐台下动来动去。他脑海里浮现出潘强恩拜托他照顾好我妈的情景。那是二十年前的一个雨夜，他知道这份约定是永远不会变的。

见我大哥若有所思，我爸紧张起来，马上转移话题："上午十点半去看电影就会便宜十块。"我爸早晨出去买菜时看到新开了家影城，悬在半空中的广告屏上放着电影的片花，是《满江红》和《流浪地球2》，我爸当然想到了我大哥。看起来粗枝大叶的我大哥从很小的时候起便喜欢看电影和各种演出，这种爱好让我爸多次产生疑惑，直至我妈后来倒出真相。

　　"一张票就是两斤大米呀，是不是不用吃饭要变仙呀你？"我爸骂归骂，从小到大，他拿钱给我大哥买过很多次戏票电影票。再后来，这个"毛病"便不好改了，我大哥一段时间不看戏不看电影便会难受，像是缺了点什么，连我爸做的饭也不爱吃了。我爸认为看电影、看戏、读书都是好事，至少比赌和嫖要好，只是他自己绝对不行，看书就会头疼，看演出就困。他觉得喜欢这些东西的人的确有些不一样，至于具体有什么不同，他也说不清。到现在他明白了，他就是喜欢这种人，这些人这些事都与他魏东海有关。对我大哥讲这句话的时候，我爸用的是我大哥喜欢的方式。我大哥明白，却又故意装傻不捅破，心想你做了几十年好事却把自己搞得像做贼，我千万不能像你。我大哥明显感觉到自己长得越发像这个魏东海，再怎么挣扎都无济于事，他认为只能在思维上加以区别和改变了。这一次，我大哥偷偷望向我爸的时候，被我爸看到了，我爸觉得我大哥笑的时候，和自己一样帅。

夏天还没到，嘉宝树便结了果子，这缘于我爸不懈地浇水施肥。他最想看见的就是我妈贪吃他经手的一切美食，在我爸心里，当年的他就是凭着精湛的厨艺抱得了美人归。世纪大吵之后，我妈整个人轻松了许多。天亮之前，她不仅退掉了不久前预订的车票，还把那张早已发黄的剧照和菜的配方重新放回箱子底层，那是我爸的秘密领地。

剧照里的我妈光彩照人，她穿着一条镶了金线的旗袍重返人间。

好百年

一

刘金平在婚庆这个领域里面打拼，对嫁娶之事最有发言权，放开二胎政策之后，国内风向是，独生子女不再吃香了，反而这个群体过去的优势瞬间成了弊端，如果再不幸生于单亲家庭，那形势就到了前所未有的诡异时期。恰逢刘金平的女儿罗小娜一个人占了双份，自然是双重的危机。

好百年婚庆策划公司提前两个小时下班，原因是老板娘刘金平的女儿今晚回家，她不仅要去机场亲自去接，还要一起吃饭，关于婚恋这个话题，母女二人电话中约好要认真谈一次。

女儿罗小娜的一切都是老板娘刘金平的晴雨表，甚至关乎公司生死存亡，因为有段时间，老板娘刘金平似乎为了这个女儿抑郁过，成日以泪洗面，神情恍惚。害得几个入了股的员工都想打包走人。好在刘金平及时醒悟，才算把濒临关门大吉的公司强撑下来，并且眼看着一路走好。

罗小娜是女儿的名字，通俗好记，刘金平如果不是注意女儿罗小娜的感受，她早就想借机报复一下前夫，让他把姓氏也带走，彻底净身出户。她相信没有什么比这个制裁更狠的。从小到大刘金平都是得理不饶人，她不允许别人负了自己，当然主要是对着身边的人。对外人，那是没关系的。客户对自己亲疏冷暖又如何呢，当然无所谓了，只要给钱就行。她的理由是世界没那么大，他们跑不了太远，总有一天会撞到她的股掌心里，即使这辈子找不到，下一代也难免会遇上呀。两代人婚礼由她操持的事时常发生，到那时再收拾也不迟呀。经营了二十年，刘金平好百年婚庆公司的口碑终于还是赚下了。在深圳红荔路红桂路一带，有谁不知这家。店面虽然不大，可店门前不小一块比金子还值钱的草坪倒是吸引了不少人光顾。刘金平庆幸自己当初下手及时，如果换到现在，连想也不敢想。刘金平的理想是把这个招牌发扬光大，做成百年老店，最后交给罗小娜打理。

做生意以来刘金平精明过人，可到最后还是人算不如天算，借钱注册了婚庆公司之后，她不仅离了婚，女儿和她的关系还成了死结，从此再不能对话，甚至还摆脱了她的视线，借读书之机到大上海逍遥去也。自此，一家三口兵分三路，人生可谓无奈。刘金平时常感叹，自己的苦白受了，强白逞了，一个单身女人开间婚庆店倒成了笑料。外面的事情就不讲了，这个年龄的人，衡量成功与否肯定要把家庭、孩子放在头等重要的位置，光看微信就明白，这个年龄的人，哪个不是晒儿晒女晒当下的安逸生活。而她呢，分明还在苦挨着，光鲜只是给别人看的，苦恼只能放在心里，不足为外人道。外人眼里，她这个八十年代便已经下海的本地佬，著名婚庆公司的老总高雅体面，进出有好车，谈笑有鸿儒，对员工永远微笑礼贤下士有求必应。尽管她的店铺上下二层楼，正式员工春夏秋冬不过七个人，其他的人都是临时请的，反正深圳的用工形式灵活多样，一个人打几份工都是正常，每个人都深谙领域内的行规行矩，谁都有可能是几个公司的替补队员。当然想到替补两个字的时候，刘金平心里难受。这些年，对一些敏感字眼避开不看不听，她认为成功的目的就是让自己可以任性那么一点点了。

刘金平表面强悍，但内里还是有软肋的。面对唯一的女儿罗小娜时，刘金平会变得无助、孤立无援、智商低下。因为只有罗小娜能制伏她，总让她无言以对。在女儿的教育问题上，刘金平承认自己是失败的，而不是别人眼里所谓的成功人士。母亲节的时候，管辖的小区想把优秀母亲称号赠给她，还说有企业赞助，奖金也不菲。当然，她也可以当场捐点钱出去给敬老院之类。即使不捐什么，刘金平都懒得再要那些没用的东西了，更不要说还作秀。刘金平认为自己是个失败的母亲，而且越发显现出这一点。平时她在各种商业班里学到的新理念，睡不着的时候，思前想后得出的经验，在女儿的教育上基本都用不上。在90后女孩子面前，她认为自己并不是慢半拍那么简单，而是一个低能和弱智的混血儿。她想念女儿的时候，竟是女儿教她常识的情景比如女儿罗小娜看见刘金平倒车的时候撞到了一个柱子上，女儿会盯着她看，摇头晃脑然后不说一句话，甚至冷冷地叫她一声：人才！而且是高级的。她很享受女儿这么叫法，这会让她发现女儿将来会比她强。

女儿去上海读书期间，回家的次数越来越少。每次到家后放下行李便呼朋唤友，去吃饭唱K，天亮前才轰轰烈烈进家，然后倒头便睡，整整一个白天把房门关得死死的，连饭也不出来吃，回家也等于没回。即使这样，刘金平仍是大气不敢出，生怕又生出事端，让女儿招呼不打就跑了。

刘金平把房子重新装过，最大这间给了女儿。女儿不在的时候，刘金平发现大房子并不好，除了搞卫生麻烦，还有就是会显得空寂。有时刘金平端了酒坐在厅里看着电视，流着不知是为了电视剧还是为了现实中的自己的眼泪。她的脑子里总是回想当年一家人挤在罗润生歌剧团小屋子里的甜蜜。

日子就这么过去了，刘金平找不到后悔药。女儿这次回来，名义上是毕业实习，实际上应该还有其他事情。知女莫若母，虽然没有交流，但刘金平深谙罗小娜的打法。对于实习这件事，换作其他孩子也就是说找到单位就算是正式上班了，而罗小娜不会那么简单，她会想方设法挑毛病，目的是为了离开深圳找个堂而皇之的理由。罗小娜比其他孩子晚读书，自然比其他孩子大一岁，刘金平自然也着急罗小娜的恋爱问题。女儿离开家的这几年，刘金平反思过自己的生活，她很后悔不该在女儿高中的时候用各种手段阻挠女儿早恋。什么耽误学习呀，现在什么人都可以上大学呀。只有嫁不出去才是人生发生了大事呢，在这个男女比例一比七，而且趋势有增无减的深圳特区。当年，刘金平发现女儿手机里有个男孩不断来电来信息之后，刘金平不知哪里来的胆量，花钱雇了快递公司的小哥，潜伏在女儿上学的路上，开着摩托车抢下女儿的手机。那一次女儿关节擦破了皮，整个人吓得瘫倒。身边的男同学吓得顺着原路跑掉，再不敢联络，罗小娜的恋爱也自然是没了。虽然罗小娜自此安心学习，可刘金平却后悔自己的冒失，不懂法律。万一女儿受了什么刺激，那自己将得不偿失，偷鸡不成，还成了罪犯。

关于这个事情，对于这件事情，刘金平除了夜深人静想想，根本不敢与任何人提起，主要是不敢回想和深思。尤其是拿钱办事的快递小哥，事后之后竟然彻底失踪，连余款都没领，这成了没有掉下的靴子，常常让刘金平失眠、噩梦不断。每天经过快递公司都心虚气短，不敢正视。经过管理处和保安岗亭也是灰溜溜大气不敢出，完全是做贼心虚的感觉，那个小哥当初就是负责她这个小区的。

许是因为这些事情引发的内疚，刘金平在女儿上大学报志愿和选择城市这件事上绝对忍痛民主。而趁罗小娜上学期间她又把家里装饰成女儿喜欢的风格，让各种美少女挂图纷纷上墙。而这些都是当年她刘金平深恶痛绝，而罗小娜超级在乎的各种东东。刘金平认为，它们不仅影响过女儿的成绩，还让罗小娜变成了一个冷血少女。

为了让女儿这次可以顺顺利利回到自己的身边，刘金平早在半年前就已经做好了周密的安排，包括对她衣食住行、实习单位的挑选。刘金平眼里的这个好单位是个规模不小的设计公司，员工多来自清华和深大的建筑学院。公司原来隶属于建设局，后来分离出去，成了一个半公半私的公司，坐落在风景秀丽的东湖公园边上。公司老板虽然年纪不小，倒是个新派人物，不仅招了不少海归、北上广的才子。公司管理也是新颖灵动，每天有下午茶、音乐时光，还常常举办各种讲座和露营活动。刘金平喜欢这种年轻人多的环境，她认为这是女儿最需要去的地方。

刘金平听女儿说过深圳没有文化只有土豪，人活得没有灵魂，而悲喜交集，除了对女儿瞬间成长为一个有头脑的人惊讶，同时还对自己的发家经历也变得胆战心惊了。她承认自己这第一桶金的确用了各种手段，难以说出口。可在深圳这个海盗船一样的地方，谁又能幸免呢。谁不想过上个好生活，让下一代不受自己的苦啊。骂人的家伙们都别站着说话不腰疼，更不要对别人的生活指手画脚，我的行为我埋单，哪怕用的是身体和灵魂，又怎么了？总没有侵犯别人利益吧。刘金平承认老深圳都有一笔血泪账。她不愿意和女儿聊过去，想起来都是不堪回首。她很后悔当初没有趁机多生一个，落得眼下罗小娜独生子女的毛病多多，除了不擅与她这个当娘的交流，还像仇人一样，总是话里有话针对着她。当然，最主要的是罗小娜自己是最大的受害者，因为她终身大事显然受到了影响，据罗小娜高中同学反映，没有人听到罗小娜说过恋爱和嫁人的话题。

担心路上一家人尴尬没话，刘金平把罗小娜将要去的实习公司的资料装在了包里，放座位上，准备见面后直接打开话题。之前罗小娜微信里说有事要和她面谈，吓得刘金平失眠了几晚，不知福祸。最初刘金平猜测女儿可能要留上海，后面猛然想到不是女儿惹上什么麻烦吧。倒是被那个帮忙联系实习单位的沈太太不断开导，才算正常。有了心理准备的刘金平决定不等女儿开口就把公司的画册拿给她，让罗小娜爱上这个地方，同时也喜欢上被她用心装修过的家。刘金平想好了，不等女儿说出来，就让她先去公司看看，要知道那个公司帅哥不少，其中一个富二代，是沈太太有意安排来带罗小娜的。光听条件，刘金平就自卑了，对方不仅未婚富有还知书达理名牌大学毕业。沈太太认为不必灰心，两家财富不仅相当，还有缘分之说，刘金平公司这块地，还是那个男孩子父亲当年征来的，只是考虑地方太小，公司才放手转到了刘金平手里。过了许多年还总是念念不忘，总说想看看是什么人这么有眼光。

在机场一见到女儿，刘金平便傻了，拿在手里的风衣差点掉在地上，罗小娜理了一个男仔头，耳朵上还有几枚闪钉。刘金平后来庆幸，好在做手脚的地方只是头发，而不是其他部位，如果像凡·高那样把耳朵割了，那他们的人生就惨了。刘金平的笑容在脸上僵了一会儿，她故意看向别处而不看罗小娜的头发。总结之前的错误，刘金平认为再急也只能放在心里，否则会放大，导致对方故意要和她作对。刘金平问：饿了吧？想吃点什么？说完想要拉罗小娜的手。刘金平心里叫苦，如果不能按时面试，工作肯定泡汤了。要知道帮忙的那个客人可是费尽了口舌。当然，他们中间也是有些交易的。谈好了，事成之后，刘金平促成并免费帮助做场体面而有意义深远的婚礼。可眼下这个样子，罗小娜怎么去呢？在那个地方可都是西装革履，包括老板自己。另外，那个富二代男孩见了，还敢与女儿接触吗？会不会连说话的意愿都没有呢。

刘金平认为女儿罗小娜有可能是成心气她的，过去她就是这个样子。好在这个时候坐在后排的前夫罗润生帮他解了围，他摸着女儿的头，问饿不饿，要不要去吃点东西之类，牛肠粉是女儿的最爱。刘金平心里清楚，罗润生还是变了，主要是能忍了，要知道他平时可是喜欢长发飘飘气质婉约的美女，当年的刘金平就是这款，无奈残酷的现实最终还是蚕食了她的青春美貌，让她脱胎换骨，变成了一个再无半点女性气息的女汉子。罗润生这个动作就是让女儿明白，自己没有责怪，甚至还有欣赏。刘金平明白，罗润生用这个行动向女儿示好。

罗润生一路小跑去找推车，也是让自己的神经松弛下来。造成今天这个样子的罗小娜，罗润生自认为应该负主要责任。他清楚那些有呵护的孩子，气质当然不是女儿罗小娜这个样子。罗润生低着头把女儿的行李全部放在上面，一个人推着车走在前面，他不知道怎么开口与母女二人说话。

三个人走到了停车场，一路无话。刘金平想了半天，还是没有找到话题。找到车，离开了机场。很快，汽车便驶上高速，然后上了北环大道。两侧建筑上的霓虹灯不断滑过，坐在前面的罗小娜眼睛盯着窗外，脸上变幻出各种色彩。准备好的话闷在肚子里，刘金平不知怎么说出口了。担心说错了，只好让自己忍住。透过后视镜，她看见罗小娜的眼神正一点点变冷。

有了女儿留在深圳的计划并开始付诸行动之后，刘金平便给罗润生打过一个电话，告诉他自己的思路。她在电话里说：你现在就是配合，不用花钱，不用出力。只需随叫随到。想不到，罗润生对前妻这个思路，出奇地赞同。过去他可不是这样，刘金平做的任何事情他都反对，当然，也正是因为如此，他们的人生轨道才发生了改变。

　　刘金平说，当然，你能做的只有这么多了，也算是帮她做的最后一点事，她将来嫁了人，我们也就算彻底两清了，我绝不会再打扰你。她还说，北京上海的就业形势愈加严峻，深圳虽然也是一线城市，但毕竟然这几十年下来，各自还积累了一些人脉，这个时候不用，等到何时呀。刘金平希望女儿顺理成章地回到深圳，不要再受到任何负面影响。顺利地走在工作恋爱结婚生子的安全轨道里。当然，当务之急是先让女儿没有任何障碍进到设计公司，同时要让那个男孩子看上罗小娜。刘金平认为除了钱，还必须得有爱，否则女儿只能吸引到一些凤凰男。刘金平认为对方如果看到罗小娜生在一个完整的家庭里，女儿罗小娜就会得到加分。通过自己的这些年的工作，刘金平清楚知道，好多男孩儿表面很潮，说不在乎，实际上很看重对方家庭是否完整，是否有兄弟姐妹。到这个年龄了，刘金平诸多想法发生变化，对女儿的事，她愿意全力以赴，包括对细节的研究，对全局的把控都要想到。

　　路上刘金平的电话响了，把正在想事的她吓了一跳。接通之后，她的态度瞬间又发生了变化，像是鱼儿进了水里，全然忘记了身边还有罗润生和罗小娜。刘金平的讨好似乎是天生的，哎呀秦姐姐呀！你放宽心吧，我这儿给你盯着呢，收多少钱？还不是你们收嘛，别担心了，安心准备吧。他们家当然没有想到啊。万一呀，那也不怕，反正到时安排你们家的人守在签到台上，他们家的人我让他们盯着给客人戴胸花，送到座位上，干些走来走去的活，总之秦姐姐您就等着收钱然后过来请我喝茶感谢我吧。

电话里的人问了句什么，是个粗哑的女声。

刘金平又答：到时给咱们家儿子买个好车是当然的。

电话里飘出来的似乎是两只不屑的白眼：谁要什么车呀？又没几个钱。

刘金平满脸带笑：对对对，拿了钱在老家买个大房子才是真的。

电话里的人：谁稀罕？老家房子也不值钱呀，我要在深圳买个大房子的。

对对对，深圳是一线城市，要买就买这里的。

放下电话，刘金平又不放心，再看了一眼，才恢复了之前的表情：小户人家的势利小人，过去各家是把女儿当摇钱树，而在深圳，情况真是变了，这些农村人竟然把儿子当成了赚钱工具，多次来我这儿打听对方的家底、实力，竟然最后连定金都要人家女方出，真是太不像话了。

见车内沉默，刘金平又说了句，多数贪官少时受了穷，胖子多半小时候挨过饿，就是没安全感。老人的话真准。这种客人我看见就烦。

那你还骗人家，要让那个女孩子家早点知道才好，也少受点损失。罗润生忍不住说话。

刘金平白了一眼，冷冷地说：这是生意知道吗？又不是我们的孩子，管那么多干吗？

那也不怕到时人家过来找你算账呀。罗润生急着说。

刘金平继续说：他们交了钱，办完了事，然后各走各的，就是打架也是回家去打，反正都得离，我们担心这些干吗？两个人都没有发现罗小娜脸色已经有了变化。

罗润生说：那会害了一对新人的，他们是带了这些问题走进家庭的，总要面对，毕竟哪个人结婚都是对生活还是充满了希望的，不然干吗走到一起？

刘金平怪声怪气地说：谁让他们不带眼看人的，门不当户不对就是不行，成长总得付出代价吧。

代价太大了，这钱赚得没品没德！罗润生说。

我还想德艺双馨成为道德模范呢，可是后面喝西北风去啊，你管过我吗？女儿你养吗？这些年你都为这个家做了什么？眼下你倒是好，还成了大圣人，嘴里一套一套的。

你！罗润生被刘金平怼得说不出话。

刘金平还想再说几句狠的，罗润生电话突然响了，罗润生屏住呼吸，收起身体，接了个电话，是个女生，罗润生低低的声音说，知道了，好的好的。刘金平听见，回过身，脸色已经发生了变化，她冷冷地看着窗外，往事回到了眼前。当年，她不听父亲的劝阻，坚决和外省人罗润生结婚，想不到十年不到，因为罗润生受不了她本地人的颐指气使，终于离开刘金平和年幼的女儿，与别人好了。刘金平受不了这个，主动提出了分开。

想起这一切，刘金平痛心疾首，不应该条件反射地谈起生意，下意识中就与罗润生吵架。此刻刘金平掐了下大腿，让自己迅速回到罗小娜到家这个现实中来。

二

礼仪公司设在刘金平别墅的一楼。成立近二十年之久，培养了不少客户，有一些客人已是多次委托好百年负责办理自己的事情了，刘金平积下的好口碑便可见一斑。

罗小娜是被一阵低低的说话声和不远处主持人高昂的主持语催醒的，窗外正在搭台子，工作人员正在准备第二天的婚礼。罗小娜收回放到外面去的目光，细细观看满房子的挂图，还有曾经喜欢的各式各样名牌包包。昨晚怎么回到的房里，她似乎有点想不起来了，因为扔下行李，就约了同学出去玩了，在车上已经打定主意，不跟他们对话了。过了这么多年，原来她还是不想看见父母，她不后悔当初离开深圳去外地读大学的选择。此刻，罗小娜站起身在自己喜欢的美女战士面前停了下来，想起自己当年与母亲刘金平斗智斗勇的情景。那可是一个猫捉老鼠。什么《那小子真帅》《空等一夜》之类都是枕边书。那时候，罗小娜放学后不仅出入网吧，还会和学校的小混混结集在一起逃课打架闹事。她想用这个方式让父亲母亲注意到她，但是一直不能如愿。她不明白家长为什么这么忙，尤其是妈妈。连家长会都是她自己给自己开，当时有个家长被班主任训斥，家长洋洋得意说自己太忙，而老师说，忙什么？孩子的事情最大了，你忙什么？你再有钱又能怎么样呢？罗小娜想把这些金句转给做生意的父母亲，让他们反思一下别人是怎么想的。可是一直没有机会说出口，他们总是忙忙忙。包括母亲节的时候，罗小娜做好了小礼物，想要送给母亲，却没有办法和母亲说上话。连节假日都是罗小娜一个人过的。好在后来要抢她手机的那个快递小哥动了恻隐之心，每天拉她去散心，并做了可口的饭菜请她过去吃。

在快递小哥的出租屋里，罗小娜找到了属于她的温暖。为了躲开父母的眼睛，她放弃了家门口的好大学，选择了上海郊区一所民办学校读书，目的就是离开家。这次如果不是为了向他们要户口本，她还是不想告诉母亲的。这一次，她想要正式告诉父母自己长驻上海，包括结婚，不用他们担心了。她就是做搬运工、清洁工，也要离开深圳，永远不再回来。当然，前提是她先要拿到一笔结婚的钱、创业的钱，算是家长为孩子的人生预付了花销。

回到深圳前，罗小娜想好了如何与父母交涉这个事，先是遂父母的意，去家里为她找好的单位实习，配合自己制造的各种水土不服同事不和工作不力的事端出来，然后再慢慢说出自己的想法。她的计划是拿到钱后，马上离开深圳。当然，罗小娜的头脑还是不够用，这些主意是快递小哥想出来的。他后来成了罗小娜的哥们，他说，如果罗小娜同意，他愿意成为她一生的守护神。

罗小娜洗漱过程中想好了怎么说，然后推门出来，向公司的前台走去。先是看到母亲刘金平和一位打扮洋气的女人窃窃私语，还像当年那样，刘金平对客人那副巴结样儿，让罗小娜心生不快。她心里想，您大小也算个老总了吧，何必要低三下四呢。信里不是说改了吗？怎么还是这样呢？罗小娜对母亲的那些怨恨又回来了。

那女人说：他们那一家不同意到你们选的这个地方，也不喜欢你们家那个别墅区，说打听过人丁不兴旺，不吉利，非说要去海南或是普吉岛，也许是担心我们勾搭上，坑了他们家吧。最后还是我坚持他们一定要在你这里办的。如果那样的话，我们就对不起你喽，只得换另一家公司了。

这时听见不远处男主持饱含深情地练习，生病，病穷，你都愿意娶她为妻，你愿意娶这位美丽善良的女性吗？

听到勾搭两个字，刘金平的脸已经沉下来了，她话里有话地说，秦姐姐，您可别说得那么难听好吗？我这是做生意，需要勾搭吗？要说勾搭也是您主动的好吗？来的都是客呀，我有什么所谓呢，姐姐，反正定金是不退的，我又不会亏的。没有你们的生意，我就得饿死吗？那您也太小看我了吧。

被称为秦姐姐的人看起来穿着并不考究，十足小县妇女打扮。听了刘金平的话，她先是面部有些尴尬，随后赔上笑脸，一边在台面上抽了张纸巾擦汗一边说，呀，这不是姐姐和你开玩笑吗？还当真了呀，我不上你这儿结婚去哪里呢。随后，这女人指着门口的人工草坪和假树、假花说，你看你看，这里多漂亮，一辈子的大事，就得这么体面排场。再说了，钱又是他们家出的，花得越多越好。说完这句，发现自己失态了，于是她把脸对着正走过来的罗小娜，赞叹道：漂亮啊，一看就是你们家的千金小姐。唉，可惜我们家儿子没有这个福气。

刘金平讽刺并意味深长地说道，行了吧，好在你们家儿子没有福气。

秦姐姐听出了话里的意思，脸上露出一丝不快。

刘金平马上变了语气：当然，您也借了儿子的光了，今后可以住大房子，坐大车了。说到这里，刘金平放慢了声音，像是故意给过路的工作人员听的。不过呢，再好的福气也得有人会珍惜，否则最后还不是什么也没抓住呀，空欢喜一场。

说完这些刘金平已经消了气，给秦姓女人倒了杯茶放在手里。

秦姓女人做出假装生气的样子，哎呀不要得理不饶人啦！您的话我句句都放心里啦！随后，两个人会心地大笑起来。

过了会儿，刘金平阴险地在对方耳边私语，我可是做了工作的呀，你不能少了我的那份噢。

秦姐姐也来了精神，撇着嘴，我说呢，怎么就那么痛快呢。怎么做的呀？说来听听呗，也让我这个老太婆长长见识，学两招。

刘金平看了下四周才说，我是这么对他们家说的，他们虽然家境不如你们，可是人家并不满意你们女儿的脾气噢，现在的独生子女，受欢迎程度可是大打折扣，跟过去形势大不相同了。知道吗？被普遍认为是怪胎，尤其是性格，谁敢要啊，娶回家的是老婆而不是唯我独尊的女皇，你认为你们女儿真的可以尊老爱幼，三从四德吗？三亚那地方是不错，阳光海滩，阿拉斯加更有调调，我的公司也都有办法。可到了外地，您那个宝贝女儿，谁知道又会什么情况？本来就不想结，被你们连哄带骗同意上阵，可万一改变主意了，我可是一点没办法也没有了。

结果呢。秦姓女人已变得一脸兴奋。

刘金平拉长了声调，结果呀，结果就同意了呗。你还真以为是自己说服了他们来我这儿办婚礼的呀，如果有这个本事，你还待在小县城干吗？早就应该来深圳赚大钱了。

呀，老总小妹呀，我也就是那么一说，这事儿你得多费心啊，让他们不要变了，至于什么形式都听您的。

刘金平笑了，哪敢呀，还是听您的主意，我们就是一个干服务的。站在刘金平身后的礼仪兼公司副总也跟着媚笑了，是啊是啊。

三

事情的起因是埋单引起来的。

休息了几天之后，罗小娜去了刘金平为她联系的实习单位上班，也见到了有意为她安排那个富二代何加木。何加木是个建筑专业的毕业生，不愿留在家里做生意，希望到外面闯出一片新天地，家里也有意想让其锻炼一下，受点累，知道生意艰苦。罗小娜和何加木一见面，刘金平便感觉出来罗小娜对何加木并不反感，而何加木竟然也喜欢罗小娜这型的。回来的路上，刘金平甚至感到何加木的样子有点像什么人。想了一会儿发现是像前夫罗润生，心里窃喜起来，因为老话说不是一家人不进一家门。于是她打了电话给沈太太。这位沈太太便是前面我们提到的重要客户，也是刘金平二十年的老朋友了。除了为罗小娜找实习单位，还把何加木这抢手货放在罗小娜眼前。刘金平感恩老友为她做的一切。决定全力帮沈太太办个盛大婚礼，刘金平是打定主意这个婚礼不赚钱了，只收个成本就好。当沈太太告诉刘金平，不仅仅是找工作，连老公也赠送时，刘金平喜上心头。离开镇发展公司这么多年，刘金平除了认识准备结婚的年轻客户，其他合适的男孩子，她的确找不到。沈太太告诉刘金平，何加木可是个货真价实的富二代，不仅多金低调，人品还是一流的。刘金平被说得心里发痒。想不到，罗小娜最后不反感，还配合安排。听到沈太太描述过对方眼睛对女儿放光时，刘小娜心里别提多美了。

何加木后来还找理由接送了几次罗小娜，说是顺路，罗小娜一直还被蒙在鼓里，以为就是遇见一个爱向女孩献媚的帅哥而已，也乐得一个享受。不过，机场时父母二人的对话还是让她心里犯梗，往事重演，无法释怀，再次触到了童年单亲孩子的痛苦往事了。于是，罗小娜想着怎么找个机会报复一下才好。过程中，罗小娜的想法没有动摇过，因为对于母亲在工作状态中的那个做派，她确实认为是难以接受的程度。刚好，她猛然发现母亲暗示罗小娜要找年轻人出去玩玩，让罗小娜有了戒心并犯了恶心。她觉得母亲这个心机女，又把算盘打在了她的头上，于是她找到了一个机会去爆发。

罗小娜说：什么意思啊？鬼鬼祟祟的，这辈子你还能不能活得有点尊严，让我知道我的母亲是值得我尊敬的，而不是背后搞小动作的行吗？

刘金平听了，想到自己当初找人抢女儿手机，找人跟踪女儿行踪，又找女儿的同学来窥探的事情，理亏不敢接话了。那是母女二人关系破裂的分水岭，尽管这些年刘金平一直试图修复。虽然罗小娜有些缓和，但罗小娜还是记住了这个事，时不时拿几句话来点醒她。让她明白，自己是一个不合格的母亲。

刘金平不说话了。

当然，罗小娜这次回来还是有些变化。可是当她说我并没有想留下来，所以你不要有太多的幻想时，刘金平还是生气了。前一天，罗小娜看见母亲拿着两包海参送给沈太太。

刘金平再好的修养也忍不住了，说，宝贝，你不要再那么不听话好吗？不要再一意孤行，受苦的不是我，惩罚的不是我，最终一定是你自己。小的时候你玩的是成人游戏，上网交朋友，大了大了，反倒开始玩起幼稚园游戏，拿自己的前途开玩笑。罗小娜听了，遂想起那个快递员和她交代的事情。她还是不知道怎么跟妈妈说。快递员说过，如果他们家不做出一个回应，让他拿到补偿，他将要报复刘金平了，因为这个店可是很值钱。

想到这些，罗小娜说，我这辈子有什么幸福呢？生在这样的一个家庭里。

刘金平说，有吃有喝，有你花不完的钱，住不完的楼，你有什么不知足吗？

罗小娜说，你眼里只有钱，钱是万能的对吗？我什么处境你知道吗？

刘金平没有听明白女儿的话，她说，反正没有钱做什么都不行。

罗小娜，那好呀，你就和钱过吧。说完这句，她把门重重地摔上，她气呼呼地出了门，刘金平听见高跟鞋踩在地板上的声音越来越远。

与妈妈吵过架的罗小娜在路上就约了富二代何加木，她的目的就是要出气。

何加木敲开罗小娜宾馆的门时，见到对方裹着浴巾站面前，她的第一句是，你想和我做爱吗？免费，不要钱。

何加木红了脸说，对不起。这个事我是结婚以后做的，或者确定对方是结婚对象的时候才有可能。

何加木的回答让罗小娜有些意外，心里不免多出一份好感。

可她还是在穿好了衣服，拨通了一个电话后，夸张地对着话筒里的一个人说想你了，见面时我要你做几次噢。罗小娜见到何加木变了脸色，起身准备离开时，给自己点上了一支烟。她就是想让何加木看到她的不羁。想不到，电话里的男人还在，问她，事情谈得怎么样？

别忘了你可不是回去度假的噢。

出了门，何加木便打了一个电话给刘金平说接下来可能要离开一阵子，准备到广州的分公司上班了。

不是辞职吧？

放心吧阿姨，不是的，这么好的工作我还真舍不得，不过我不想打扰她的生活了。

下班之前罗小娜脑子里一直在想买个什么礼物送给母亲，因为第二天就是母亲节了。她已经等不及了，必须尽快和家里摊牌，说出那件重要的事情。从万家商场兴冲冲拿了货物出来后，直到被拦住才发现没有付钱。而这时，罗小娜已经被多名保安拦截在了门口，瞬时围观的人多了起来。罗小娜被围在了中间。刚才还兴高采烈的罗小娜很快被警察带离商场。何加木接到电话后，开车跑进派出所，为罗小娜做了担保并交了钱。这时罗润生也从城市里的另一端赶了过来，因为罗小娜的手机被警察暂时没收并交给了家属。拿到手机的罗润生发现罗小娜有一条没有写完的微信，是给何加木的，她本来是要向对方摊牌，让对方不要对自己上心，这一切都是被母亲安排的之类。派出所门口，有照相机对着自己，可何加木还是承认罗小娜是自己的女朋友，何加木这一系列的表现，被接到电话赶过来的刘金平和罗润生看在眼里记在了心上。欣喜同时，也生出自卑感。他们觉得女儿罗小娜配不上这么优秀，这么有担当的一个男孩儿。

回来路上，罗小娜不愿意坐母亲的车，何加木便让罗小娜坐上自己这辆。坐在车里罗小娜还是没有从刚才的惊吓中恢复回来，她再次想起当年手机被抢的事情。何加木说，你的样子怎么可能是做那种事的人啊，所以不要害怕了。

想不到当晚何加木打电话给刘金平：阿姨，实在不好意思，她已经受到了惊吓，您暂时就先不要告诉她我的想法。

见到罗小娜由强硬变成现在这样，刘金平心又软了，她猜到罗小娜对这个男孩动了真心，尤其发生这种事，他竟然不怕名誉受损，第一时间赶过去，又找了哥们帮忙，没让罗小娜受苦。换成其他人，或许早找个借口开溜了，谁愿意大庭广众下承认这么没脑的女孩跟自己有关系。想到这儿，刘金平有些心疼女儿，心想，这人好是好，可人家还是嫌弃罗小娜。

可又能怎么办呢，难道说这事不怪你，要怪就怪商场太不讲道理，连问清楚都没有，就急着报警，刘金平恨自己不懂法律，她隐隐觉得应该告了这家商场才行。想到女儿眼下正难受，罗小娜离开家这几年，刘金平经常反思，也用微信暗示过自己犯过不少的错，请女儿原谅。她甚至借用电影里麦兜妈妈的话，要知道，妈妈在外面也不是一个成功的母猪，来示弱。过去，她不会这样，要知道作为百年好礼仪公司的老总，她极少对别人说软话。刘金平立马把电话打给女儿说，你不是有事要说吗？罗小娜说：不说了，反正你们眼里只有工作。刘金平有些不好意思地说：年轻时太傻了，总想趁年轻的时候多赚点钱。罗小娜说，都是借口，你现在不年轻了，也有钱了，可你还是没完没了接电话、谈项目。当年我作业本上需要你签个名都没时间，想通知你第二天去开家长会也和你说不上话。现在，你接个两年没见面的女儿，你还要在车上谈生意，甚至，我想跟你说点私事都没时间。包括前几个小时我现在还想买个礼物给你，梦想您这个当妈的可以跟我说两句话，听听我接下来的打算，可是在我的眼里，你从来没有时间。

刘金平讪笑：家长会？不是去了吗？我还傻乎乎跑错了地方。罗小娜说：那是因为我被那些野孩子打了。他们要拉我进到他们那里，一起游戏人生，而我不想，我想当个听话的乖乖女，可是没人给我机会呀，你们一起把我向火坑推。当然了，不说了，我现在很庆幸我还活着，也没有吸粉，或者在少管所待着。当然这个钱是何加木交的，已经不算是我送给你的礼物了。本来是我要送给你的，以示我们和好了，你还可以在外人面前显摆一下，有个这么大的女儿了，虽然婚姻不算美满。

刘金平坐到女儿眼前内疚地说，是呵，我太傻了，陷到钱眼里面，不能自拔。

刘金平怪罗小娜不先给她打电话，而去找何加木。刘金平说：还没有结婚，连拍拖都还没有开始，就让他知道你有这么不靠谱太不好了。罗小娜冷着脸说：早晚都会知道的。如果我当年没有自律，距离那种身份也就是一步距离。

罗润生在罗小娜手机里发现了和那个快递小哥的事情。

快递小哥问罗小娜跟家里拿到钱了吗。

罗润生吓出一身冷汗，于是他以资深快递员的身份加了对方的微信。

刘金平住进医院是罗小娜准备向母亲摊牌的前一天。而这期间她代母亲接了几个业务电话，说的都是十天之后的婚礼。她清楚，如果违约，好百年需要赔偿客人十倍以上的金额。想了一天之后，从来没有做过生意的罗小娜只好在公司副总的请求下，代表刘金平，硬着头皮，把生意临时先捡起来，而回上海的计划也只好暂时搁浅。

罗小娜需要完成的第一桩生意便是那个秦姓女人的事。她是准新娘的准婆婆，从广东河源的一个小县城过来。面对罗小娜的冷脸，这个准婆婆显得小心翼翼，许多话她不敢对罗小娜直讲，只能哑巴吃黄连，怪自己打错了算盘。罗小娜发现自己没有那个耐性跟这个准婆婆说话，只好去请教公司副总。说了几句，便发现这个副总更像个助理，对于母亲的生意了解不多，倒是罗小娜明白了母亲这个生意人还是对员工留了一手的。

看见罗小娜两天没到公司，何加木打来电话，询问情况。罗小娜只好坦诚相告。到了晚上，何加木带来一堆资料给罗小娜，说：看起来只能速成了，不过，并不是什么高科技，只要用心学，都能学会。

罗小娜翻了几页书还是不得要领，于是她把两个正在彩排的男女喊过来问，你们愿意在一起吗？见一脸懵懂的女孩子看着她，罗小娜说，你这个婚礼不是强调特别，不要大路货吗？那好，你先回去照顾好父母，在这一段时间多陪陪他们，然后再可以想想这些年他们都为你做了什么，给我列出一个单子。

准新娘一脸不解。

罗小娜说，这样吧，你把从出生到现在的照片捋一遍给我，写上时间地点，什么情况。面对女孩张大的眼睛，罗小娜又说，你再把自己从小到大的病历本找出来，如果有作业本，也都找出来，都拿过来。

准新娘问，这跟婚礼有关系吗？

罗小娜说，有！

准新娘不高兴了，似乎想要发火。倒是准新郎懂事地扯住了女朋友，让其不要发作，这时女孩子的准婆婆没好气地说，人家让配合就配合嘛，毕竟是专业的。

专业？哼！准新娘一脸怀疑，摇着头。

按照广东的习惯，婚礼是下午举行的。罗小娜发现女孩子像是变了个人，扯住父母的手不愿意撒开，准婆婆眼看着自己本可以弄到手的钱被娘家人拿走，被气得不断叹气。

倒是做儿子的怕丢了面子，扯住母亲，劝其不要失态，心里怪母亲太贪心。而罗小娜和过来帮忙的何加木倒是躲在一旁偷笑。

想不到家里的生意突然变得多起来，罗小娜明显感到了吃力，最后只好求助何加木下了班就过来帮忙。

第二对要求办婚礼的人，是一对中年男女。他们当着罗小娜的面给了面孔白净的男孩子一个信封，说，结了就好，过上一年你就赚到十年的花销，不算吃亏。

白净男孩不满地说，不是说一个月嘛，我可是初婚呀。他看着自己翘起的兰花指讨价还价。

中年夫妻说，也行吧。只要让她知道做女人的味道就行了，她也没有白来这世上一趟。随后，中年女人流了泪水。罗小娜明白他们的情况，中年夫妻的女儿是个女同，一直不同意结婚，由于母亲以死相逼，女儿无奈答应举办一场婚礼，但条件是很快就要解除婚约，回归自由身。

从酒店预订、司仪督导、婚纱礼服，到场地布置、婚车摄影，罗小娜从头学起，到了第十天，罗小娜正和工作人员核对第二天工作流程，突然接了一个电话，电话里的母亲哭诉着，女儿最终还是跑了，成了跑路新娘。理由竟然是无法面对各自组成家庭的父母为了她，而重新站在一起。

酒店的菜布好了，婚车的费用也付了七成。

这个母亲留一点力气向罗小娜道歉，说发生的费用一分不少我会补给你们。

罗小娜准备好的火力，只好改成了安慰，说，她也许是为你们好，她怕你们会尴尬，难堪。

可是我们不会心安的，我们不需要她为我们好。

罗小娜说，你要理解女儿的心意。

这个母亲哭着说，是我害了她，如果她生在一个健康的家庭里，她不会这样的，都是我太自私太冲动，做了别人的后妈而把自己的女儿丢了。此刻做妈的哭出了声，你说我能心安吗？现在我们已经尽了全力弥补却还是不行。

放下电话的罗小娜突然感到筋疲力尽，她把手机打开，给母亲刘金平打了一个电话，说，一会儿别订饭了，我做好了给您送去。

走到厨房的时候，她发现自己什么也不会做。她看看何加木不好意思地笑了，何加木说，没关系，我会呀。

罗小娜高兴地说，那好吧，我们现在就去市场。

何加木变戏法似的从身后拿出一包肉和菜，说，有我呢，准备好了。

看着何加木忙碌的身影，罗小娜脸上的表情有些变化。这时她的手机响了，是那个快递小哥。

任凭电话响了几次，罗小娜还是没有去接。

两个人拿了饭去医院的时候，快递员小哥坐了火车到了深圳，并悄悄住在了红荔路的快捷酒店里。他换上新服装，戴上墨镜开始观察罗小娜一家人的生活起居和行踪。

等了两天没有结果之后，快递小哥突然发现了罗小娜和何加木从医院里成双入对地出来，于是气急败坏，他用手机拍了照，随后发一个信息给罗小娜：亲爱的，想我了没有。

罗小娜回了信息，妈妈病了，送饭，学着做生意。

快递小哥回了信息，别演戏了，不是什么母亲生病，而是有个新相好的吧。

罗小娜看了，左右看着，很害怕，但又不知道怎么办。她躲开了何加木想拉她的手。

何加木问，是不是我不好？

罗小娜左右看了下说，不是不是。

我是想请你再帮我一次，还有个婚礼需要帮忙的，是我妈妈收了钱的，时间早已订好不能改的，我要帮她完成。

何加木说，虽然没做过，不过别担心，我们可以一起学。

罗小娜对何加木说，眼下这一单有些特别，是个已婚夫妻，所以我们的台词都要重新做，没有现成的提供。

怎么回事啊？何加木有些不解。

罗小娜把资料交给何加木说，你看吧。

何加木看了一眼便说原来是他们啊。

罗小娜问：认识吗？

何加木答：是我们老板。这个沈太太和你妈妈很熟，你的这个工作还是她联系的。

罗小娜说，那个男人曾经是个当官的，有钱有势，早把当年的患难老婆扔在家里不再触碰。为了劝老公回心转意，做老婆的用尽苦心。面对小三的逼宫，老公还以为是自己太有魅力，谁的话都听不进去，被小三哄得团团转，连家也不回了，找人游说老婆用钱解决。实在没办法，她的老婆发了狠说，如果男人再提出离婚就去告他，反正她掌握了老公一堆证据。做老公的当然怕了，老婆提出不告也行，必须补办一个仪式，时间定在凤凰花开的季节，他们已经等了半年多了，就是要举办一个盛大婚礼，目的是气小三，让对方明白，这个男人还是自己的。

住院前的刘金平已经把文案做到了一半，在等待凤凰树开花的过程中，想不到事情突然有了变化，一是自己住进医院，另一个原因就是这位补办婚礼的老公因收了包工头的工程款，被工程的乙方告发了，这位老公被公司退赃并做了降职处理。接下来，男主角的小三失踪，不仅离开了男主角还来了一个人间蒸发。到了这个时候，老公才发现老婆才是对自己最好的人。于是老婆的五短身材变成了小巧玲珑，爱说闲话变成了可爱率真。这是失意男人的感悟。老婆在老公病床前忙前忙后了两个月之后，要求老公出院后花钱办个大一点的婚礼，目的是冲喜。所以婚礼的内容不能照搬年轻人那些，其中的内容，台词也不一样。

何加木欣喜地看着罗小娜，这么快你就可以掌握这么多，真是聪明。

不是。是我妈妈的笔记本里记下了这些。这么多年来，她这么辛苦，而我却一直在怪她。

何加木说，现在理解也不晚嘛。

不到两个小时，刘金平接到了一个电话，是何加木打过来的，他说不好意思，不想追求罗小娜了，以后也不会再见罗小娜。原来何加木在回来的路上被罗小娜的快递小哥拦住了。

放下电话，刘金平办了出院手续，收拾好东西，打了电话给罗润生，说有事商量，请过来一趟。

四

刘金平趁罗小娜去大鹏看场地，晚上不回来，特意约了何加木来到了自己的老房子，是大有深意的。刘金平曾经对老房子要不要卖掉，还是给女儿做嫁妆考虑过多时。她之所以约到这个地方，有自己的打算。原因是这个地方离罗小娜和何加木的公司都不远，如果何加木同意和罗小娜拍拖，一切又按预想的那样，刘金平准备拿这套房子做筹码，她相信没有谁能禁得起这样的诱惑。刘金平急于要做个补救，她希望这个何加木与女儿继续交往。很明显，她看到女儿罗小娜已经越来越喜欢这个品质不错的男孩，据刘金平的了解，除了何加木，女儿罗小娜可从来没有认真在乎过谁。

天上下了小雨，云彩压得很低，到处都是灰色。为了显示自己的诚意，刘金平走到路口去等何加木。电话里，她让对方打的士，刘金平做好了付钱的准备。男孩坐的车一停，女人就掏出了钱。男孩则要争，刘金平的钱已经递了进去。下了车，男孩子拿出雨伞举在刘金平的头上，让自己的半个身子淋在雨里。

一路上没有说话，包括进了小区里面，需要登记的地方。刘金平跟保安说过等会儿有个亲戚过来。这么介绍的时候，她心里也觉得有些别扭，想不明白为什么这样说。为了罗润生，刘金平被自己的大家族抛弃了多年，她差不多没有了亲戚。她曾经是个骄傲的本地人，有钱有土地。农村城市化进程之后，把刘金平和她的村民们变成了没有文化的人，本地人成了一群多余的怪人，现在还有谁知道劳动村，有谁知道那个最早开马自达轿车的村书记在哪儿。曾经风光无两的劳动村早成了历史，而刘金平则是这个风光无两的劳动村书记家里的千金小姐，本来可以坐拥分红，按时收取厂房的租金。现在，她不仅什么都没有，还成了一个弃妇，所以她比任何人都恨外省人。那些打着建设者旗号的外省人不仅抢了他们的饭碗，还抢了他们土地，最后又抢了她的老公。作为村书记，刘金平的阿爸是含着恨离开这个世界的。当然这些都是多年前的陈谷子烂芝麻事，没人愿意听，尤其是刘金平的女儿罗小娜。

刘金平多年前曾经对管理处交代，我们家来的都是女人，将来也不会有男的过来。她的目的很明显，她要坚决阻止罗润生回家的路。

而这一次，为了女儿，刘金平竟然迫切希望罗润生早点过来，他的手艺不错，如果能为眼前这个男孩做顿饭，表达一下感谢，就再好不过了。实习期间，作为小师傅，何加木教了罗小娜不少东西，包括为罗小娜做担保和垫付了钱。这一次，刘金平是要说些大事的，包括说到这个房子，毕竟是大事，没个男人不行，主要是不像，人家不会相信。刘金平早就在电话里做了分工，哪些由罗润生说，哪些归自己讲。

又等了一会儿，罗润生还是没到。刘金平只好端出准备好的饭和菜。本以为做得还行，结果吃到嘴里发现很苦，何加木吃了几口便说饱了。刘金平准备好的话，也只是讲了个开头，便说不下去了，两个人中间是几只装了菜的碟子。

刘金平真的希望男孩接受这个嫁妆，或者额外要些钱。这样的话，他和罗小娜的关系便不会那么快断，也在可控的范围内了。

茶几上面的长笛是特意摆的，是为了能吸引住这个叫何加木的男孩的目光，然后打开话题。因为其他人家不可能有这种东西。乐器主人是个温州人，全城下海经商的时候，他不为所动，南下深圳，追寻自己的梦想，在歌剧团当了一名乐手。想到这些，刘金平心潮起伏。这些年，她总是在想，如果时光倒流，她还会不会喜欢罗润生，义无反顾，放弃村里的分红，坚定地嫁给他这个外省人。

刘金平本来已经准备了相册，想给何加木看看，又担心对方发现罗小娜的父亲后来再没出现过，又放弃了这个想法。过了一会儿，连刘金平也觉得不自在，取下一件衣服披在身上，把沙发上的抱枕放在了怀里，听着时针嘀嗒在响。前面应付了几句，现在，两个人终于不想再客气下去，房里出现了寂静。

在刘金平心里大骂罗润生不守信用不能为她解围之际，活泼不够，稳重有余的何加木突然说话了，而且让刘金平始料未及。

其实我母亲为我们兄妹做了巨大的牺牲，她受的那些苦是别人想不到的，包括家庭暴力，在那个时候，她的很多姐妹都劝她，不要过了，骂她活得没有尊严。那个时候，我还小，她没有避着我，以为我什么都不知。

何加木说：我一直发奋读书，因为我提前懂事了。您知道吗？我的那个村子曾经上过中央台，因为很多家的小孩子跟着大人一起制毒、贩毒，没有人愿意读书。而我是个例外，我发奋读书。我的目的就是把母亲带出去，让她离开我的爸爸。

刘金平突然想喝点什么。

何加木说：这个理想贯穿了我的小学到高中，我一定要让她离开那个家，哪怕我去做苦力，也要让她过上新生活。在我收到录取通知书的时候，我们兄弟姐妹跟我妈做了一次重要的长谈。希望她离开阿爸，不要再挨了，我们向她保证，会赚很多钱养活她。可我的母亲说，那我的苦不是白受了吗？我说，你不是一直想要离开他吗？我的母亲没有同意，结果阿姨您也知道了，我最好展现给别人的是生活在一个看似完整的家里。我们兄弟姐妹曾经也觉得她贱，活该挨打，不可救药了。可是她就是不离。您绝对想不到，这个时候我阿爸突然改了，他突然变成了一个特别疼老婆的人，或许我们这些孩子非常争气，让他受到了刺激，不仅改了性情，还开始做起了生意。现在那个镇里的灵芝、樱桃树都是我们家种的。已经出口到了东南亚。

所以说，有时坚持不是一件坏事。

刘金平停顿了许久，不得不说话了。她说：看不出你是一个90后的新新人类，你的观念太老了，而且还是以牺牲女人的幸福为前提。很显然，你的意思是教育我应该坚持，然后等到我青春不再的时候，有可能会换来老公的真爱。你知道这次赌博的赌注是什么？

何加木说：阿姨，我知道您的意思。可我的母亲爱我们，包括我阿爸，所以她心甘情愿，不觉得苦。而在她的感念之下，我们没有学坏，阿爸那个浪子终于回了头，你不觉得她的爱很伟大，很不一样吗？

刘金平说，你这么想太自私了，对你母亲不公平，完全的男权思想。

我阿妈不这么认为。另外，阿姨，我想跟您说句实话，希望您能承受得起。您不自私吗？当初您不顾父母的反对，只为了追求不一样的人生，找了外省人，把家里的分红分走了一大块，让每天为村里人做工作的父亲丢了脸，这份任性一点也不比现在的罗小娜逊色。而等结了婚之后，您又不考虑女儿的感受，只想到自己的尊严。您知道一个没有生存能力，还没有选择权的女孩子内心的伤痛吗？在你们离婚之后，她每天是怎么过的？90后的孩子们，真的那么没心没肺吗？麦当劳肯德基便可以麻木了他们的神经吗?

九点钟。全城响起科学馆门前大钟的声音。

何加木看看表,又看了看窗外,起身准备说走的时候,刘金平听见了那熟悉的脚步和拉门声,罗润生回来了。

门铃的声音总是很大,安静的时候,许多家都能听到。刘金平故意把门虚掩着,罗润生省掉按门铃环节,像家人一样进到了门里。此刻他慌里慌张在门口换鞋时,喘着粗气,刘金平快步迎了过去,她被何加木劈头盖脸的这一顿批评,内心翻江倒海正委屈得想哭。由于走得太快,她差一点撞到罗润生的怀里,在门口时还崴了脚。过道尽管很暗,看得出,罗润生认真收拾过自己,换了条新裤子和干净的皮鞋。男人走在前面,眼睛四处看着,低声问客人在哪儿。女人跟在罗润生的后面,说不出话,用手指了下客厅。她觉得自己如果只要说话便会放声哭出来。

像是知道刘金平不愿意说话,何加木主动再做了一个自我介绍,并与罗润生握了下手,他竟然像个主人那样,指着沙发请罗润生快坐下。面对蒙掉的罗润生,何加木说你们的罗小娜非常漂亮、聪明、领悟能力强。

听到这话,刘金平已经感到了不安,她发现眼前这个男孩与之前的那个何加木判若两人。她害怕这男孩像刚才那样,说出吓人的话。她已经领教了眼前这个叫何加木的男孩的厉害。

刘金平做了一个深呼吸，说："你也不错啊，我和叔叔都喜欢你。"说话的时候她把手搭在罗润生的手臂上，暗示他应该说话了。

罗润生把半秃的头低着，半晌才说了句：孩子，叔叔尊重你的任何决定，我今天有事过来晚了，对不起啊。

刘金平在一旁生气了，这是要挽回吗？过来过来，难道不是强调过这里是家，不要说漏了吗。刘金平不想看见罗润生的蠢相。

这时，罗润生的眼睛瞪着刘金平："愣着干吗？还不拿酒过来，让我们爷俩喝点。"罗润生已经发现了茶几上的长笛。

"好的好的，我怎么忘了呢?"刘金平嘴上应得欢快，可心却开始糊涂。她不知道罗润生葫芦里到底卖的是什么药。突然意识到摆乐器这个想法太棒了，说不准等会儿还可以表演一段呢。表演完毕，她可以带动何加木一起鼓掌。到时候话题自然就打开了。此时，她忧心忡忡，不知道接下来怎么办。自己说了一晚上，原来人家什么都清楚。自己的戏码被揭穿了。而罗润生还不知道这个何加木对他们家的情况早已了如指掌，她之前设想得多好啊，比如，何加木看见罗润生和自己这么恩爱，会受到鼓励，愿意与罗小娜交往下去。她还梦想可以看见未来的女婿和罗润生坐在厅里或阳台上，喝着温热的烧酒，而自己扎着一个艳俗的小围裙，在厨房里忙前忙后，时不时被男人叫着：老婆子，再炒两个菜吧，我还想和女婿再喝一杯。眼下看起来，这一切都太讽刺了。

发现罗润生喝多，是何加木站在厨房门口，叫刘金平过去的时候说：叔叔睡着了。男孩也意识到女人的尴尬，说得回去了，让刘金平好好照顾叔叔。

刘金平心里发着狠，让他死吧。她再次相信命运，她深刻地明白，女儿的恋爱已经泡汤了。这个男孩子也让他快滚吧，竟然说出那样的话，太让人无法接受了。如果女儿嫁给了这样的人，不知道要忍受什么呢，到底谁才是自私的呢。

送走男孩，回到客厅前，她准备好了一肚子骂人的话。见到罗润生把口水流在沙发上面，往事又回来了，有一阵，他就是这么颓废。刘金平恨自己在之前厨房的时候，自己还哼着歌儿，真是乐极生了悲。此刻，她拿起打开的酒瓶子，仰起头，对着了自己的嘴，深深地喝了一大口。一股辣辣的液体流进身体，烫着她的五脏六腑，让她觉得痛快。随后，刘金平用酒瓶碰了下罗润生，见对方正慢慢睁开了眼睛。刘金平说，别睡了，快走吧。这不是你家，着了凉，我可担不起。

罗润生似乎醒了过来，说：走了吗？他是什么时候走的？这个男孩子不错。

走了。此刻刘金平想哭，想骂人，骂罗润生，骂自己，骂这个世界，正是这些合谋者，把她刘金平女儿的幸福给毁了。

这时，一只手放在了她的膝盖上。罗润生仰着脸看她的时候，竟有些像个孩子，声音也跟过去不同，他说，别自责了，我们家的女儿配不上。

为什么？刘金平对着罗润生的脸吼叫。这些年她被失望自责折磨着，如果女儿过得不好，我怎么能好，我们？何时成了我们，我是我，你是你，今天，不过是让你来客串一下父亲这个角色，只是，你演砸了，我们没有帮上女儿。刘金平低声而绝望地哭泣。

罗润生低着头说：是，我很遗憾，怎么就演砸了呢？说完，罗润生从沙发上坐了起来，他整个人彻底清醒了。

刘金平拖着哭音，女儿变好了，而我们家长没有同时变好。这些年刘金平盼望女儿有正常的家庭生活，有男孩喜欢她。因为小时候受过歧视，已经转了几所学校，已经没有好一点的男孩子愿意接触她，连她自己也灰心了。不工作的时候，刘金平会怪自己太粗心，没有同女儿一起成长，教一些女孩子应有的常识，包括如何搭讪心仪的异性。这两年刘金平已经放弃了原则，去广场跳舞，去菜市场，过去，她是讨厌那些广场大妈的行径，太闹了，实在不合她的心境。而此刻，刘金平相信，那些妇女的家里一定有个可爱的男孩子。有了这些想法之后的刘金平开始对自己的人生有了规划，包括锻炼身体，为了应付各种家务，包括将来为女儿带孩子。想到这些的时候，她感到连说话都温和了许多，她早忘记了身份。

有时候，刘金平在路上见了院子里运动的男孩，主动上前搭讪：我们家罗小娜也喜欢打球。遇见哼歌的男孩子，刘金平会说，我们家罗小娜也爱唱歌，唱得还真是好听。在过去，刘金平绝对做不到，她凭什么要这么低三下四，你算老几呢？老娘有大把的钱。刘金平看得起谁啊。有时间跟我们家罗小娜见见吧，她已经回来了，这家次回来可能不走了。说完了这一句，刘金平感到了心酸。

有时夜里睡不着，刘金平会上网查找相关知识。网上说单亲家庭的孩子普遍惧怕婚姻。这是他们这些人一辈子的病，如果境遇不好，交流不顺，随时会想到重蹈父辈的覆辙。每每想到这些，刘金平都会感到了无望。直到她偷偷上过这位男孩的微博，上面传了许多猫狗的图片，她想一个人如果能对小动物都这么好，相信对人也一定不错。

只有把女儿托付给这样的人，自己才能安心。也只有这样，罗小娜才能忘记那些不愉快的往事，重新生活。

罗润生坐在沙发上，眼睛盯着长笛。他知道刘金平还在为前面的事情生气。罗润生管住了自己的手，忍着没动。刘金平为他倒了一杯水。男人刚喝了一口，女人便从柜里拿出一瓶红酒，给他和自己分别倒上。

刘金平喝了一口问，你说，她这辈子还会有正常家庭生活吗？

罗润生拿着杯，低下头，眼睛看着酒，用力喝了一口说：会有，一定会有。罗润生的样子很坚定。

刘金平觉得男人的心虚弱得一塌糊涂。看着看着，她的恨堆积起来，像是一座火山：你如果不是瞎混，非要闹那些事情，孩子会变成这样，会恐惧婚姻吗？原来是多么好的孩子啊，阳光、孝顺、懂事。刘金平伤感了。

罗润生安慰道：再大一些就好了，你看哪个女孩，三十多或四十了还游游荡荡不想成家，多不好意思啊，年轻的时候，做什么都不算太难看，图好玩嘛。你年轻时不也是那样吗？对，我记得，那时候，你那么胖还穿牛仔裤，我当时想，这个女孩也太可爱了吧。

用现在的说法是婴儿肥，喝开水都长肉，我连晚饭都不看，你给我买的鸡蛋，我没怎么吃，全给人了。刘金平回答。

是吗？不记得了。罗润生闷闷不乐地答一句，显得有点心不在焉。那时，他还不知道刘金平的村子里可以分红，那时，罗润生只是个穷小子，什么都舍不得用，省了钱，给刘金平买营养品。可这些，刘金平哪里懂。

你不喜欢胖，我知道。刘金平似乎想起了什么，看着罗润生的眼睛。

男人看出刘金平的情绪，说：其实胖也挺好的。

是吗？不要言不由衷了吧。刘金平故意发出讽刺的怪声，男人当初找的那个女人就是一个苗条的。

两个人不再说话了。过了一会儿，罗润生拿起瓶子，给刘金平加了些。

刘金平盯着酒瓶，说：刚才你太没有节制，应该让那男孩子多喝，说不准，他头脑一热，就会说出愿意娶我们女儿做老婆的话呢。到时候也收不回来了，然后我马上就可以给他们操办，连缓冲的余地都没有。刘金平先是洋洋得意，为自己的能力得意，很快她便回到了现实当中。

他问过男孩子对金钱怎么看。

喜欢呀。何加木说。

哦。刘金平听了，有些失望，她希望何加木说钱不够，或者寄回乡下，说老家生活困难，那么刘金平就可以说：不用担心，我们会帮你。接下来，她就有机会把后面的话说出来了，比如你们家的困难也就是我们家的困难。

她怪罗润生不懂接话，应该把这些话巧妙地放进去。

别费心了，这么低三下四，人家根本不缺钱，什么都不缺。为了证明自己的说法，罗润生又补了句，如果是你的孩子，你愿意找个在单亲家庭里长大，心理有问题的孩子结婚吗？

刘金平连想也没想便答：不愿意。说完这句，她才反应过来，于是她低下了头，看着地面。她看见一根头发。那是自己掉的。为什么白发不掉呢？离婚之后，头发便慢慢变白了。最初她还到发廊里去拔，现在太多了，拔不过来，只能染。

刘金平把酒喝完，发现罗润生低着头，若有所思，不再说话。刘金平问：是不是出来太久，要回去了吧？

罗润生说：没事。

没所谓啊，其实你说想回去，我也没所谓的。对了，早知道事情会办砸，你为什么不把那个女人带过来呢？让这个男孩子看见我们家这些复杂的关系多好啊。刘金平忍着心里的气，开始挑衅。

是不是等下你这儿还会有人过来，我们耽误了你接下来的时间吧。罗润生显得有些客气。

刘金平说，眼下就是你们两个手挽手站在我的面前，我保证也心平气和，还送你们祝福呢。

罗润生说，你不是说过，见到了，要杀了她吗？

刘金平摇着头说：管不过来了，眼下，只要女儿能幸福，我做什么都愿意。

罗润生不再说话，过了一会儿，他伸出手，想摸下女人的头，安慰一下，又觉得不合适，放下了。分开很多年了，如果没有罗小娜，他们可能早就不见了。因为女儿，他跑回来很多次，都被门口的保安拦住并阻止他。当然，罗润生为此也报复过，目的是想让刘金平不要那么绝情，只是他选择的事情不对，错过了与刘金平和好的时机。那次是罗小娜生病，打完针已经半夜了，路上打不到车，担心女儿着凉，只好联系他。罗润生第二天才打回电话。这些事情原来女儿全都记在了心里，最后变成病。这是刘金平在女儿离开深圳去上大学后，在女儿的微博里看到的。

刘金平喝了口酒说：谢谢你愿意过来。

客气了，你这也是尊重我嘛，毕竟我是爸爸。罗润生说。

两个人又坐了半个小时，其间各自喝了几次，罗润生的手机有微信，他想了一下，才回复。刘金平发现罗润生的眼睛已经老花，要把手放很远才能看清。她的也花了。

刘金平说："回去吧。"

你知不知道，有段时间，我特别恨你。罗润生突然站住，他反回身，对着刘金平的眼睛说。

刘金平惊住了，这原本是自己的话，何时成了他的，对方有什么资格。罗润生刚刚还一脸惭愧，现在却要倒打一耙，这是一个什么世道。刘金平忍住了怒火，故意表现得平静，问了句，噢？那说来听听吧。

罗润生说：你看不起我，我整个人废了，没事业，没有人看得起。

刘金平答：我没有，我只是看不起你的颓废和找女人。

罗润生说，是我害了你们。

刘金平说，我当时不行了，崩塌了，差点从二十层楼顶跳下去。见罗润生不说话，刘金平又说，其实是无望。每天凌晨两点钟醒过来，不知道怎么办。

罗润生说：为什么不给我电话？

刘金平说：哪敢打扰啊，你当时正和另一个女人卿卿我我。

罗润生说，根本没有，我也在失眠，你以为这些年我过得好吗？

你也会睡不着？刘金平发出冷笑。

罗润生说，我后悔死了。可是你不给我机会，我在出租房辛辛苦苦做好了饭菜，给女儿送过来，可是见不到人，你把她藏起来，不让我见。有一次，你还当着很多人的面把饭倒掉，还当众骂我。你知道今天我为什么迟到吗？

刘金平说，为什么？

罗润生突然改了话题，他说，我会鼓励何加木追咱们女儿的，放心吧，作为男人要勇敢。这时，罗润生突然来了急转身，转回到客厅里，像主人一样，把自己摊在沙发的中间，两只手像蝙蝠的翅膀搭在了两侧。刘金平觉得罗润生这个动作过于夸张。

刘金平说：人家身体好好的，家庭也完整，这样的人怎么会看上我们女儿呢？说到这儿，她叹了气。

罗润生说：我们的女儿怎么了，她年轻、漂亮、热情。

可是她害怕婚姻，担心走了我们的老路。这些天，我一直看她的微博。刘金平说。

罗润生说：以后会好。

会吗？那些日子她忘不了。刘金平把话说到这里，心里竟是一阵刺痛。

沉默，客厅里似乎连呼吸声也没有。

如果我把房子当嫁妆给那个男孩子，你认为他还会想放弃吗？罗润生的声音好像从遥远的地方传来。见刘金平盯着自己，罗润生又说，眼下这个形势，房子还是比较大的诱惑。绝对可以诱惑到他。

诱惑？难听死了。刘金平瞬间瞪了罗润生一眼。

随后，刘金平似乎得了把柄，越发逞能，她冲着罗润生的脸：你终于承认，你们男人是这德行了吧？我有句话一直想问，请不要介意，如果不妥，就当我没说。

你问吧，客气什么呢？罗润生故意装出轻松，身子却已经紧张起来。

当初我可以选择分红，同时留在我们村里享受那些厂房的租金，前提是不跟你这个外省人结婚，你认为我会这么做吗？

你后悔了吧？罗润生。

连发丝下面的头皮也红了，罗润生已经彻底仰在了沙发上，双手托着后脑说，钱跟我有什么关系呢？

说得很对，的确与你无关。家里的吃喝拉撒一切开销你从来没有问过。刘金平冷着脸，脸对着窗外。乐团解散后，罗润生把自己关在家里，如同丢了魂。

不是那意思，我只是不喜欢你的傲慢，似乎有钱就可以欺负人的样子。罗润生的脖子露出青筋。

刘金平说：欺负人？你认为我众叛亲离，最后和你走到一起是为了可以欺负你，为了在一个对钱没有兴趣的人面前显耀钱。想不到，刘金平把罗润生两个人吵架的那些话全记在了心里。

罗润生红了脸说：你还记得这些。

罗润生又回到最初的话题，谁敢抛弃我们的女儿，我会跟他拼命的。

刘金平说，这回你应该能理解我阿爸为什么被你气病了吧。

罗润生顿了下，说，清明的时候，我会去看他，向他道歉。

罗润生，我告诉你我的答案，如果现在还是让我在分红和你之间选择，我还是会选放弃分红。

别说了。罗润生坐了起来。

刘金平跟着也坐起来，随后她扶着沙发站起，指着外面的阳台说，你想看看花吗？还是当年你种的呢。

谢谢你帮我打理，善待它们，我现在一盆花也不想种了，没心思。罗润生说。

刘金平苦笑了下：有什么办法？我又不忍心看着它们枯死。

罗润生眼睛盯着女人的鬓角，说：我没看错，你真的很善良，是个好姑娘。

才发现啊，可惜是姑娘的妈了。刘金平有意换了一个角度，她担心刘润生可能见到了自己的白发。

罗润生说：剧团解散，我成了穷光蛋，可你对我家还是那么好。父母不知道我下岗，没工资领了，还为难你，连我都看不过眼，跟他们发火，最后反过来你劝我，不要跟老人发火。这些话我全记得，谢谢你。

这一句之后，罗润生想要抱抱眼前的女人了，见刘金平突然瞪了一双眼睛，又吓得缩回了手。刘金平说：只要他愿意和我们女儿结婚，我会一生一世爱我们的宝贝，让她尝到爱情和婚姻的幸福，我把所有的钱都给他也没关系。

罗润生看着女人，很久没有说话。

刘金平急了：难道说错了吗？她如果不幸福，我也不可能幸福，留这些有什么用，难道带到棺材里吗？

罗润生说，听说深圳剧团要恢复了，我不再是一无是处。

刘金平说，你还能回去得了吗？

可以啊，我至少还可以当个老师吧，如果不行，让我搬搬道具也行，只要每天可以听到乐器的声音，看见那些同行幸福的样子。罗润生说。

这时，罗润生的电话突然在夜空中响起，声音越来越大，仿佛是警报，在深圳的上空划过。

你接吧。刘金平故作大方地说。

罗润生起了身，快步走进厨房，拉上了门，轻轻地喂了一声，然后声音越来越小，直到听不见。刘金平看着窗外，发了一会儿呆后，她抹净了眼泪，把最后的一点酒倒进杯子，仰了头，全部喝完。

你醒了吗？刚才的话忘记了吧。我没有让你认账的。听见罗润生回来了，她酸溜溜地问。罗润生没说话，衣服贴着墙，发出闷闷的声音，一坐下，便拉住了刘金平的手。你干吗呀？喝多了吧，请不要这样。刘金平的表情严肃。

罗润生眯着眼，端详刘金平新染的头发，说：喂猪还是喂羊去哪儿都行，都听你的。

刘金平知道罗润生说酒话，不可能实现，再说，哪里去找那种地方，可她愿意听。不知为什么，她觉得，这些话合她的心。两个人又喝了一瓶，随后便失去了知觉。

五

两个人醒来的时候，才发现昨晚失态了。正想着掩饰，突然听到了敲门声，原来是罗小娜从大鹏回来，正在开门，慌乱的刘金平让罗润生抓紧藏好自己，免得让女儿误会。想不到罗小娜进到房子里安慰了妈妈，问妈妈身体好了吗，说大可不必这么快就出院，应该再观察几天。接下来，罗小娜说，你如果当年给我找个好的爸爸，就不会生病还要回来干活赚钱。

刘金平着急给罗润生辩解。她说，你爸爸也不是这样的男人。外公病的时候都是他忙前忙后，那时我生意丢不开，他去广州陪着他。外公走的时候还夸你爸爸好，让我不要太争强好胜。

罗小娜说，您这是夸那个自私、懒惰、没有责任感的罗润生吗？

刘金平向屋里看了眼，着急地说，是你爸爸，不许这么说。

不是你让我不要叫他爸爸的吗？罗小娜不满地哼了句，小时候你不总是想给我改姓吗？

刘金平说，我有不对的地方，没有顾及你爸爸的感受，当年他的压力太大，而我只想到了我的付出。

罗小娜在房里东瞧西瞧，若有所指，故意大声说，哟，您还有不对的地方呀。

刘金平看了一眼讽刺自己的女儿说，别这样，是我嫌他落魄后自暴自弃，越来越自卑。

原来这么回事呀。罗小娜故意拉长了声音。她的眼睛四下寻找着，像是故意说给罗润生一样。随后，罗小娜又阴阳怪气地说，你是不是后悔了呀？

刘金平不说话，警惕地拦着要进到里屋的罗小娜。

这时罗小娜安慰道，你不会后悔的，你永远是伟大光荣正确的。哪怕一个人住在空荡荡的大房子里面，吃着方便面，被老鼠蟑螂吓得哇哇大叫也没关系，反正钱是第一位的。

刘金平说，当然，你爸爸也做过对不起我的事情。

过去了这么多年，还记得呀，算了吧，谁没有过错呀，再说，说不定他的肠子早悔青了。

这时罗小娜似乎也想起什么的样子，眼睛四下看着，然后漫不经心地说，那好吧，您以后就得更加好地照顾自己了，我帮你的忙也帮完了，该回去收拾东西，打道回上海了，一会儿就走。

柜子里的罗润生显然听全了母女的对话，惊得掉出来。罗小娜继续背着手在屋子里走着，意味深长地看着罗润生和刘金平，说，我还以为是哪个英俊男人呢，唉，这么多年了，你的审美怎么就一点没有提高过呢。唉！

刘金平正要予以反驳，罗小娜的手机突然跳出一个微信：你什么时候回来？说好的事情呢？罗小娜紧锁眉头，她想要躲开父母打这个电话。此刻，罗小娜并不知道刘金平的家已经被一双戴着墨镜的眼睛和窗口一个望远镜盯着。这段时间的酒宴上还会出现一个神秘人物，这个年轻的男性与所有客人都不同，他只吃眼前的东西，在刘金平或罗小娜准备靠近的时候，立刻闪开。刘金平和何加木走在街上的时候，不远处会有人跟踪，她的手机还会收到快递小哥的问候。这时罗小娜会突然害怕起来，眼睛四下看着，没有发现任何问题后，才继续走。

快递小哥终于等不下去，他预想的一百万如果还不到，母亲的手术费就没有办法交了。

罗小娜一时间无法跟父母说这件事情，这个故事说来太长了。早在罗小娜高考前便已经知道是母亲安排的，而这个所谓盗贼竟是被母亲利用的快递员。为了阻止快递小哥去派出所讲清楚，罗小娜约定，工作后给他一个赔偿，想不到，由于母亲生病，快递小哥不能再等了，希望罗小娜提前兑现自己的承诺。后来，又说罗小娜以身相许也行，再到后来便要采取行动了，除了以男朋友的身份自居，还说要来破坏好百年的生意。

你愿意给爸爸一个将功赎罪的机会吗？罗润生说，这件事我想帮你处理。随后，罗润生对一旁云里雾里的刘金平说，昨天我接到的两个电话都是这个人的。

罗小娜把手机交给了父亲。

三个人围着手机，由父亲给快递小哥回复：深圳是我的家，我是这个家唯一的孩子，父母的年纪也大了，我需要承担起照顾他们的责任。

不是说好了你拿到钱，就回的吗？

可是他们的钱一分一分怎么赚的，我很清楚，我不能再傻下去了，他们是我的亲人，而不是仇人。

快递小哥回复，你是不是不想再见到我。

罗润生抢先回了，是。

那也行，这些年你母亲是不是欠我一个补偿和道歉。为了这件事情，我连过去那份工作都失去了。

你不是说也想追我的吗？咱们还谈钱吗？

算了，我们不是一路的人啊，话都没法说，你们还是给我钱实在，反正你家里有钱。

我说过了，不会给你的。

快递小哥的回复：那我只有自己找她了。

罗润生：你想怎么样。

快递小哥：给我一百万我就不再纠缠了。

罗润生回答那可不行，太少了，你如果以敲诈犯的身份被送进去，这个钱的数目实在太不值了。

对方问：什么意思？

罗润生看了眼刘金平，回复道：我们可以支持你给母

284

亲交手术费，但也只是朋友的帮忙，而没有其他。我代表妻子可以当面向你道歉，当年害得你失去了工作。不过呢，我们还是得去趟派出所，把当年的这个事情说清楚，也是为了给你正名，毕竟你离开快递公司的时候很突然，成了一个谜。

没想到何加木突然敲了门进来，刘金平和罗小娜一下子紧张起来，不知道说什么。原来，罗润生已经猜到何加木为什么有这么大的变化，他通过电话与何加木做了一个交流。何加木坦白了快递小哥找过他。经过认真考虑，他发现自己还是喜欢罗小娜。刘金平突然明白最近罗润生的秘密电话和微信是怎么回事了。

五月里最后的一场婚礼是罗小娜筹备的，地点定在了碧海蓝天、风光旖旎的深圳大鹏半岛。

参加的客人除了几个亲戚，还有何加木和罗小娜公司的小伙伴们。罗小娜的实习快结束了，不过，她的计划是由何加木陪同，回学校参加答辩。回深圳后，接管好百年生意，在男朋友何加木的帮助下，对母亲经营了二十年的公司来个全新的改革，因为她发现60后的观念太落后，她实在看不过眼。她要把好百年经营成为红荔路上最火最新潮的一家。

副总兼帅哥司仪举着话筒问上身西服，下面沙滩裤拖鞋的新郎：你愿意娶这位刘金平小姐为妻吗？

罗润生咳了声，故意卖关子，他无限温柔地看着眼前的女人说，有皱纹了呀，听说还生过孩子，那我得好好考虑一下才行。话音未落便惹得司仪和年轻的客人们大笑起来。

随后，司仪再问：你愿意嫁给身边这位英俊潇洒的老男人为妻吗？

穿着白色婚纱的刘金平害羞地笑了，含情脉脉地看着身边的罗润生。

此刻的罗小娜大叫着冲过来说，孩子来喽！说完她拉起了爸爸罗润生和妈妈刘金平的手，举到了自己的唇边。

阿姐还在真理街

一

　　姜兰惠突然做起了媒人，对象是一对90后，男的二十七，女的三十岁。姜兰惠之所以这么做，主要为了让自己早日摆脱困境。姜兰惠准备赌一次，她知道这么做意味着什么。

　　念头是晚饭的时候升上来的，随后就在脑子里转，盘旋，再也没有消失。水池里的碗没有洗完，姜兰惠便因为想到这个，而变得轻松起来，甚至连走路也显得比以往快了些，之前那些肩痛腰痛统统不见了。我阿姐姜兰惠丢下手里的活，重新回到客厅坐下，她清楚这次坐下与之前的坐下不同。在此之前，她闷得快要爆炸，所有的小事情都貌似导火索，而她只能忍着。

此时的姜兰惠没有想到有一天自己会用做媒这个方式来解决问题。连她自己也有点不敢相信，原因是她平时不爱说话，更不要说去管谁家的事情。这些年，她认为自己睡着了，睡着了才不会觉得痛。姜兰惠认为她的这种变化没有人发现，除了陈家和，他永远都是那副什么都看不惯的神态，私下却对姜兰惠的想法明察秋毫，哪怕她走到对面的街上，他也耿耿于怀，像是担心姜兰惠抛下他不再回来。失意后的陈家和主要工作便是观察姜兰惠，他希望通过征服姜兰惠证明自己还有价值，顺便获得姜兰惠经济上的支持。毕竟他除了基本工作，什么都没有了。

姜兰惠倒是真的想过逃离真理街，走得远远的。而想归想，她不仅没有跑，还在真理街生活了二十多年，有了孩子，也有了不想做事的想法，就连说话做事也是一副真理人的模样，包括八字脚和人字拖，还有春夏秋冬打赤脚的习惯，直到最近姜兰惠才算是醒了过来。

陈家和对于姜兰惠的变化非常不屑，他认为学得再像，也跟本地人不同。姜兰惠听了，也不回应，她猜到对方早晚会说，只是比预期晚了些时间。最后，陈家和不再掩饰，他终于说出："说到底是你们抢了我们本地人的饭碗。"

"可如果没有外省人，这里只是个小渔村。"这句话闷在姜兰惠心里很多年。

当年的事情偶尔在脑子里闪过，很快就被她强行删除，是啊，所有的都过去了。姜兰惠安慰着自己。

此刻，她在远处看了看镜子里的自己，姜兰惠当年肥嘟嘟的脸已经变了形，现在只有枯瘦、苍白。川字纹倒还在原地，只是又深了许多，刀刻下去一般，横竖都有，说是川字已经有些不对了，说是井字倒是比较恰当，拧在一起的时候又会变成一块突起的肉。两只眼睛多数时间是无神的，偶尔多出一股狠劲，对别人也对自己，她常常恨自己当年吃了迷幻药般，就是提心陈家兄弟放弃之前的努力，而她这一次留下之后再也没有走出真理街。旧款的衣服穿了很多年，衣角处起了细细的毛，姜兰惠愿意如此。她认为只有这样才符合自己的内心，她希望走在街上不要被人认出。这样的话，她便可以安全地藏在人流中，藏在真理街的深处。

姜兰惠发现这些年男人们不会与她对视，她成了真理街男人们眼里的空气。真理街的中年女人们倒是愿意盯着她，笑着盯着她，目光停留的地方多是在她消瘦的身体和眉宇间那坨鼓出来的硬肉，她们显然是在笑话姜兰惠也老了，再也不能折腾，包括对当年那些不切实际的想法，街上的人都在等着看姜兰惠的笑话呢。只是笑话来得早了些，作为一个工作队被落下的一名队员，她不只留在了曾经工作的真理街，同时没有逃过街上许多女人们的命运。

话说姜兰惠认为媒人这件事最初源于老公陈家和的计划。

做这个决定之前，姜兰惠正对着自家阳台右上角透出的那片黑色天空。她在想媒人的脸应该是圆润的，而不像她这样越老越发有了那种倔强的棱角，更应该是圆满的，这样才有说服力。

姜兰惠已经回不到当初，她不知道今后会变成什么样，离开了当年那些同事太久，姜兰惠尽管在梦中无数次与他们相见，拉住他们哭喊："你们为何丢下我不管？又为何无人来找我——"梦中的她用的是京剧的念白，她不清楚这是为什么。

"是你哭着喊着要留下的，说是为了爱情和理想。"当时的队长坐在准备回城的车上，惋惜地丢下这句。姜兰惠不愿想起这些，那个车上有人正暗恋着她，而她还是选择了留下。

梦中惊醒的姜兰惠不愿回想之前发生的一切，她失去了方向，这种感觉近些年经常浮出来。楼上阳台淋花或是洗地的水漏了下来，滴答滴答了很久，似乎姜兰惠住的不是楼房而是山洞，而她姜兰惠据守洞中多年，连去洞口向外望一眼的愿望都没有了。两年前她还有精力敲开楼上的门，笑着提醒对方不要把水流得到处都是。眼下，自家的栏杆已经生出了一层粗厚的铁锈，姜兰惠也都随它去了，就连楼上住的是谁也不再关心。那个时候，她坐在阳台上一个半旧的竹椅上静静地看着西边的天。不远处是摇曳生情的大王椰，这种树倒是漂亮，却把小区的味道改了。好像一夜间这里变成城市。香蕉树、荔枝树在夜里大家都还在熟睡的时候被拉走，换成高不可攀的观景树，姜兰惠还是有些不适应。姜兰惠记得天亮时，那些买菜回来的老人们站在院子里发呆的样子，姜兰惠和他们类似，仿佛做梦般，看东看西。显然围坐在榕树下饮茶的生活已经一去不复返，姜兰惠有些怀念那个时候，只可惜没有知音，包括一起走过来的陈家和。她曾经感叹，连那个时候的灯光都是柔和的，可灯光下的陈家和却并不柔和，甚至越发狰狞，有几次，他在夜里大叫，姜兰惠从梦中惊醒。

梦里的姜兰惠没有当过工作队的队员，没有见过那条只有大货车的大道，也没有过同情了，没有结婚，没有来过真理街，更没有认识这一对改变了她命运轨迹的兄弟，也没有阻止这一对热爱赌博嗜酒成性，为争家产打得头破血流的真理街兄弟。为什么要管闲事，还要爱心泛滥，导致自己深陷泥潭，从此改变了命运的轨迹。可惜人生不能重新来过，她不愿意被人提起自己这一段历史，所以姜兰惠喜欢躲着别人，而不愿意开口说话。当然，这些都不重要，她回不去了。

此刻的姜兰惠想，对自己是否胜任媒人这件事已经没有什么压力，她认为即使不胜任，也要去做的，她需要从这件事情开始改变自己。

已经有两个月的时间了，陈家和不断地酝酿自己的辞职计划。姜兰惠清楚，如果想不出办法，陈家和便会采取措施。陈家和已经受不了，费了不知道多少口舌，却还是没有签成一个订单，今天是十月十二日，这一年过去了五分之四，如果还是没有变化，他说要把眼下住的房子抵押出去，与弟弟陈家好一道到乡下买个小房子，安度晚年，远离这个让他感到失败的真理街。他说等了这么久，在看不到希望的真理街，他再也不想等，人生已没有多少时间，而姜兰惠当年说的那些都是屁话、狗屎！陈家和发火时，会死死盯着姜兰惠，并且向着她的方向迅速走过来，随后上来的是两只大手。

人生得意须尽欢，明日愁来明日愁。普通话都讲不好的陈家和突然发现了安慰自己的这一句，说话时必须酒过三四巡。想到了解决方法之后的陈家和话多起来，没有了往日的拘谨。

真理街一直是个大集市，原来的老街人个个成了房东，靠着收租生活。外面人也当真理街都有钱收。卖菜的问她："老板娘你有几间铺头啊？"姜兰惠不知如何搭话，之前还会解释，很快又觉得意义不大，并没有谁想去听。真理街上谁管你是什么人，反正只要有钱大晒。

讲客家话、潮汕话的小贩们是九十年代来到真理街的。他们当初拖家带口，租了真理的商铺，开始了真理的生活。市场外面是一圈八层高的破旧米黄色楼房，风吹日晒了二十多年之后，原来的样子没有了，它们和楼下的集市成了一个颜色。姜兰惠便住在这里，被叔仔赶出来后，她是用了自己的工资，供下了眼下这套大屋。

真理街的集市里有肉有菜，有活着的家禽和青蛙。每天凌晨三点多，楼下便已经人声鼎沸了。那是运海鲜、运猪肉的车和卸货验货的人。有几次姜兰惠被吵醒，她扶着窗棂向下看，远远的那些男男女女小人儿，不用吃不用睡，像是另外一个世界来的外星人，让姜兰惠恍惚不已。新安电影院和海港城就在不远处，只是很少有真理街的人光顾。真理街的人多数在自家门口的市场里解决一日三餐和文化体育生活。从凌晨到后半夜，让真理人寂静的时间几乎没有。哪怕是到了后半夜，街上还有各种男男女女喝多了酒高声唱歌或是哭泣。而这些真理人早已见怪不怪。真理人什么没有见过呀，三月三庙会上，他们在这条街上似曾见过首富。

"他们哪里会到这条拐来拐去，连车都开不进来的小巷子里。"

"切，没文化了吧。这是几百年的街，上千年的庙，反正说了你也不知。"真理人不服地反驳道。

有人清早在拉二胡，撩拨着外乡人的愁绪，有鸡鸭被宰发出的尖叫，也有喜鹊在不远处欢快地吟唱。当然，也有那些老得已经分不清真理街东南西北的老者，他们却对这条街的未来充满信心，喜欢掐指一算，或是弹出手里的一张扑克牌，企图得到这个时辰的某种暗示。转眼之间，靠河的一家新华书店被新开业的商场彻底挤得没了踪影，变成了成群结队的花篮和美女，像是一团火，从远处向近靠过来，烤得真理人浑身不自在。有些原本想去市场买菜的老人，远远见了试探了几次，还是不敢近前一步，最后见到玻璃幕墙上面巨大的人头像是要走出来的，便吓得拔腿便跑。边回头边想，睡了一觉这个地方怎么就变了样，莫不是自己生活了一辈子的真理街连名字都要改。她在没有改成。真理街人懒得想事，更不愿费神去记一个新的名字，在老一辈人的脑子里，上午穿着人字拖饮早茶，下午去祠堂摸两把麻将才是最幸福的事，麻将桌前有的从屯门回来，有的从黄大仙过来，而哪一个都没有他们这些从来没有离开过真理街的人过得好。

再过几日，咖啡厅、影楼已经真的竖好了牌子，与姜兰惠楼下的大葱大蒜、花椒大料，过道的档口上悬挂的腊肠腊肉和晒干的咸鱼开始争相斗艳。食物们混在一起便是股奇怪的味道，浸入中间商铺的服装店的衣服上面。一件好好的一百三十元的假名牌 T 恤无端端有了咸鱼肉饼的味道，不得不降了十元，因为老板的底气显然没有之前那么足了。过了这么多年，这真理街的变化也太慢了吧，是不是把这个地方忘了，他们把她姜兰惠忘记了吗？

真理街有点像个留守老人和儿童住的地方，现在各种生鲜超市，网购如此方便，谁还去真理街呢？除了老年人和那些怀旧的人。这破败的地方，除了开发商多次送米送面，说马上签合同要拆了，还有谁会来呢。臭水沟和掉皮的楼房外墙，因为挨着海鲜鱼肉，而被浸了腥味的各类服装，有假名牌和镶了金边的唐装和旗袍。

这拨开发又是不了了之，因为有的街上人移去了海外，联系不上，所以踌躇满志的开发商泄气了。再后来，指望着成为拆二代的年轻人倒是因为希望失望周而复始了几次之后，索性连工也不打了，直接躺平。果然房价一直不断攀升，倒是那些内心脆弱的中年男人，犹豫再三，寻找契机，他们有了理由不再受老板的气。在他们的心里，千万身家的日子不远了，大湾区、前海，坐在家里喝茶的人认为，这已经是他们本地人最后一次机遇了，再不抓住就蠢爆了。

二

姜兰惠已经很久没有离开过真理街，原因是她一个人常常走在路上却不知道该做什么，要去哪里。有时走出去了很远，还会顺着原路回来，那时的真理街上还有老鼠和蟑螂呼啸着窜来跑去。姜兰惠害怕别人知道自己曾经的身份，她曾经劝过那些受到威胁的女人不再沉默，勇敢地站出来，讲出自己的不幸和遭遇。而此刻，她真的希望谁都不认识她，她希望藏在人流中，买菜做饭，和菜市场里那些卖菜的女人们一起老去，或是在某一天蒸发，没有前传和后史，消失得干净，像是从来没有光临过人间。

很多时候，她觉得自己的家是最安全的，像个城堡，她躲在里面，什么都能看见。高而圆像个玻璃罩一样的东西把她扣在里面不能动弹。姜兰惠常常半夜坐到阳台的藤椅上去看天，天上有时是一朵，有时就成群的云一起涌到她头顶，也在看着她。姜兰惠根本不想向下去望，向近处看。她认为身边的这些东西都会让她心情不好。旧衣服、过期的食品和旅游带回来的小工艺品缠绕在一起，堆满了茶几、沙发，她的家没有地方是空的，全部放满了物品。还有几个箱子没有打开，那是陈家和从淘宝上买的，连他自己也忘记了是什么，索性就让它们丢在门后或是客厅的角落里。

陈家和你越来越像个女人，你要这样耍赖到何时啊，你们兄弟怎么那么喜欢抱怨呢？当年，我只是劝你应该参加工作，而不要留在家里啃老便被赖上了。好多次姜兰惠的话停在了微笑的嘴边，而变成一句，你欠了多少，我们再想想办法。

陈家和也不开口，只等姜兰惠从口袋里掏出钱。

被这狼来了狼来了的拆迁改变的真理街人个个都有变化，他们有了待价而沽的资本，而陈家和的意思是在房价最高点抛掉，这是弟弟陈家好的主意。

姜兰惠边收拾房间边说："哪怕我有钱也不会买这些没用的东西，家里堆得乱七八糟，成了一座垃圾山，而我成了没用的废物，满满的负能量。"说话时她的声音轻得只能自己听见，最近她喜欢自言自语。这个方式真的适合她。姜兰惠一张脸挂着微笑，她需要让不远处的陈家和误以为她真的不再折腾。只有这样，才能藏住她的心事。

之前陈家和总说，作为女人你该学会温柔，不要总是不服气，不要跟我们男人斗气。说这句话的时候，陈家和咬着牙，他瞪圆了眼睛，上嘴唇咬着下嘴唇。他骂姜兰惠当年骗了自己，否则他已经有了上亿万身家，不教训不行。每次喝多了酒，便想要动手，当然，卡住她的颈部，吓唬她，或是推搡她只是第一步。直到有一次社区干部过来找他谈话，他才收敛了几天。那是在陈家和事业走下坡路的时候，之后两个人的话说得更少了。姜兰惠差不多睡觉时都是睁着眼睛，她认为对方并没有死心，陈家和把自己的坏运气全部归罪于姜兰惠当年的劝导。她劝他们要去工作，而不能把自己拴在收租上面。

而那个时候新一轮的拆迁消息再次透出，有的人知道了，也藏着，断然不敢与枕边人透出半句，那可是要命的。

我弱的时候你们要欺负我，我强的时候你们又要打击我。姜兰惠在心里冷笑，嘴上却笑着问："我们晚上要不要出去吃饭，门口那家铺的烧鹅刚开业，又干净，又便宜。"姜兰惠什么都没有做却累得不想动弹。姜兰惠认为搬迁是所有人关系的分水岭。

"你好有钱乜？"陈家和问。当年他说喜欢姜兰惠又高又瘦的模特身材，带出去特别拉风。

姜兰惠说："出去换换口味也好。"现在陈家和认为姜兰惠瘦得脱了相，像个讨债鬼，把本来属于他的好运气搞丢了。

陈家和逼过来："换口味？你好闷乜？"

姜兰惠不说话了，她认为对方又到了找碴时间。可是刚一转身，姜兰惠便在心里狂叫了句："我快闷死了，我为什么还不跑啊！"

姜兰惠的眼睛掠过房间各种物件，包括陈家和的光头，只是他没有停留。她想去看些清净的地方，却不知哪里去找，只好去看天。姜兰惠认为那里最清净，她姜兰惠把自己的心短暂地安放在那片人烟稀少的地方时，才感到了片刻的安宁。姜兰惠舍不得睡觉，她觉得只有夜晚才会离现实远一些。白天那种嚣张，现实里的那种咄咄逼人，让她想要退回壳子里，就连木椅子下方的一处猫窝，也被她羡慕了。

姜兰惠和陈家和没有再把离婚这件事挂在嘴边上，原因是他们的儿子已经二十五岁，即将结婚，她和陈家和不仅要做出什么都没有发生过，还要装作无比恩爱。除此以外，新的情况又来了，那便是陈家和突然提出要辞职。如果没有及时制止，他的辞职书就要递交上去，手续很快办下来，整个家里的财务状况倒退二十年不说，儿子的婚事也可能不保。原因是女孩父母看中的就是看似正常完整的家庭。每次想到这里，姜兰惠便想找个小黑屋待上一会儿，她不愿意面对家里家外这些烂事。可是她又能逃到哪里呢，她逃不掉的。姜兰惠和陈家和一样，都是没有老家的人，他们的老家变成了各地移民的新家。他们虽然是深圳的原住民，却没有宅基地。原因是他们是原住民，却是城镇户口，自然没有分红的机会。四十年来，那些曾经被羡慕进了五金厂、粮油公司、理发店吃商品粮的工人们，再眼看着其他村的人分红、得钱，在自己家门口不远处折腾，而他们自己什么都没有。

就连属于她自己的那一份也被小叔子陈家好多年前占了去，美其名曰赡养老人。现在作为真理街人他们还有什么呢？除了随时准备的开销，还有什么？家公家婆吃药住院的钱，哪一次他们少给过呢？任何时候陈家好都是两手一摊说自己没钱了，不然就送养老院吧。

这样的时候，陈家和就会大吼一声，冲进客厅，从柜子里面拎出一瓶啤酒，坐在茶几旁大喝起来。最后，他像个真正的男子汉那样，再次大叫两声后，便躺在地上，整张脸对着天花板上的吊灯，两只眼珠一动不动。

陈家和没有办法，他被这个弟弟捏得死死的，只能用这种办法排解自己的困扰。陈家和要面子，弟弟早在多年前便不要了这些，索性辞职，直接躺回家里靠老婆那份工资活着，还美其名曰内心强大。陈家和只得尽义务，而他掏的这份当然包括姜兰惠的辛苦钱。

"你不能说孝敬老人我没有尽过力吧。"姜兰惠委屈地说。

陈家和摆出吵架的姿态："你做了乜。"

姜兰惠说："你好久没有交过家用了。"

陈家和挑衅道："那又怎么样？"

姜兰惠说："我是说你不该把钱都交给了你弟弟陈家好。"

陈家和得了理："你希望我连父母兄弟都不认吗？"

姜兰惠似乎被带跑了："我何时说过啊？"

陈家和咄咄逼人："那你现在乜意思？"

姜兰惠听到对方这一句乜，竟然想吐，原来讨厌一个人会有生理反应。当初就是被对方这种句式迷住了，那个时候家家户户迷着霍元甲陈真，而作为一名韶关人姜兰惠当然也无比向往。此刻，陈家和正在物色吵架对手。当然只能是姜兰惠，打她或是骂她，成本是最低，他算过的。

"你有钱还是有地，你只会讲大道理。"陈家和当初丢给姜兰惠这一句。

话说姜兰惠与陈家和，在玻璃公司鼎盛时期，每天同出同进，羡煞旁人，这样的情景对于四五十岁的夫妻来说已经很少见了。没有人知道他们同进同出因为钱。在为买车谁出钱这件事情上两个人冷战了几个月，索性谁也不再提买车，而用了这台旧的雨天窗子都要漏水的车。

玻璃公司是真理街第一家老板厂，陈家两兄弟能进来，与这家公司占了真理街的土地有关，更与姜兰惠的思想工作分不开。

因为嫁给了陈家和，姜兰惠不仅住进真理街，还与陈家兄弟一道进了玻璃公司。

公司换了几任老板，对陈家和和姜兰惠连体人的印象都非常深刻。有几次办公室想去争五好家庭，被姜兰惠寻理由拒了。对方说，有两千块领的呀，不是港币的哦。姜兰惠笑了下，没说话。后来有个副总无限感慨地说："陈家和，你两公婆应该给我们上堂课，让我们取取经，夫妻关系能这么好，真是不容易！到底你们有什么秘方啊？"说话的男人离过两次，新谈了一个，正犹豫着要不要领证。担心别人说自己，索性主动降低身份，先自嘲一番，这样一来，别人倒也不敢说什么了。

最初两个人回到家还会说些单位的事。一个做饭一个拖地，姜兰惠边说边骂，非常兴奋。当然多数是通报彼此部门的情况，多数都是坏话。有时陈家和还会学着经理走路的样子，把姜兰惠逗笑为止。姜兰惠的经理是个女的，离了，胸部下垂得厉害，经常下意识地用手扶一扶。陈家和学的时候，一个胸字也没提，可是走路的样子把对方的身材全表现了出来。姜兰惠笑得似乎岔了气。她知道夸张了，她是故意做给陈家和看的，那个时候她还是在乎这个男人，也认为与眼前这个男人白头没有什么问题。不知道为什么，每次取笑过别人，她都会感到难受。至于什么原因，她也不知道。

"年纪比那个女孩的父母还大，还要喊妈，他可真无耻。"姜兰惠气愤地说，镜子里她看见了自己故意鼓起的腮，姜兰惠真的希望自己的婴儿肥一直都在，可是不争气的肉，早已不听招呼，变成赘肉，随意垂下，把她的一双杏眼拉成了三角眼。

"那又怎么样？人家有大把钱。"陈家和吼叫。

姜兰惠看着外面，要下雨的样子，阴了几日，云在窗外翻滚。预报了几天的雨还是没有下，姜兰惠怀疑是在酝酿一场大的。

姜兰惠再挑话题："他把那个女仔一家人都办了过来，还给对方买了房交了社保。"姜兰惠自顾说道。当时两个人坐在沙发上，喝着功夫茶骂着老板。这个老板摆脱前妻，换上年轻女孩。事情被很多人知道，只是谁也不会说出来，见面时会互对下眼神。姜兰惠不好意思问陈家和，是不是骂着这些人的时候，会有那种愉快的感觉。那个时候，在姜兰惠心里，不管陈家和做什么都是对的，有趣的。他们喜欢讲些同事的绯闻。高兴时还会骂两句，有时又充满了假惺惺的同情。这样的时候他们会身心通透，似乎别人突然间就成了他们的对立面，感情也就莫名其妙地增强了。那时候陈家和床上的表现也非常棒。陈家和不再看她的脸，哪怕说话也是大而化之，空洞地望过去，似乎对方身后的大白墙才更吸引人。再后来，陈家和不知为什么开始有了古文人墨客那种心境。比如把养花种草看夕阳收拾庭院当成特别有意义的事，总是说种种地，养养花，喝喝茶多好，你看大桥底下那些人过得好悠闲啊。总之，他不仅耻于挣钱，还把自己这种所谓境界时刻挂在嘴边，显然别有用心，姜兰惠的理解就是为了他后面要做的事情在做铺垫。

关于所谓的田园生活，说者无意，听者有心，公司里有个年轻的女人本来对陈家和有点意思，原因是这个年轻女孩讨厌姜兰惠身上那种不爱理人的样子，暗中想要捉弄一下姜兰惠，目的就是给姜兰惠点颜色看看。装什么装啊，还教育别人，太好笑了吧。不懂经济也不懂时尚，两句话就能把天聊死的人，还敢进到公司里上班。你好好收租不行吗？害人害己，什么都想占着。她一直想让姜兰惠出丑，终于逮到机会，因为陈家和开始讲情怀了，这难道不是生出退意了吗？中年人意志消退就爱玩这个呀。年轻女人真的想要逗逗他了。

毕竟女人更懂女人，知道对方的软肋在哪儿，于是年轻女孩动起撩撩陈家和的小念头，别的目的没有，仅仅是为了让姜兰惠不要太过于得意，不可一世的臭脸摆给谁看。嫁个本地人大晒呀！什么年代了都还在扮嘢。当然年轻女仔平时对姜兰惠也是彬彬有礼、人畜无害状。情况姜兰惠似乎也有所察觉，只是找不到契机处理。毕竟陈家和对她越来越微妙，礼貌和客气，虽然姜兰惠总是故意拖慢两个人向熟人过渡的节奏。

陈家和与这位年轻女同事就这样开启了暧昧模式，先是一起骂老板找舒爽感觉，再一同聊同事隐私，很快便结成了同盟。再后，年轻女同事发现陈家和萌生退意，便不再有那个想法，毕竟大家都比较现实，除了业务陈家和好似对异性都没有太多兴趣，况且陈家和语言贫乏苍白啰唆的多是老词，神态像个老年人之外，对自己手上的业务闭口不谈。于是，年轻女人只好动了谋位的心思，毕竟位置这种东西比其他都可靠。一次两次喝茶聊天之后，陈家和已经眼放蓝光说到了深圳之外的田园生活，仿佛架子上面的瓜果李桃正呼唤着他，等着他摘。本来就心机偏重的年轻女人趁机投其所好为田园再配上了诗情和画意，甚至是轻音乐，这种本事谁不会呢，关键时候必须派上用场。如此，本来从小在农村生活过的陈家和开始神往。自己好端端的渔歌唱晚的家园，一夜之间变成了城市，先是厂房再是高端建筑，先是打工仔打工妹，后来全是外省的精英。他的家去了哪里呀。陈家和比谁都恐慌，却还要装出镇定。年轻女人对陈家和洗脑成功。陈家和再也不想听姜兰惠的任何温馨提示，如你和公司的关系只有劳动报酬，比如你对老板只需服从，而不用掏心掏肝地说话。

姜兰惠和陈家和的关系变得越来越糟，之前是找不到话题那种无话，现在是有话也不讲，彼此想躲开的不仅是身体，连眼神也无须交集。再过了两个月，终于在一个看不出任何征兆的夜晚，陈家和对着姜兰惠说："我决定辞职了，太没意思。"

正准备走向阳台的姜兰惠顿了一下，随后继续晾晒衣服，她仿佛内心平静如初。只是这次她没有直接回房睡觉，而是坐到了距离陈家和不远的沙发上。陈家和抽了半包烟后，他像是自言自语，实则是观察姜兰惠的反应：

"还是辞了好，太累，每天除了开会、培训、业绩、报表、业务拓展、喊口号什么也没有，新换上的那几个家伙我都不喜欢，看见他们我就想吐，那帮衰仔有什么资格跟我说话。"此刻，陈家和想到了那个年轻女人故意嘟起的嘴唇和咄咄逼人的香水，不禁笑，深圳哪有女人啊，陈家和知道对方要什么的，分明是想套取他的客户资源。陈家和与年轻女人只深情对视了几眼，便读出对方怀里揣着一张有上升曲线的报表。

"老板不是用来喜欢的，是你服从他们的关系。"姜兰惠故意不看对方的脸，她害怕看见对方发怒的样子。她试图劝阻，如果对方开始砸东西，她的话就要立刻停住。不交流的这些年，姜兰惠想给对方灌几碗心灵鸡汤，或是职场必修课，姜兰惠认为那所谓的鸡汤对于陈家和来说还是有必要的。当年，她每家每户做宣传，只是被陈家和两兄弟绊住，而停在了原地，她还有好多话都没有讲完，命运就被改变了。

"我不喜欢那些人。"陈家和又说。

"同事只是你的合作伙伴，他们同样也不喜欢你。你想吃饭，人家也要吃饭，你想养家，人家也要糊口，这才是同事。"姜兰惠说。这是她在朋友圈里学到的几句话，她想用上。去年开始，姜兰惠除了染发，还悄悄染了指甲，当然是那种不扎眼的淡粉色。只是这种变化没有人会在意，除了儿子。儿子有一次见了，调侃道："粉色就是不甘心。"

姜兰惠心惊肉跳："什么甘不甘心的，人生都快结束了。"她当年是工作队里最年轻的女孩，眼下，她已经有了许多白发。

"哪有啊，小兰姐。"儿子的这句话在姜兰惠的耳边萦绕了几天。当年的陈家好也是这么叫她。那个时候她的面前有两个选择。想不到这两兄弟如今殊途同归，走了同样的路，还是不想工作。

陈家和继续说辞职的原因："非常枯燥，谈的也全是工作。"

"不谈工作谈什么，在公司谈感情有风险吧。"姜兰惠故意说得风轻云淡，可内心却明白自己的机会到了，姜兰惠早发现了那个年轻女人的行径。有一次，故意点了两杯咖啡，其中一杯出现在陈家和的台面上，与旁边的功夫茶完全不搭。姜兰惠路过的时候一眼发现，心中冷笑。当然了，自己对这个男人的嘲笑绝对不能表现出来。很长一段时间里，姜兰惠已经不把对方当老公，而是熟人。只是熟人快进坑里之前，该提醒还是要提醒，再说他们还是别人眼里的举案齐眉、模范夫妻，况且很快还要给外人表演什么是地久天长、百年好合，姜兰惠要给自己打气，让自己无论如何都要挺住。

陈家和想继续说话，却听见门外有声音，显然是陈家和的弟弟来了。最近一段时间，他来得特别勤。

流塘、固戍、宝源这些土得掉渣的地方一夜间成了前海，真理街便在狼来了狼来了之后的多年真的升值了。原来传来传去的小道消息，无法回避成了正式新闻。这样一来，破破烂烂的真理街市场成了香饽饽，而住在市场里面的姜兰惠一家也就没有那么安宁了，他们或许真的要面对一夜暴富的现实了。

巧的是，陈家和的弟弟总是过来喝茶。他喝茶也不说话，如果不了解实情，会认为此人比较含情脉脉。他什么也不说，只是定时来报个到。有时会从楼下市场拎上一个南瓜，爬上姜兰惠家的八楼，进了屋，脱了鞋之后，两个手指捏着瓜上面短短的线，另一只手也不去托。陈家和见了，便赶紧接下来把杂乱的台面拨出一片空，把这个宝葫芦放下去。然后两个人便看着这只瓜，展开了下文。有时只是默默地坐着，抽上十来根烟，再喝茶，说几句天气很热，蚊子又多起来之类的闲话。

陈家好每周都会过来，最近竟然是每天都过来。陈家好在向他的亲哥陈家和倾诉自己的苦恼。如果是平时，姜兰惠迅速下台阶去开门。有一次跑得太急还把脚扭了，后来肿得厉害，她也不好意思跟人说，毕竟陈家和知道当年姜兰惠同时认识的两兄弟，陈家好也有此意，只是陈家和木讷，而陈家好花哨，姜兰惠选择了老实巴交的老大。

到了现在，真理街的女人除了年轻的女仔，其他女人对自己都不修饰，最多出门时涂上点面霜，也不管日渐稀疏的眉毛和乌青的嘴唇。姜兰惠倒是突然想要化妆，她要把自己化得谁也不认识。她理解陈家和。关于这一点，家婆是不喜欢的，她总是跑到邻居处讲自己的儿媳妖里妖气，不守妇道。说妖里妖气可以，至少证明自己没有那么老，然后还是个女的。可不守妇道什么意思？话都是别人七转八转过来的。家婆也已经离开几年了。姜兰惠认为这些都是自己小叔子陈家好搞的鬼，被对方占了老屋之后，姜兰惠已经懒得理人，认为对方就是个无赖。姜兰惠庆幸自己当年没有选择这个人。

姜兰惠没有动身去开门，而是平静地看了陈家和一眼。陈家和见姜兰惠这样，只好再提醒："去开门。"姜兰惠起身时说我要穿件衣服，说完路过镜子，并快速回到房间。洗完澡之后，姜兰惠没有穿胸衣，在家里她就是这样打扮自己。她想起了自己的母亲，四十岁之后的母亲就是这样，放弃了自己，因为她的男人抛下了她而去往另外一个世界。姜兰惠的母亲说："我不会像有些男人，没有女人就活不了，好像除了那个事，人生就没有别的。"母亲再也没嫁直到去世。曾经的工作队员姜兰惠，擅长做思想工作，她想劝母亲开启新生活，可是一直没有找到机会。

姜兰惠说这话是选了时候的，她就是要让陈家和有火发不出，在心里憋着。这是在她隐忍了许久之后，为自己想出来的办法。

姜兰惠和陈家和两个人已经多年没有做那种事了。他不碰她，她也不主动，之前还幻想过，所以她再难受，也绝不自己解决，她总是想留给他，毕竟做法不同感受不同。可是，陈家和也是自己解决，多数是在天亮前。有几次凌晨，陈家和那边发出怪声，姜兰惠全程听见，也不生气，只有心酸，她认为这就是自己的命。而到了这几年，陈家和的身体突然间安静了，只是脾气越发暴躁，仿佛是个火药桶，跟谁都发火。这样一来，两个人便是邻居关系了，只是这个邻居是在床上，不需要门和墙壁。陈家和姜兰惠互不干涉，各自看手机，想事情。所以有很多次，姜兰惠想劝儿子，不要着急结婚，可又怕儿子想到什么而担心她，只好管住了自己。婚姻这件事，她和其他家长的想法并不同。

当然了，她的这些话，儿子也不会给她机会说。哪怕两个人对上眼，他也会迅速调转目光。

每次见到姜兰惠准备说话，儿子便说："别说了，我都知道。"

姜兰惠轻轻叹了口气道："好的，其实你不知道，你在外面多保重吧。"儿子找了个深二代，他的理想是开间公司，大学毕业后，他换了几种职业，都没长久，直到推销美容仪时，遇见了现在的女朋友。

姜兰惠也很开心，当年外省青年一心想要找个本地人，如今情况变了，外省来的那些大学生才是他们想要嫁和娶的，而这个女孩就是外省的。

儿子听了，有些迟疑，姜兰惠话里有话显得伤感。尽管如此，当儿子的还是不想听，于是抓起手机抓了车钥匙迅速跑掉。见他每次回家都这样子，姜兰惠的心也就冷了。此刻，姜兰惠看了眼门外，对陈家和说："我不去，要换件衣服。"说完这话，她还有点怪自己撒娇，千万不要让对方误会，否则就显得尴尬了，但这个陈家和说自己喜欢撒娇的女人，总是说女人就应该撒娇。当年她还年轻，也还好看，有几次夸张地躲在对方的怀里哭，因为完不成业绩，只拿了个基本工资，公司实行末位淘汰，她以为陈家和能帮自己一把。姜兰惠无比心酸，心想，这利益面前哪有什么性别，连夫妻也不例外。深圳哪里有女人，都是超人啊！陈家和不耐烦地推开了她，似乎担心姜兰惠再说公司的事。姜兰惠突然想到，对方也没有完成任务呀。试过几次，姜兰惠不想再自取其辱。姜兰惠跟过一个女客户半年，逢年过节短信问候点赞绞尽脑汁搭讪。想起那个女人头上戴的那个发饰还是自己省吃俭用买的，你不买装修用的玻璃，你也可以买两个磨花的家里用的镜子啊。到头来，对方说目前我们没有这个计划，现在还有谁用什么镜子啊！好土的，你怎么连推销也不会，太落伍了吧。

三

　　换好了衣服，姜兰惠便见到了跟在大哥后面的陈家好。这个陈家和的弟弟一度与大哥闹得不可开交，也正是因为这个原因，作为一项工作，姜兰惠来到了他们中间进行调解并取得了成功。

　　小叔子陈家好与姜兰惠走得不远不近，尤其是结婚后，什么称呼都没有了，之前的兰兰姐仿佛是上个世纪的事情。姜兰惠认为对方变得有些无情，从玻璃公司离职后的陈家好，开过糖水店，当过小厂的厂长，一直没有离开真理街。他说要等开发商求他才肯松口，毕竟等了这么久，不能自降身价。终于，陈家好于二〇〇九年，因为辍学的儿子患了抑郁，他留在家里照看也不再去外面工作了，全家的工资则由老婆去挣，他已经没有了心理负担。

陈家好对姜兰惠点了下头，算是打过招呼。姜兰惠笑着道家好来了呀，对方这回没理。随后陈家好和陈家和两个人便开始坐下喝茶了。平时两个经常坐在客厅喝茶，很少说话，眼睛一直望向电视，即使说也全程用方言。他的这些方言不过是粤语，只是硬了些。姜兰惠心里笑，这么说话就能挡住什么吗？姜兰惠两兄弟显然是用这种话挡住了姜兰惠。

之前，姜兰惠出于礼貌会在客厅里坐一下，闲聊几句，两个人正在说的话便终止了，显然他们谈话的内容属于姜兰惠不方便听的。这样一来，姜兰惠只好找个简单的话题，然后自问自答，如："你老婆她们公司周六好像也要上班吧。"

"那个地方没有周末，不知道怎么搞的生意这么好。"陈家好笑得有些不好意思，似乎担心姜兰惠看出他有炫耀的意思，故意说，"现在有这么多人开车，我真的担心空气质量会变差。"

"唉。"姜兰惠不知道怎么接这句，她不清楚是抱怨还是高兴，在公司里她学会了这种模棱两可的句式。随后话题被打住，见陈家好无话，姜兰惠只好干喝了两次茶，然后站起来回房，她扒在门缝里听见两个人说话。姜兰惠这下听清楚了，两个人说到了房子。他们商量的内容是把现在姜兰惠和陈家和住的这套房子抵押给银行，然后贷出钱到惠东租块地建个小房子，房前屋后用来种菜。"你记不记得我们小时候每天都要种庄稼。"陈家好说。

陈家和接话："是啊是啊，不过你没有种几天就去跑运输了。"

"那时候真是赚啊，我老婆每天站在中巴门口收钱，脚都肿了却一点也不累，她说好想回到当年啊。那个时候做什么都赚，钱好像从天上掉下来的。"陈家好怀了一下旧。

姜兰惠心想："再有钱，你也没有帮过谁，现在才说钱好赚，当年你怎么不提这话呢？"

似乎猜到陈家和要说什么，陈家和开始生自己的气。

陈家好想到此行目的，马上又说还是当年好，到处都是庄稼。

姜兰惠不接话，在心里冷笑，心想还庄稼？装什么装。

像是为了消除尴尬，陈家好说："阿哥你种得又快又好。"

不知道为什么，听到这矫情的一声，姜兰惠突然又惊又怕，这个小叔子很少这么亲热地叫阿哥的，除非借钱，带着让儿子一次次去做生意，他差不多倾家荡产，每次他叫了半个月的阿嫂便会开口借钱了。

陈家好知道陈家和公司眼下的处境，业绩完不成，没有人用这种传统方式购买玻璃了。陈家好的心愿是带着儿子离开深圳。惠东农场显然是个好地方，地理上虽然离开了深圳，可大亚湾、深圳的一些企业在那里，深圳这个名字听起来又好听又有面子。

此刻，陈家好在手机里找出一些网上搜来的照片，一张张过给陈家和看。陈家和终于看得热血沸腾，在公司他已被年轻女同事灌过迷魂汤。

单位里有女同事洗脑，回到家又有亲弟弟骗他，陈家和眼看着就要把工作丢了。姜兰惠远远地听着两个人说话，心里越发感到凄凉，眼下的自己越来越难。如果当初选了陈家好会不会好一些呢？夜深人静的时候，姜兰惠也会想过这个问题。陈家好当初占了阿哥的婚房，现在又来惦记他们的房产。这套房用了姜兰惠全部积蓄，到了前两年才算是还完了贷款。想不到这么快就升值，而惦记这套房的人开始蠢蠢欲动。

　　躲在卧室里的姜兰惠再也睡不着了，她特别想冲出去对陈家好说，要去种庄稼你自己去种吧。我们本来就是深圳的农民，二十岁之前一直在种地。你别装了，你自己也是农民，你可以用自己的钱去玩情怀，不要拖上我们。

　　"什么意思？"陈家好走后，姜兰惠和陈家和大吵了一架。陈家和咆哮："什么叫这个房子有你的一半，你是谁？我记得你说过年轻人不要脑子里总是想着拆迁，不劳而获。"

　　姜兰惠说："我不是年轻人。已经跑不动了。"

　　"你终于后悔自己说的那些话，终于承认自己的虚伪了吧。"

　　姜兰惠沉默半晌才说话："我们现在只剩下这个房子，至少我那一半不能动。"

　　"我告诉你姜兰惠，你一直盼望我死是吧？然后顺理成章继承这个房子，又有名又有利，你不就是想立牌坊吗？"陈家和开始耍赖。

　　姜兰惠说："我没有这么想过。"

　　"你就是个自私自利的女人。"陈家和点着了烟，本来戒了些时间。当然，无论吵不吵架，他都会找理由再次抽回来。

"你供房子的时候，家用都是我出，孩子的学费、保姆费、物业水电费都是我拿钱，你阿爸阿妈知你那么辛苦也没有想过帮忙，还口口声声说最疼你这个仔。"姜兰惠说。

陈家和说："你在恨我父母？"

"我没有。"姜兰惠说。

"那点钱你也好意思记呀。根本就不是钱，你那点工资算个屁。我是公司的中层，整个这一片都属我管。"陈家和说。

"对，你有钱，年薪很高，可是你拿回多少了，钱去了哪里，还不是给了他们。"姜兰惠不动声色。

见姜兰惠没有说出具体的名字，陈家和便继续装傻："我告诉你，你给我小心一点，你以为我花给了别的女人吗？实话说，我现在还是不是个男人我都不知道。"

姜兰惠冷冷地说："那我的确不清楚。"她无法把当年那个站在雨地里求自己嫁给他的陈家和与眼前这个无赖的男人对上号。当年，他站在雨里发着誓，天上正打着雷。他说如果姜兰惠不同意他宁愿雷劈死自己。

陈家和见姜兰惠这么说："我就是不想被你占有了财产怎么样，你也不看看自己，就是个男人婆，好好做你的女强人吧。"

一周吵了几次，陈家和还是执意要辞职。姜兰惠清楚，再这么闹下去，公司肯定就会知道，阴险小人即刻会上位，他们巴不得第二天就把这个位置填上，所以观望的人不在少数。姜兰惠在想，都快到钟了，如果马上辞了，陈家和连退休金都得泡汤。姜兰惠越想越怕。如果还是没有出路，自己眼下刚刚还了贷的房子肯定会拿出去抵押，姜兰惠认为其他时间可以不说话，这个时候她的态度必须强硬，要把对方拉回来，否则影响儿子婚事，女方家父母非常在意门当户对。忍都忍了半辈子，不差这几天。可是陈家和不讲理，你说东他说西。如果姜兰惠说到点上，他干脆就撕破了脸，直接变成无赖。

姜兰惠只能去看远处，她希望自己不说话，管住自己的嘴。之前已经有过教训的。她需要把脑子放空，去看看那些美好的事物或风景。

可是眼下连树也变了，还有什么鸟会落到椰树上去呢？又高又硬，不像那些榕树和槐树，又厚实又温软，不用打理就可以活下去，喜鹊、麻雀、斑鸠都可以在上面找到自己落脚的地方。

姜兰惠眼看着对方要把辞职信递出去。陈家和的底气来自这套开始增值的房子。

姜兰惠只得去找陈家好，毕竟她没办法找其他人，这是姜兰惠今年第二次给小叔子陈家好打电话，约了见面。

上一次，陈家和因为被老板批，扣了奖金，出去散心。姜兰惠很不放心。姜兰惠凭直觉认定对方说了假话，哪怕是他在外面有女人也没关系，反正她已经不在乎，眼下她只需要对方安全。于是晚上十一点刚过，她便打了电话给对方，陈家好支支吾吾不说实话，说他带着阿哥去看庄稼了。实际上只是一片风景区，供城里人打卡拍照的地方。姜兰惠不能挑明，陈家和的面子是重要的，眼下尤其如此，感情无论是真还是假日子总要过下去。

对方似乎刚刚醒过来，声音也有些不同。他早已经过上了白天睡觉，晚上看手机的日子。陈家好怕老婆七天都上班，于是假意关心："陈小根身体现在怎么样了？"

当年姜兰惠曾经给对方辅导过一阵功课。陈小根是个喜欢臆想的孩子，他们曾经说过许多话，有一阵子，姜兰惠还带过他去植物园和图书馆，可惜陈小根并不喜欢那种地方，有一次还把姜兰惠买给他的演出票在网上卖了出去。从那以后，姜兰惠便不想再见这家人。

陈家好带着陈小根过来："我希望他到你们公司上班，麻烦阿哥你和老总说一声啊。"

"公司都这样了，不可能再招人。"陈家和变得紧张起来，除了基本工资，他已经很久没有拿过奖金。

"当年你帮人安排过的呀，怎么轮到自己家里人就变成了这个样子。"陈家好不满地说。

陈家和说:"那是外来加工厂,三来一补,流水线。不要进我这里,我这份工其实好累的,所有东西都在电脑上做,每周都要学习新东西,不断地考试,现在公司都是80、90后,我差不多是最老的了,连老板都比我年轻。"

陈家好指着身边的陈小根说:"正好正好,根仔刚好合适。"

陈家和不好说:"不是只有年轻这一项指标。"陈小根之前换了多少工作,做了多少次生意,最后躺在家里不再出门。

陈小根不服气:"那又怎么样,我阿爸说你好厉害,乜都可以搞掂。"陈小根说话时看了眼自己面庞浮肿的阿爸,他现在过着日夜颠倒的生活。

陈家和说:"其实哪份工都不轻松,真的很辛苦。"他心里有些怪弟弟没有正面引导,才出现了这种误会。

"你认为我不能吃苦吗?"陈小根盯着陈家和的眼睛。

陈家和说:"在我眼里谁都是客户,区别就是有效客户和无效客户,我总不能拉我兄弟去买吧。"

姜兰惠不满:"原来你心里还是有兄弟呀,我以为你早已六亲不认呢。"

陈家好不说话了,他愣怔了半天才怯怯地说:"兰兰姐你变了。"

姜兰惠没想到对方冒出这样一句，她故意漫不经心道："我当然变了，老了，谁都会老。"姜兰惠故意夸张地嬉笑着，眼睛却已经躲闪，她不敢直视陈家好。陈家好似乎想和她好好谈谈："你还记得当初吗？之前你和我们是不一样的。"

姜兰惠惊得左手冰凉，站在原地不动，她不想听见对方谈到那一段她迷失自我的岁月。

陈家好说："那时你劝我大佬不要赌，不要酗酒，有次他喝醉了，躺在马路上，为了劝他，你冻得发抖。我大佬感动了。你还劝我不要和那些小混混在一起，人生要有规划。"

"是的，我连自己都没有教育好，怎么敢去面对当年的同事，我真的再也回不去了。"姜兰惠落寞的神情，"我真的觉得自己好失败。"

"可是他没有被人追债，我没有和那些古惑仔一起，否则我和他们一样都在里面，哪里还有老婆和仔呢。"陈家好说。

"我连自己都变成这样，也看不到人生的希望。"

陈家好说："我们都比之前的自己好了许多，这些都是你的功劳。"

四

陈家好把之前的情况和姜兰惠作了介绍，他无奈地说："这条衰仔每天后半夜两点起床敲门说找我聊天，根本不管我死活。"陈家好摸着自己越发稀少的头发。

姜兰惠装作不清楚，问："他要说什么呢?"她感觉自己问话的样子像个医生。

陈家好说："还不是后悔当初气过我，又哭又叫，恳请原谅。然后，又说自己没有前途了。"陈家好像在说别人的事情，"我劝他去工作，他又说自己不愿意见人，也害怕见人，做不了事。"

"什么意思呢?"姜兰惠问。

"这个衰仔就是想心安理得地收租，再享受拆迁款。"真理街个个都盼着拆迁做有钱人。

"那也不能什么都不做。"姜兰惠对自己这句话感到似曾相识。

"所以你要帮我啊，我真的不知道怎么办了。"姜兰惠心想，当初你肯定没有想到有一天，自己的仔也会这样。

他说都是被这个拆迁害的，如果不是这样，当年他可以去参军的，从小到大当兵就是他的理想，因为都说真理街拆了之后，大家就不用做事了，个个成了大富豪，可等到陈小根已经这么大了，拆迁的事还没有动。肯定不会拆的，现在价位高，趁早脱手。

听见对方这些话，姜兰惠心想，脱手也不是卖你自己的房子啊！陈家好似乎听见了姜兰惠的想法，说："这是农民房，只能住而不能卖的。"姜兰惠更加明白弟弟要把哥哥拉下水的决心了。

"你有没有想过让他结婚呢。"姜兰惠不想听对方那些，她突然冒出了这句。

被姜兰惠强行拖回了现实，陈家好没好气地说："没工作，又懒，没有技术，谁会跟他。"

像是受了陈家好的感染，姜兰惠真的在脑子里搜索，五秒钟不到。姜兰惠说："我朋友的小孩，家里有房有车，就是稍稍肥了点，性子比较急，家长很急。两个人好像同龄呢。"姜兰惠希望把自己的外甥女推销出去，让对方尽快把钱还给她。眼下，她只能说成是朋友的女儿，其实这个外甥女还是大一些，只是她这么说是为了稳妥些。

听到这里，电话那头的陈家好激动地跳了起来，说好哇好哇，随后又沮丧又开心："人家怎么会看上我们家这个条件呢。"他又不自信了。

姜兰惠说："你家条件不错，原住民，又有老屋，拆迁之后便是千万富豪啊。"

"哎呀，阿嫂，知你还在生我的气，好在我劝你们出去住才买了现在的大屋，你看现在的房价，就知道赚了吧？而我那个属于农民房不能在市场交易。"当年陈家好说自己照顾老人，强行把老屋占住，害得陈家和与姜兰惠没有地方住。如果不是真理街领导出面，都不知道怎么办。

"深圳女仔多呀。"姜兰惠继续说，"你看女的根本不敢离，离了就难再找了。"担心对方多疑，姜兰惠又说："这个女仔还是海归呢，从高中到大学一直在国外。"

似乎找到了救命稻草，陈家好变了个人："太好了太好了！真是有米人家！下面我应该做什么呢？"

姜兰惠这边冷笑，心想，你真的能做什么吗？除了一堆麻烦，提不出任何有价值的方案。她又说："你什么都不用做，在家里等我电话，我先去问问这位女孩的父母。"

接下来，姜兰惠马上着手去给自己的表妹打电话。她了解到眼下的外甥女的确三十了，只是和前两年一样，还是没有出去做事，回国之后，每天只负责躺在床上看手机和睡觉。她说自己不挑食，不用买新衣服，有口饭吃就可以，只要劝她去搵工她就会哭，表妹表妹夫在崩溃的边缘，他们不知道女儿在国外经历了什么，也不敢问。本来还要在外面多待两年。疫情的原因姜兰惠劝表妹让女儿快点回国，从初三到现在，花了家里太多钱，还卖了一套房子都还不够，就连姜兰惠也被借了几次。回国之后表妹一家把责任全部推给了姜兰惠，认为如果没有这个劝说，他们的女儿一定可以在国外顺利发展。

因为可以归罪于姜兰惠，表妹家里欠她钱的事也就不敢再提了。听到姜兰惠这么说，表妹当然高兴，她马上从床上爬起来，约姜兰惠过来吃饭。两个人已经有段时间没有联系，表妹以为，再见应该会是在法院了，姜兰惠请人转过话，如果不还钱，我老公可能要找律师了，有些钱是他朋友的，这是姜兰惠拒绝再借钱的办法之一。

话说两边的年轻人谁也没想过要拍拖，家长却暗自积极，原因是各自要甩包袱。姜兰惠的动力就是保住自家的房子，保住老公陈家和不辞职，免得老公总是用田园生活骗姜兰惠也骗他自己。她的表妹希望快速嫁女，而不是让她成天赖在家。所以劝说工作非常顺利有效，姜兰惠深信小叔子和表妹肯定各自都使用了连哄带骗招数。

约会定在了万象城，这个地方姜兰惠之前去过一次，她把雨伞丢在了里面，回去找了很久也没有找到，因为里面太大，太现代，她迷路了。

这一次，因为她清楚双方都想免费大吃一餐，才故意约到这里。

虽然四处花里胡哨，让人眼花缭乱，姜兰惠选的地方却无比实惠，是一家安徽菜馆，装修风格与四周格格不入。陈小根说要咖啡和西炒饭，姜兰惠也不理，只点自己爱吃的，最后狠下心要了一个臭鳜鱼，其实她并不想吃，只是见了两个年轻人跷起二郎腿便没好气，显然这让她想起了那些不愉快的过往。怎么都那么喜欢装呢？还不懂事，如同自己当年一样，否则也不会成了陈家和的老婆。三十年过去了，自己并没有成为收租婆，和陈家和兄弟一样，任何优势也没有了，除了买下这套房子，其他都没有剩。当年儿子闹着要出国，也是被她劝下的：你真的认为国外就那么好吗？

儿子不满："你又没有去过。"

姜兰惠说："我只是让你不要迷信。"其实是家里没有钱。

两个年轻仔先后出去一趟，分别带回可乐和一大杯奶茶，插上管子各自喝着。姜兰惠还没动手，两个人便已经把菜吃得差不多见底了，包括端上来的时候还夸张地捂着鼻子那道臭鳜鱼，也只剩下个架子孤单地躺在盘子中间。姜兰惠发现这一对根本不像他们父母说的那样没有食欲。吃饱之后双方各自打游戏，时而对着手机傻笑，完全忘记了置身何处。姜兰惠站起来说买单，两个人才放下手机彼此看了一眼，各自把手插进肥大的上衣口袋，陈小根还顺便把自己衣服上的帽子也戴上了。

吃饱了饭，双方才互相打量起来，刚才有饿拦着，似乎没有发现彼此的存在。现在看到了，两个人都觉得不应该吃这么多，于是冷着脸生气。姜兰惠后悔了自己这么做。回到家，姜兰惠故作谦虚问儿子："请教一下，你说陈小根这种病应该怎么治？"

儿子上下打量过姜兰惠："关我屁事。"似乎嫌不够，儿子又说，也不关你事。

姜兰惠冷冷地说："关你的事，也关所有人的事，他是你堂弟，你阿叔的儿子。"

"他有什么病？"儿子似乎觉出了姜兰惠的异样。

姜兰惠问："他有手有脚为什么不想工作？"

儿子说："谁都不想上班，你以为我愿意啊，挣父母的钱多容易，老板的钱并不好挣。"姜兰惠好奇地凑前一步。对方说："因为我不想在家听你唠叨，担心你把焦虑症传给我。"

姜兰惠突然感到一丝的欣慰，她突然觉得自己还没有完全彻底倒霉到家，心里各种滋味，不知道怎地，眼圈也开始泛红。担心对方看见，姜兰惠脸扭向了别处。

这回反倒儿子不依不饶了，他站到姜兰惠对面说："他们当年都听你的，因为你读的书比他们都多，脑子清醒，懂道理，总能把话说到他们的心坎上，也影响过真理街不少人的命运，你现在怎么不敢了？你真的怕了呀。"

姜兰惠低头，肩膀上面突然有只温暖的大手，轻轻地拍了拍她。那是儿子的。

五

陈小根和外甥女两个人是在姜兰惠再三提醒下才加的微信，后面都忘记了这件事。直到有一次陈小根和朋友喝酒，别人嘲笑他这么老了还没有女朋友时，陈小根借酒壮胆给姜兰惠的外甥女发了微信，想不到大半夜真的把对方约了出来。

先是喝酒瞎聊，后来去打了桌球，他看见有两个男仔都在用眼睛偷偷地去看外甥女。半个小时之后，有个男孩故意蹭了一下姜兰惠的外甥女，随后走过来对陈小根说你这条女肉好弹，手感还不错亲热起来会好舒服。陈小根瞬间就急了，也不顾对方是自己的哥们，抓起杆子准备打架。外甥女准备去拉时，陈小根抓住她跑了。直到两个人喘得已经受不了终于停下。看了眼陈小根之后，这个外甥女才说话，她说："我应该减肥的，问过人，只要不是肌肉就能减掉。"

"不用，我就喜欢这样的，性感。"陈小根说。

"还是太肥了。"外甥女显得有些羞涩，脸上浮出粉红。

陈小根想了想说："那就尽可能减十斤吧。"

这位外甥女听见愣了几秒之后，认真看了下眼前的男孩，没有再说什么。

接下来，陈小根脑子里已开始想着去拉外甥女的手，刚才像是被电到麻麻的很好受，只是眼下酒醒了，他变得有些不敢。这个女孩太好看了，连对方脚上的拖鞋都是那么精致。

认识了外甥女之后，陈小根并没有考虑工作，而是继续过着好吃懒做的生活，只是他更加睡不着觉，与此同时，他又多了项诉苦的内容。

"你们想一辈子在深圳吗？"陈小根敲开了老爸陈家好的门。

陈家好慌忙抓件背心穿上道："是啊，不然能去哪里?"他觉得自己的仔瘦了许多，眼窝深陷下去。

陈小根有些不满："真没意思，你怎么没有老家呢？不像我那些同学的爸爸妈妈们，人家都有老家，湖南湖北，四川广西，山水田园，风光无限。每次过年过节都说我们要回老家，回来的时候带回来腊肉腊鱼和新鲜的蔬菜，还说如果深圳将来不好待了，我们就回老家。"

陈家好摊开双手道："那也没办法，我们是没有老家的人，如果非要找老家，几百年前我们从中原迁过来的，还能回去吗？"

陈小根讨好地笑了下说："不如这个房子留给我讨老婆，你们去买个新的，我看你们还挺年轻呢，都是可以做事的。"

"哪里还有钱，到时我和你老母又去哪里住呢？"陈家好听得心惊胆战，说话的时候陈家好差不多要哭了，他的双眼水汪汪的，非常无助。他想起当年自己就是这样对待阿哥的，可是当时自己也有赌气的成分，可是这种话又怎么对阿哥说出口呢。

陈小根引导着："你们还这么年轻应该考虑做点什么吧。"

陈家好边说边观察陈小根的眼睛："什么都做不了，连电脑都不会。"

陈小根说："切，那算什么，不会为什么不学，就是你不想学，再说做事也不是样样都需要电脑的。"说话的时候，陈小根看了看陈家好放在客厅角落里的工具箱，

见阿爸沉思，刚才眼睛还放光的陈小根身体软下来，说了句真没劲儿后，身子软塌塌走到冰箱前，打开门，拎出一瓶啤酒回房睡觉去了。

天亮前，陈小根穿戴整齐站在陈家好的床前，叹了口大气道："我知道你们是指望不了的。"

陈家好前面还在做梦，梦里自己双脚离地，被陈小根突然进来惊得坐了起来。他脸色铁青，嘴都有些歪了："做乜啊？仔仔你不要吓老豆啊！"

陈小根说："我能做什么？我总得去看看哪里可以赚到钱吧，不然我就这样等着饿死咩。"

刚才还在梦里的陈家好彻底醒了过来，他又惊又喜："谁说会饿死，有我一口吃的也就有你的。"

陈小根冷笑："吃吃吃，一天到晚就是这些，人就是吃和睡吗，没有别的追求啊。"

陈家好糊涂了，他呆呆地看着自己的仔，这些话怎么是从自己仔口里冒出来的。

见陈家好怕了，陈小根又说："和我的女朋友去揾工，

她说有家公司贴了招聘广告比较符合她的条件。"

"你几时有女朋友了？"陈家好差不多忘记了之前姜兰惠介绍对象的事情。

"喂，什么意思？我身体健康，也有需求，不能有女朋友乜？你更不小了吧，这样混下去真的好吗？"

陈家好说："在我眼里你当然是细路仔、小朋友啊。"

"别说了，快三十了，你不嫌丢人，我都好没面。这么大个人，身体健全健康，有正常需要，还被当成细路仔，我不能有女朋友吗？如果我生在梅州、河源、韶关那些地方，我的仔现在都应帮我做事了。"

陈小根的话有些挑衅，可是听起来耳熟。很快，他便指着窗外说："不信我带你到小区门口。"

"你要去哪里啊？"陈家好有些急了，问完又后悔，"现在到处都要有本事人。"

陈小根说："乜意思？我不可以学吗？难道像你一样天天赖在家里靠女人养，你真的不怕我老母累死呀？她都过了退休年纪，还要去打工。"

"是吗？我怎么不知道。"陈家好有些发蒙，最近他的脑子总是转得很慢。

陈小根说："退休年龄男六十，女五十，你装什么糊涂，你老婆五十多岁了你不知呀。"陈小根不满阿爸的态度又说，"你还盼着她早一点是不是，她都生病了，我每晚都听到她咳。"随后陈小根又说："哎呀，阿爸你应该去找份工啦，不要成日在家睡觉，想东想西。"

见陈家好的眼光异样，陈小根又说："只要想做事，就会有工的，不要再拿我做借口啦。"陈小根上下打量着阿爸，搞得陈家好浑身上下不自在。

陈家好幻想过如果当初姜兰惠跟了自己，生出的仔会是什么样，会不会像陈小根这样天天躺在家里什么都不做只等着啃老。很快陈家好便不敢再想，因为他认为自己不配拥有姜兰惠，自己大佬也是不配的。

想到这里，陈家好不知道是喜还是悲，各种滋味全部涌来，姜兰惠的这份信任原来被自己兄弟二人辜负得完全彻底。陈家好甚至鼻子发酸有了要哭的感觉，长这么大，这是陈家好第一次这样想问题，要知道她姜兰惠当年可是毫无保留啊，大佬和自己哪里配得起这份善意啊。

此时，陈家好不知道是喜是忧，各种滋味都有。他拎了件上衣，准备跟陈小根下楼，陈小根说得对，他应该去看看外面，不然这双腿差不多废了，他已经太久没有走过远路。只是还没走到楼下，他便从窗口望见一个精致的女孩站在楼下，那个样子，真的好似当年的兰惠姐，陈家好第一次见到，便发现她是那么好看，那时她来到真理街，为大家做事，讲的那些道理都是他没有听过的，句句暖心。可惜大佬陈家和求他不要和他争这条女，说这条女与其他人不同，整个家族都会因为她而改变，可惜他不懂珍惜，也不懂姜兰惠的可贵。当年的陈家和穿着弟弟陈家好的西装去约会，显然他们全家都知道姜兰惠的好不止于外表。正是因为姜兰惠，两个人才进了机构上班，而不是留在家里靠收租生活，成为废人，像街上那些败光了家产的真理人。

陈家好想起了许多，他回忆起姜兰惠来到真理街后的各种往事，包括她给陈小根补的课，买的那些课外书，带他看的电影。这些年，自己这一大家给她设置了那么多的障碍，出了那么多的难题。他陈家好这么大个仔了，他突然间真实地感到了内疚和不安，他不应该配合大佬陈家和撒谎占了老屋，他们兄弟二人担心姜兰惠要在房产证上加名字，他更不应该太大方，为了帮助大佬，而放弃自己的追求，拼命扮演口花花的小丑、衰仔，到最后连脸皮也不要了。

好了好了那些事都已经过去，虽然没有出门，可这一阵陈家好想了好多事，想起兰惠姐他们那些人许多话。真理街改不改造都在那里，改成什么样，脚下的地是跑不了的，都是深圳，都是自己的家，都有大屋住。就连陈小根也有救了，那就是说，他陈家好即将过上正常人的生活，而这一切源于那个到老了都还要讲道理的外来人员。

想到这里，陈家好准备给姜兰惠打个电话。他已经有太久没有和亲人们分享受过一件开心的事情，而此刻，正是时候。

图书在版编目（CIP）数据

阿姐还在真理街 / 吴君著. -- 北京：作家出版社，2025.6
-- ISBN 978-7-5212-3289-9

Ⅰ．I247.5

中国国家版本馆CIP数据核字第20256TC347号

阿姐还在真理街

作　　　者：吴　君
责任编辑：宋辰辰
装帧设计：意匠文化·丁奔亮
出版发行：作家出版社有限公司
社　　　址：北京农展馆南里10号　　　邮　　编：100125
电话传真：86-10-65067186（发行中心）
　　　　　　86-10-65004079（总编室）
E-mail:zuojia@zuojia.net.cn
http://www.zuojiachubanshe.com
印　　　刷：河北京平诚乾印刷有限公司
成品尺寸：142×210
字　　　数：173千
印　　　张：10.75
版　　　次：2025年6月第1版
印　　　次：2025年6月第1次印刷
ISBN　978-7-5212-3289-9
定　　　价：52.00元